ちくま新書

超訳 芭蕉百句

嵐山光三郎
Arashiyama Kozaburo

1681

超訳 芭蕉百句【目次】

第3章 古池とは何か——古池や蛙飛こむ水の音(芭蕉) 099

第4章 『笈の小文』は禁断の旅である——冬の日や馬上に氷る影法師(芭蕉) 133

第7章　幻視する内面の宇宙——荒海や佐渡によこたふ天河（芭蕉）

第8章　こころざしは高くやさしい言葉で——初しぐれ猿も小蓑をほしげ也（芭蕉）

はじめに――「旅する者」も闘いである

この百句は「おくのほそ道」の旅が、幕府の諜報をかねていた、という前提で訳していいます。と言うと、純朴実直な芭蕉ファンは、「どうしてそんな訳をするのだ」とたちまち怒り出したりする。東京の深川芭蕉庵でも伊賀上野でも、小夜《さよ》の中山、鹿島神宮、平泉でも、出羽三山でも「おくのほそ道」の文庫本を持った紳士淑女が感慨深げに旅をしている。芭蕉さんは国民的人気があります。

「ほそ道」の旅に随従していた曾良は伊勢長島藩に仕えていた謹言実直な武士で、芭蕉没後は九州壱岐・対馬の巡見使となりました。巡見使は江戸幕府が諸藩に巡遣した監察官です。曾良が記録した『旅日記』により『ほそ道』紀行の虚実がわかります。

紀行文は虚実おりまぜた創作ですから、嘘と本当をおりまぜる。『ほそ道』に出てくる句は、言葉による記念写真です。言葉の力は凄いですね。

「夏草や」と言えば多くの日本人が「兵《つはもの》どもが夢の跡」とつづけてしまう。高館《たかだち》に登ると、美しき御婦人が、じっと夏草を見つめている。冬でも春でも「夏草」です。日本はまことに文芸国家であって、芭蕉さんは力技だが読者にも力があるのです。「ほそ道」の旅で圧巻となる平泉へは五月十三日（陽暦では六月二十九日）の一日だけ。しかも一関《いちのせき》からの日帰りでした。『旅日記』には「午前十時ごろ一関を出て、午後三時に帰る」とあります。一関から平泉へは二里半（約九キロメートル）。高館・衣川《ころもがわ》・中尊寺・光堂・泉城・桜川・桜山・秀衡《ひでひら》屋敷を巡覧し、月山《がっさん》・白山・金鶏山・無量劫院跡を見て、やたらとあわただしい。片道一時間半として、平泉を見物したのは実質二時間でした。こんな短時間で「藤原三代の栄耀《えいよう》がほんの一眠りのようにはかなく、秀衡の屋敷がただの田野になっていた」と書く。

『ほそ道』を追う旅は、旅する者の力が問われます。夏草の原にはかつて藤原氏の一族が住んでいた。「兵どもが夢の跡」を見ても、寂として声は出ません。旅する者の力とは、風景に対峙する目玉であり、無常を嗅ぎとる鼻であり、風の音を聴く耳である。句の現場で、それまで抱いていた思いこみがバラバラに崩れ散り、それこそが自分の視線である。

芭蕉が『ほそ道』の旅や、紀行さきの記憶を推敲したように、読者も崩れ落ちた風景の断片をつなぎあわせる。

超訳としたのは、百句すべてを現場検証したためです。芭蕉百句は芭蕉百景となって、読者を「旅へ！」と誘う。古典文学は足で読む。カラダを使って一歩一歩読むのです。

第１章

伊賀の少年は江戸をめざす

――春やこし年や行けん小晦日（宗房）

1 春やこし年や行《ゆき》けん小晦日《こつごもり》　宗房

伊賀上野

芭蕉最初の一句。寛文二年（一六六二）の作で芭蕉は十九歳、俳号は宗房《むねふさ》であった。『千宜理記《ちぎりき》』に「伊賀上野宗房」として入集している。

「春やこし」は、「春はもう来てしまったのだろうか」という詠嘆。「年や行けん」は「年は新年をむかえてしまったのだろうか」という驚き。小晦日は大晦日《おおみそか》の前日で十二月三十日。この年は十二月二十九日が暦の上の立春であったという。そこから、新春の気分を感じる暮れの心情を詠んだ。

この句には二つの和歌の下敷きがあり、ひとつは『古今集』巻頭の「年の内に春は来にけりひととせを去年《こぞ》とやいはむ今年とやいはむ」で、これを俳諧式に五七五とまとめた。さらに『伊勢物語』の「君や来し我や行きけむおもほえず夢かうつつかねてかさめてか」のイメージを重ねた貞門俳諧の技巧が見られる。

芭蕉は伊賀上野に生まれて、二歳上の藤堂良忠《よしただ》（俳号蟬吟《せんぎん》）の近侍役として仕え、良忠とともに貞門俳諧を学んだ。

年の暮れは、新春気分が入りこんできて、境いめはぼんやりとしている。

古歌二つを応用する芭蕉の才気があり、若き日の芭蕉が「どんなもんだい」と自慢している顔が見える。伊賀上野には芭蕉の生家である釣月軒が復元されている。芭蕉が「貝おほひ」を執筆した部屋は、六畳一間に土間つきの離れ小座敷で、芭蕉の「気」が、土間や畳や窓の暗がりにいまなおひそんでいる。

この二年後（二十一歳）の習作は、

月ぞしるべこなたへ入《いら》せ旅の宿

寛文四年（一六六四）、松江重頼《しげより》編・俳諧撰集『佐夜中山集《さよのなかやましゅう》』に載った。月光マニア芭蕉（宗房二十一歳）の才覚が示される習作、いいですねえ。明るい月に照らされている廊下を通ってどうぞこの宿へお泊り下さい、という挨拶句。「入らせ旅」は「いらせ給へ」「入らせ食べ」とかけ言葉になっていて、句に月光がさしこむ。月光を浴びた宿で、さしずめ月光旅館といったところだろう。野宿かもしれない。すらすらと詠んだと見せつつ、いくつもの謡曲が背景にある。謡曲「落葉」の「月を都のしるべにて」、謡曲「錦木《にしきぎ》」の「此方《こなた》へ入らせ給へとて、夫婦《めおと》の者はさきに立ち、彼《か》の旅人を伴ひつゝ」をふまえている。さらに謡曲「鞍馬天狗《くらまてんぐ》」の夕暮れの鐘がゴーンと鳴って、「奥《おく》は鞍馬の山《やま》道《みち》の、花ぞ知るべなる、こなたへ入《い》らせ給へや」に出てくる「花」を「月」に変えて使った。「月ぞしるべ……」の句で、俳諧の芯である花と月を入れかえた手並は、さすが宗房で、早くも風狂の域に達している。

「鞍馬天狗」といえば、大佛次郎《おさらぎ》原作の映画で嵐寛寿郎《あらしかんじゆうろう》が演じる「鞍馬天狗のおじさん」が、覆面をつけて馬に乗り、杉作少年を救ける活劇を思いおこすが、もとは山伏（天狗）と稚児《ちご》（牛若丸）の恋を題材とした能である。少年愛がテーマである。

鞍馬山は京都北部にある標高五七〇メートルの山で、鞍馬天狗のすみかがあり、牛若丸（義経）が武術を稽古したところだ。伊賀上野も四方を山に囲まれた小さな盆地で、東は鈴鹿《すずか》山系が青い影となって連なり、西方は長田の郷、南は布引《ぬのびき》山系がおだやかな起伏で並んでいる。昭和初期に建造された伊賀上野城の天守閣へ登れば、北側は高旗山《たかはたやま》で、右下にきのこの形をした俳聖殿の屋根が見える。

伊賀上野城は慶長十七年（一六一二）に暴風雨のため天守が倒壊し、それ以来天守閣は作られなかった。伊賀上野は「天守のない城下町」として二百五十余年をすごし、明治維新を迎えた。

蟬吟は、草ぼうぼうの城址のふもとにある下屋敷でうつうつと過ごしていた。夏になれば蟬が鳴くばかりの屋敷で、宗房とふたりっきりで連吟することしか楽しみがない。さぞかし濃密な時間であったろう。芭蕉の生涯にわたる衆道好みは、この時代にはじまった。

伊賀上野は観世発祥の地ともいわれ、宗房は蟬吟とともに能の舞台を観てまわった。若殿蟬吟がついているから金の心配はない。

『佐夜中山集』を編んだ松江重頼は、謡曲や流行小歌《はやりこうた》をとり入れることを好んだ人であるから、能公演見物は「俳諧修業のため」という名目がたった。「芭蕉」という俳号も能からつけたもので、以後、芭蕉の句にはさまざまな能が登場する。能は少年の芭蕉にとって、俳諧紙芝居のようなものであった。『佐夜中山集』が刊行されたのが寛文四年（宗房二十一歳）であるということは、この句を得たのは、それより一、二年前の十九歳あたりになる。宗房は、貞門の滑稽をひきつぎつつも、能の定番を頭に叩きこむことで、力量を発揮した。

年は人にとらせていつも若夷《えびす》　宗房　伊賀上野

寛文六年（一六六六）の作で芭蕉二十三歳の句。号は宗房《むねふさ》で『千宜理記《ちぎりき》』に入集している。「若夷」は、恵比須の神像を木版で刷った紙札である。元日の朝に「若えびす、〳〵」と声をあげて売り歩いた。正月の縁起札で、この紙札を買えば福がくるとされた。伊賀上野は、藤堂家を領主とする城下町で、藤堂新七郎良精《よしきよ》は五千石取りの侍大将であった。およそ一万人ぐらいの人口だった。

人間は正月になれば年をとるけれども、若えびすの顔はいつになっても若い。それは人に年をとらせているからだろう、というユーモアあふれる吟だ。芭蕉は古めかしい貞門に学びながらも、二十三歳にして当意即妙の軽やかな句を作る才があった。

『夜の錦』には「年や人にとられていつも若えびす」とあり、初案はこちらのほうであろう。「年や人にとられて……」だと、若えびすが年をとれないことに愚痴をこぼしている感じになる。『俳諧一葉集』には、「我年を棚にあげてや若えびす」とあり、この句も捨てがたい味があるが、やはり、『千宜理記』にあるこの句がめでたい。

寛文六年は芭蕉にとっては、ただならぬ年であった。芭蕉が仕えていた藤堂新七郎家の若君、良忠が、四月二十五日、二十五歳で病没した。芭蕉が藤堂家に仕官しえたのは、ひとえに良忠のうしろだてがあったためだ。芭蕉が四十七歳のときに書いた『幻住庵記』で、「ある時期には領地をもらった武士をうらやみ、仏門、禅室へはいろうとしたが、さすらいの旅に身をまかして、この道ひと筋を生きてきた」と述懐している。

初案の「年や人にとられて」を直したのは、芭蕉の頭に良忠のことがあったためだろう。初案だと、良忠が「若えびす」の年を奪って早世したようにも感じられ、礼を失する。

伊賀上野の宗房が、江戸に出て俳諧宗匠となるきっかけとなったのが寛文六年であった。

2 七夕は夕辺の雨に逢ハぬかも　宗房

寛文五年『野は雪に』百韻

侍大将藤堂新七郎家の家臣は二十名ほどで、最下位奉公人宗房であっても、若君良忠（蟬吟《せんぎん》）に仕えたことで道が開けた。和歌をたしなむ新七郎家には、謡曲、『源氏』をはじめ古典書物が揃っていた。それは宝の山で、蟬吟と付合《つけあい》をすれば、みるみる腕が上がっていく。

貞門の俳諧は、機智滑稽をねらった言語遊戯である。俳諧には和歌では得られない解放感があり、卑俗な笑いが許される。『源氏』や謡曲のイメージを重ねれば、言葉が化学反応して自分でも予測できない小宇宙が現われるのだ。これが「言葉の魔法」でもうひとつの「人格」を獲得できる。

俳諧は理屈ではない。言語遊戯と断定してしまうと身も蓋もないが、密室に集まって、虚空からひとかけの物語をつむぐ秘儀である。古典文学の教養は、知る者のみが共有する手品の種のようなものだ。

蟬吟に仕えた芭蕉は「蟬吟と宗房」というコンビになった。寛文五年（一六六五）十一月十三日、蟬吟（二十四歳）は貞門の祖・貞徳十三回忌追善《ついぜん》の『野は雪に』百韻（連句）

を興行した。
新七郎家の下屋敷は蟬吟の俳句サロンとなっていた。発句は、
野は雪に枯《か》るれど枯れぬ紫《し》苑《をん》哉《かな》　蟬《せん》吟《ぎん》
一面の雪におおわれた野に、秋から枯れない紫苑が残っている。「紫苑」（野菊）に「師《し》恩《おん》」をかけた追悼吟で、貞徳が没しても枯れることのない師恩をたたえている。脇句は、
鷹《たか》の餌《ゑ》乞《ご》ひと音《ね》をバなき跡《あと》　季《き》吟《ぎん》
で、鷹匠の鷹が餌《えさ》をほしがって鳴く声と、いまは「亡《な》き師《し》」をかけた。
蟬吟の発句は、芭蕉が京の季吟邸まで礼金と一緒に届けたのであろう。季吟はその場で脇句を書いてくれたか。あるいは四、五日待たされて、脇句を書き与えたか。季吟の脇句がつけば、追善百韻は権威ある歌仙と認められたものとなる。
蟬吟は貞徳翁追善百韻興行の翌年四月二十五日に二十五歳で没した。蟬吟の死は蟬吟はじめ参加した七人の連衆《れんじゅ》が予測していたことで、貞徳の追善興行の体裁をとりつつ、蟬吟の生前葬といった趣きがあった。連句全体に死と戦さの匂いが漂っている。
しばらくはなごやかに進むが連句の芯は蟬（蟬吟）と房（宗房）のふたりの心情にしぼられていき、他の連衆は、はやしたてるだけになった。

おれに薄《すすき》のいとしいぞなふ（蟬）

（薄《すすき》と糸は縁語。指切りまでしてくれた相手がいとしい）

七夕は夕辺《ゆうべ》の雨に逢《あ》ハぬかも（房）

（七夕の夜、雨が降れば二つの星は逢うことができない）

このあたりから蟬吟と宗房の恋の吟がふえ、

逢ふも心の騒《さわ》ぐ恋風（蟬）

（会えば会ったでなお思いがつのる）

と小歌調になった。

わるさも止《や》ミし閨《ねや》の稚《をさあ》い（房）

といちゃつく始末である。蟬吟の生前葬だから、哀歓をともにする。

伊達《だて》なりしふり分髪《わけがみ》は延《のび》ぬるや（蟬）

俤《おもかげ》に立つかの後《うしろ》つき（房）

蟬吟が詠むと、すかさず芭蕉が脇でこたえる。

蟬吟の死を予知しつつも、遠慮なく踏みこんでからかい、奉公人の立場を忘れている。

連句というフィクションの中のみで成立する遊戯である。

本来なら、季吟が脇句をつとめる席に身分の低い宗房（芭蕉）が参加することじたいが

異例である。のち、季吟の長男湖春が編集した『続山井《ぞくやまのい》』（春部）には、

地をするは根《ね》乱《みだ》れ髪《がみ》の柳哉《やなぎかな》　蟬吟

あち東風《こち》や面々さばき柳髪《やなぎがみ》　宗房

が出てくる。乱れ髪の柳は、蟬吟と宗房の仲を連想させるに十分だが、当時の武家社会にあっては衆道は美徳とされていた。『続山井』は蟬吟が没した翌年の寛文七年（一六六七）の刊行である。

この、二十三年後（四十六歳）『おくのほそ道』の旅へ出た芭蕉は「荒海や佐渡によこたふ天河《あまのがわ》」の句を詠み、蟬吟と交した「七夕の夜」を思い出して追悼した。

良精には五人の息子がいたが、みな早世した。三代目をつぐはずだった蟬吟を失った良精の思いが、蟬吟の「愛寵すこぶる」仲であった芭蕉に向かったと思われる。

左 勝

3 紅梅《コウバイ》のつぼミやあかいこんぶくろ　此男子《しなんし》

右

兄分《アニブン》に梅をたのむや児桜《ちござくら》　蚫也《じゃや》

三十番俳諧合『貝おほひ』
（松尾宗房撰）

左の俳人・此男子とは、女郎が男を誘う言葉「はよしなんし（しなさい）」である。こんな俳号の人が実在したとは考えられない。芭蕉が創作した架空の俳人で、右（蚫《じゃ》は蛇の俗字）もふざけた俳号である。

芭蕉二十九歳の寛文十二年（一六七二）に、上野天満宮に奉納された『貝おほひ』は、天満天神（菅原道真）を「御社《みやしろ》のおやぢさま」と呼ぶくだけぶりだ。その判詞には当時流行していた小唄や小六節《ころくぶし》がふんだんに出てくる。小六《ころく》は芭蕉が誕生する四十年ほど前に江戸の赤坂に住んでいたシャレ者で、杖をついて女郎衆と遊びまわった。その小六の放蕩ぶりを歌にした小唄である。江戸の町奴ややくざ者が使った六方詞《ろっぽうことば》もふんだんに出てくる。

判詞にはこうある。

左の「あかいこんぶくろ」は大坂ではやっている小唄の赤い小袋（小袋は睾丸の隠語だから、衆道を暗示している）。右は、梅の花を兄と慕う児桜《ちござくら》（稚児）。「私も昔は衆道好き」

（「われもむかしハ衆道好きの」）と書いているから、趣好はいいが梅の発句としては弱いため、左を勝ちとする。

「われもむかしハ衆道好きの」に対して、研究家諸氏は「告白ではなく創作」といちように弁護するけれども、この時代は野郎歌舞伎が盛んで男色はいま以上に多かった。芭蕉が誇張して言っているかどうかを詮議する必要はなく、なぜなら『貝おほひ』の大半が嘘（フィクション）であるからだ。

句合では、判者（主宰）が二句を文台にたてて並べて勝ち負けを決めた。原則は左勝《ひだりかち》である。左が右より格上である。右大臣より左大臣のほうが偉く、雛壇に並べる人形も、向かって右（雛壇からの目で見ると左）がお殿様である。判者が連衆に向かって坐るため、判者から見て左側は、連衆から見ると右になる。

このへんがややこしく、板本になると左勝の句が右に記され、そのつぎに右の句が並ぶため、逆の感じになる。『貝おほひ』は、芭蕉が撰者として出板したただ一冊の著作である。七部集《しちぶしゅう》はすべて弟子の名で出板されているし、『蛙合《かわずあわせ》』も弟子の仙化《せんか》編となっている。

引っ弾けは「ひっぴけ」、うんと飲めは「うんのめ」、大声で騒ぐのは「ほざけだいたる」、艶のある女は「しなもの」、色事は「ぬれかけ」、粋人は「通りもの」、無理よはわざと下品に「ぬりよ」といった具合で、遊里で使われる隠語がやたらと出てくる。『源氏物語』は「ひかるお源の物語」、紫式部は「かの紫」、西鶴が書いた「伊勢のお玉お杉のふたり連れ」（流しの三味線）も登場する。全編に猥雑な句と、享楽的な判詞があふれる。

小唄や流行語をふんだんに使って句を合わせ、しゃれた判詞を書き添えて、産土神《うぶすながみ》の天神様に奉納した。貞門の約束ごとを無視して、思い切りふざけた衒学《げんがく》的発句合である。寛文軽薄体といったところで、芭蕉愛好家は無視をしている。あるいは嫌っている。

しかし、芭蕉の身になってみれば、野心を抱いた無名の新人が江戸でデビューするためには、田舎貞門のままでは通用しない。それまでの習作を捨て、オリジナルの表現を模索していた。それを痛々しいほど感じる。狂句を気取り、さかる猫、牛馬の糞、鶯《うぐいす》の玉子、女乞食《おんなこつじき》、扇引《おうぎびき》の遊戯、ひょうたん節、地獄踊、「ほの字」のほ、京女郎、鹿の交尾、大《おお》いかい物（六方詞で男根）、胎児を取上げる産婆、しっぽ（しっぽりとした濡れ場）、ちんどり足（千鳥足）、いきくび（生首）、などまるで見世物小屋を思わせる風俗があふれている。

芭蕉の発句は、のちの枯淡なる独白、風雅なる旅の句も、基本的には作り話が多い。芭蕉の頭のなかには中国詩人や西行《さいぎょう》の吟ほか多くの雑多な古典の引用があって、風景などはさして見ていない。『おくのほそ道』にしても、観念としてある風景を現場にあてはめた。

これは悪いことではなく、旅行記も俳席も、別世界を幻視するところに妙があり、晩年の芭蕉は作意を嫌った。芭蕉のいう作意は、作り手の仕掛けが見えすいてしまうことである。句が上達すると、技巧が先行して純粋の感動が消えてしまう。子どもの句が新鮮なのは、無駄な仕掛けがなく、直截《ちょくせつ》な目があるためだ。芭蕉が作意を嫌ったのは、自分が作意の人であったからだ。人は悟るため吟じるのではない。芭蕉は求道的になろうとすると破綻しはじめる。枯淡静寂を求めつつも、風狂のなかに身をおく。

『貝おほひ』は、素の芭蕉がむきだしで出てくる。ぎらぎらしている。悶着、言葉遊び、相反する理念との格闘、そこに素の芭蕉がいる。失意と不安が芭蕉のなかでくすぶっている。五十一歳で没するまでこの本性は変っていない。たえず前衛であろうとする意志。図太い神経と貪欲な精神と、時代に対応する力。この原型があったから、芭蕉は進化しつづけた。

発句三十番勝負のうち左勝が十四句、右勝が七句、持《じ》（引き分け）が九句。つまり、左の十四勝七敗九引き分け。負けた句をほめ、引き分けを多くしたところに工夫がある。

「古池や蛙飛《とび》こむ水の音」を詠んだ衆議判『蛙合《かわずあわせ》』を催したのは四十三歳（貞享《じょうきょう》三年）である。蛙の句を得るまでにこのときより十四年かかった。

『貝おほひ』を出板する金は藤堂良精《よしきよ》が出してくれた。金さえ払えば出板できるというわけではなく、江戸日本橋の名主小沢卜尺《ぼくせき》（小沢という姓をタテに割った右半分）や、町内の鯉屋《こいや》（杉山）杉風《さんぷう》の後押しがあった。

藤堂藩御用達《ごようたし》の魚屋・鯉屋杉風は、卜尺とともに季吟《きぎん》門下で、以後、芭蕉のスポンサーとなった。江戸日本橋で芭蕉をむかえた人は、ほとんどが藤堂家とのつながりがあり、季吟門下が多い。

寺子屋卒（学歴が低い）の芭蕉は『貝おほひ』一冊の刊行によって花のお江戸の俳諧師になった。これぞ俳諧の魔法で、蕉門はしぶとい勢力となっていく。豪勢で金まわりのいい、値のはる弟子たちが集まった。江戸座点取俳諧の宗匠たちは、羨望の目で見ながらも「芭蕉の背後には見えざる権力が動いている」と感じとったであろう。

江戸の町の警察権と行政権は町奉行が握り、日々の運営は民間の自治制であった。町奉行の下には町年寄《まちどしより》、名主、五人組、月行事、家主の町人がいた。町年寄のもとで、通達をした町名主《まちなぬし》は屋敷の売買や相続のときに金を受けとるから、日本橋のような盛り場ではかなりの収入になった。芭蕉に仕官の道はないが、身元保証があり、しかも住むのは日本橋の名主小沢卜尺所有の家である。しかも水道補修工事という重要な機密にかかわる仕事である。

芭蕉とかかわる人は、そのほとんどが幕府の諜報機関と深くかかわっている。四十六歳のときの旅『おくのほそ道』の旅もそのつながりとなる。

4 天秤《てんびん》や京江戸《えど》かけて千代の春　桃青

『誹諧当世男』

延宝四年（一六七六）の『誹諧当世男』に収められている。芭蕉三十三歳の吟である。伊賀上野時代の宗房《むねふさ》を桃青《とうせい》（当世に通じる）に改めた。桃青という俳号は「まだ熟さない青い桃」という意味である。母親が桃地（百地）氏の娘であるところからとったともいう。「桃姓のひびきより桃青」、あるいは『詩経』の「桃天の篇」よりなど諸説あるが、「当世」にかけての号である。この年より水道工事を請負って百余人の人夫を差配した。

天秤は貨幣の秤量に使った商人の必需品である。「かけて」は「天秤にかける」と「京江戸にかけて」の二つを言いかけている。

京都と江戸の春を秤《はかり》にかけてみれば、ともに同じぐらいの重さで、平均がとれてめでたい、という賞賛である。うまいこと詠みますねえ。大きな商店は、京都と江戸の両都に店を持つものが多く、越後屋三井の江戸出店は延宝三年であった。江戸へ出た俳諧師が派手な句でデビューしたといったところだ。

江戸の旦那衆は、気どった貞門よりも、言葉がパチーンとはじける談林風を好んだ。談林派は、明かるく、派手で機智にあふれた句風で新興都市の江戸むきであった。芭蕉のもとへ其角《きかく》や嵐蘭《らんらん》が弟子入りしたのがこのころで、桃青は江戸俳諧の風雲児となりつつあった。商人が使う秤を持ちだして、そこに「京と江戸をかける」という着想は貞門にはない。江戸に下ったのは寛文十二年（一六七二）二十九歳のころで、新風の語りくち（談林派）宗師、西山宗因の骨法を学んだ。このころの江戸の人口は五十万人で元禄になると七十万人に増え、世界最大の都市となった。元禄時代、ロンドンは五十万人、パリは五十二万人、ウィーンは十万五千人、ベルリンは二万六千人（いずれもチャンドラーの推定人口）である。

土木、水利の技術にすぐれていた藤堂藩は幕府から神田上水の改修工事を命じられていた。芭蕉が仕えていた藤堂藩伊賀上野の侍大将藤堂新七郎《しんしちろう》も、若いころは神田上水の工事にかかわっていた。去留《きよりゆう》道人編写本一冊『芭蕉翁全集』（天保四年以前稿）に「藤堂家小石川上水掘割の役を蒙った時、その主人新七郎良精《よしきよ》、惣奉行として、小石川の辺に出張。芭蕉これに従い、今の目白龍隠庵の辺に止宿した」とある。去留は因幡若桜《わかさ》藩主、池田冠山《かんざん》。芭蕉は伊賀上野の藤堂新七郎家から、水道工事のエキスパートとして派遣された。俳諧師として江戸へきたという話は、芭蕉が有名になったあとにつくられた。副業の俳諧は、芭蕉の文芸への野心もあるが、水道・水路の工事は機密事項であるから、信用のおける人物でなければ勤まらない。本来なら町名主《まちなぬし》がする業務である。

5　此《この》梅《うめ》に牛も初音《はつね》と鳴《なき》つべし　　桃青

『江戸両吟集』

延宝四年（一六七六）、芭蕉（桃青《とうせい》三十三歳）は天満宮へ山口信章《しんしょう》（のちの素堂《そどう》）と二百韻を奉納した。柔道の乱取のような激しい百番稽古。その百韻の発句である。天満宮の梅の盛りに、鶯《うぐいす》だけではなく、境内の臥牛までもホーホケキョーと鳴くであろうという軽妙な吟。天満宮には石造りの牛が据えてある。梅と牛は菅原道真《すがわらみちざね》が愛したもので、天満宮と縁がふかい。

と同時に梅は談林派をおこした梅翁西山宗因《ばいおうにしやまそういん》であり、宗因の新風にあやかろうという挨《あい》拶《さつ》がこめられている。天満宮の神徳をたたえつつ宗因の新風談林《だんりん》の呼吸を体得した。「ひと粒で二度おいしい」句となった。ここに出てくる牛は、芭蕉自身が投影されており、グズで鈍重で牛のような自分までが句を詠んでしまいます、とへりくだってみせた。

信章は甲斐国（山梨県）の人で芭蕉より三歳上である。京に出て書道を持明院に、宗因に歌学と古典を学び、茶道を宗丹に学び、江戸に帰って漢学と儒学をもって仕官した。芭蕉が寺子屋（中卒）の学歴であるのに対し、「京都大学出の秀才」といったところである。

延宝七年（一六七九）、上野不忍池《しのばずのいけ》に隠棲した。

博識で脱俗の人であったから、芭蕉と意気通じ、のち葛飾派をおこした。芭蕉の梅の発句に、信章は、「ましてや蛙《かはづ》人間の作」（ここに蛙が登場するところに注目せられよ）と脇《わき》をつけた。『古今集仮名序』に「花に啼《な》く鶯水に住む蛙の声を聞けば生きとし生けるものいづれか歌を詠まざりける」とあるところからとった脇句で、芭蕉が「牛と鶯が鳴く」と言ったのに対し、「蛙や人間までもが句を詠みます」と補強した。

晩年の素堂は故郷（甲府）に帰り、笛吹川の堤防工事を監督した。俳諧は寡作であったが、俳風は高踏清雅にして素養の深さを示す。水路・土木の専門家で、芭蕉とは俳諧だけのつきあいではない。水路は幕府の機密にかかわる。芭蕉没後、追善歌仙に出座し追悼句を寄せた。若き日に芭蕉と意気投合して生涯の友となった。芭蕉没後は江戸に帰り、七十五歳で没した。素堂の作でよく知られる句は「目には青葉山ほととぎす初鰹」。

6　猫の妻へついの崩《くづれ》より通ひけり　桃　青

『江戸廣小路』

色男の歌人として業平《なりひら》の名はつとになりひびいていた。『伊勢物語』に、「むかし、をとこ有《あり》けり」という書き出しで語られている。業平は「二条の后」のもとへお忍びで通ったが、家の正門からは入らず、仕切りの壁が崩れたところより忍び込んだ。

猫の色男（猫の夫《つま》）が、業平気分で、へっついの崩れよりメス猫のもとへ通う、という趣向で、この句を見た人は腹をかかえて笑ったでしょうね。

和歌では「鹿の恋」はしばしば詠みこまれているが「猫の恋」はなかった。鹿の恋が典雅で和歌にふさわしく上品であるのに対して、猫の恋は庶民的で気取りがなく、これぞ俳諧の妙味である。桃青は絶好調だ。

芭蕉が住んでいたころの日本橋は魚問屋が並ぶ魚河岸であった。その雑魚をねらって、野良猫が集まり、春の交尾期ともなれば、そこらじゅうでニャーゴニャーゴと鳴いてうるさかったろう。すかさず、野良猫を平安時代の貴公子に見立てて句にとりこんだ。

江戸へ出てきた芭蕉は、この句を得た延宝五年（三十四歳）に俳句宗匠として立机《りっき》しつつ、江戸小石川の水道工事にかかわっていく。

7　あら何《なん》ともなやきのふは過ぎてふくと汁　桃青

『「あら何ともなや」百韻』

「あら何ともなや」は「ああ、なんでもなく無事であったなあ」という嘆息。「ふくと汁」はふぐ鍋。きのうはふぐ汁を食べて、毒にあたるかもしれないとびくびくしていたけれども、一日たっても、なんにもおこらなかったよ。

ふぐ汁を食べた翌朝に、まだ生きていて、きょとんとした気分のおかしさを、ねぼけまなこで詠んだ。意図的にそういうおとぼけで作っている。自慢しているわけですね。

「あら何ともなや」は謡曲「芦刈《あしかり》」に「あら何ともなや候《さうらふ》。」と出てきて、声に出すと「アラー、ナーントーモナヤー」と、のんびりと、ゆっくりと長く、アクビみたいな声となる。謡曲の常套句で、感嘆するときに使われた。

芭蕉にあっては、世間の流行語や謡曲が、ふぐを食べた翌朝にスラスラッと出てきて、発句になる。句の調理人といったところで、じっさい、藤堂新七郎家に仕えていたころは料理番でもあった。

このころのふぐ汁は、まず、ふぐの皮をはいで、腸の部分を捨て、その他の肝の部分をとりのぞき、血を抜いて、どぶろく（濁酒）につけておく（『料理物語』）。

鍋にすみざけ（清酒）を入れて薄く味噌味にして煮えたなかへ、どぶろくにつけておいたふぐの身を入れ、ひとあわたったところでさらにどぶろくを加える。具はにんにく、なすびなどを添えた。いまのふぐ鍋とはいささか趣きが違うが、手のこんだぜいたく鍋料理であった。

延宝五年（芭蕉三十四歳）の吟で、芭蕉のこの句を発句として、信章《しんしょう》、信徳《しんとく》の三人で百韻連句がまかれた。この発句に、信章がつけた脇は、

「寒さ退《さ》つて足の先迄《さきまで》」

ふぐ鍋を食べ軀《からだ》の芯まであたたかくなり、足のさきまでつめたくなくなった。百韻連句をはじめるのにふさわしい、これもかろやかな吟である。

8　かびたんもつくばゝせけり君が春　桃青

『江戸通り町』

「かびたん」は長崎出島のオランダ商館長のこと。延宝年間は、三月には江戸に来て、将軍に謁《えつ》することが慣例となっていた。将軍に拝して、「いつもは貿易をさせていただき、ありがとうございます」と礼をいう。幕府にとっては、オランダ商館は、武器や舶来製品を持ってくる便利な相手であったけれども、脅威的存在でもあり、密貿易する日本人は即刻斬殺刑となった。

オランダ人を監視するため、定期的に江戸城へ呼びつけて、将軍が謁見した。

「つくばゝせけり」は、這《は》いつくばって、将軍に礼を言い、将軍の威光を讃《たた》えている、という意味である。

はるか遠い国からやってきた紅毛人たちが、平伏して、将軍に忠誠をつくす姿は、まことにめでたい日本の新春である、と謳歌《おうか》した。

このときの将軍は江戸幕府四代、徳川家綱である。この句は延宝六年（一六七八）の『江戸通り町』に桃青の号で収録されている。江戸で立机した芭蕉が、人気宗匠になった晴ればれとした自負心がかいまみえる。

髪の毛が赤く、軀もばかでかい紅毛人が、将軍の前で這いつくばっている姿は、江戸っ子たちにも、嬉しいような気分で、「どんなもんだい」という自慢もあったろう。そのへんの江戸っ子が喜ぶ急所をぐいとつかんだ力技の句だ。

このころの芭蕉の着想は自在で奇想天外である。怖いものなしであって、他の宗匠たちを圧している。

9 実《げに》や月間《ま》口《ぐち》千《せん》金《きん》の通《とほ》り町《ちやう》　桃青

『江戸通り町』

延宝六年（一六七八）刊二葉子《じょうし》編『江戸通り町』に収められている。芭蕉は三十五歳。「間口千金」は、家の前一間だけで千両という日本橋通り町の土地の価格である。日本橋の地価は、すでにこのころから、目の玉がとびでるほど高く、伊賀上野という山中から出てきた芭蕉にとってはとても手が出るものではなかった。

編者の二葉子は十二歳。といっても実際の編者は二葉子の父蝶々子《ちょうちょうし》であった。十二歳の編集長という洒落《しゃれ》であるから「天才少年あらわれる」と評判になった。しかし、父蝶々子が裏で仕切っていることはすぐにわかることで、洒落にしては、子を溺愛《できあい》する親バカぶりもみえる。蝶々子をたてるため、営業句を芭蕉は、平気で吟じた。

「間口千金」は謡曲「田村」からとり、「春宵一刻価千金花に清香月に陰げに千金にもかへじとは」からの転用で、芭蕉にとってはお手のものである。通り町の店は間口十間あるから一万両である。間口千金の通り町に照る月のありがたさを賞賛した。

この芭蕉の発句より、三十六吟の歌仙がまかれて編者の二葉子が、「ここに数ならぬ看板の露」という脇をつけた。あとは紀子《きし》、卜尺《ぼくせき》が加わって四人が参加した。三十六吟という連句は、芭蕉が好んだ方式で、それまでの百吟、二百吟より、このほうがまとめやすい。

蝶々子は通り町に近い鍛冶橋に屋敷があった。

芭蕉は絶好調であった。手をぬかず、三十六吟をまとめて、通り町を「間口千金」とたたえることは、素直な驚きの表現といってよいだろう。商人にとってはお金が一番わかりやすい価値観である。

「一間で千両の土地に照る月もまた千両だ」

とほめた。

桃青の号でひっぱりだことなったころの、「これまた一句千金」の吟である。

10 阿蘭陀《おらんだ》も花に来にけり馬に鞍《くら》　桃青

『江戸蛇之鮓』

オランダの長崎商館長が馬に鞍を置き、江戸まで花見にやってきたときの吟。長崎に在住していたオランダ人は、毎年春に江戸へきて、将軍に拝謁《はいえつ》した。繁栄する江戸を讃美《さんび》している。

オランダ商館長御一行は通訳や医者のほか、日本人の従者をいれて百名になる大がかりなもので、異国の貢物を持って行進するさまはさぞかし華やかなものであったろう。

延宝七年（一六七九）は三月一日に江戸城へ伺候して舶来品を献じた。ときに芭蕉は三十六歳である。

芭蕉は新しい風俗が好きで、とくにオランダには並々ならぬ興味を抱いていた。それはオランダ人が住んでいる長崎という地への憧憬《しょうけい》となり、「いつの日にかは長崎へ行きたい」という思いにつながっていく。

のち、芭蕉の弟子となる人に去来《きょらい》と泥足《でいそく》がいるが、ともに長崎の出身である。泥足は江戸在の商人で、通訳でもあり、江戸と長崎を行き来していた。去来は芭蕉が「西の俳諧奉行」と呼んだ高弟である。去来は、京の落柿舎《らくししゃ》を芭蕉晩年の別邸として造った。去来の父は長崎で医者をしていて、京に出て医業を営んだ。長崎は外科系、京は内科系であったという。

去来から、なにかと長崎の話をきくたびに、芭蕉の長崎への思いはつのった。芭蕉は『おくのほそ道』の旅のあとは長崎へ行くつもりだった。大坂で客死しなければ『ながさき紀行』が成立したはずである。

没する元禄七年には、病身の身をおして、九月二十六日に泥足をよんで『此道《このみち》や』半歌仙を巻いた。オランダ人を見たときから芭蕉は長崎への夢がかけ廻っていた。

第2章

深川へ隠棲した本当の理由

――夜ル竊ニ虫は月下の栗を穿ッ（桃青）

11 夜《よ》ル竊《ヒソカ》ニ虫は月下《げつか》の栗を穿《うが》ッ　桃青

『東日記』

延宝八年（一六八〇）、「後《のちの》名月」と題しての吟。後名月とは旧暦九月十三夜。月光がさえる夜、虫がひそかに栗の実を食べて小さな穴をあけていく。なんとも凄味《すごみ》のあるホラー小説のような句。毬《いが》に包まれた栗の実の中、虫が穴を開けていく。しーんとしずまった夜、だれも気がつかないうちに虫が音もなく栗の実に穴をあけて、そこに月光がさし込んでいる。漢文調の句で、六・七・六の破調。

『和漢朗詠集』下に「春ノ風ハ暗《そら》ニ庭前ノ樹《き》ヲ剪《き》ル、夜ノ雨ハ偸《ひそ》カニ石上《せきしょう》ノ苔《こけ》ヲ穿《うが》ツ」があり、そこから得た着想だ。「雨がひそかに石上の苔に穴をあける」のに対し、「虫が栗の実に穴をあける」のである。

　このころ芭蕉は、日本橋小田原町に甥《おい》の桃印《とういん》（二十歳）と妾《めかけ》奉公の寿貞《じゅてい》と暮らしていた。桃印は延宝四年（一六七六）に伊賀から連れてきた甥で、水道工事の手伝いをしていたが句作は残っていない。寿貞は芭蕉の身のまわりの世話をみていた。この年の暮れに、芭蕉は日本橋小田原町から、深川へ移ってひとり隠棲《いんせい》する。一説（田中善信）では桃印と寿貞は密通関係にあったとする。妾とはいえ実質的な妻であるから、密通は死罪となる。

なぜ、日本橋から深川へ移ったかに関しては、「点者生活をする宗匠の日々がいやになった」とするのが通説（きれいごとの解釈だ）であったが、深川へ移るということは「宗匠としての自殺行為」にちかい。

江戸に下向してから七年にして桃青は俳諧の人気宗匠となった。日本橋小田原町の町名《まちな》主《ぬし》である小沢太郎兵衛の借家に一家を構えて、神田上水浚渫工事にかかわって裕福になった。俳諧大名内藤風虎《ふうこ》の知己を得、高野幽山《ゆうざん》の俳諧興行で執筆《しゆひつ》をつとめて力がついた。執筆は連衆《れんじゆ》の句を書きとめる役であるが、それぞれの句の式目《しきもく》を点検しなければならない。執筆をこなすことが俳諧宗匠への道につながる。句を捌《さば》く骨法《こつぽう》は、ただルールを守るだけではなく、場をなごやかな雰囲気に導く腕が求められる。式目に反する句が出たときは、からまった言葉の糸をときほぐして、やわらかくすじみちを作る。

幽山は日本橋本町河岸に住み、弟子の其角《きかく》は日本橋堀江町、杉風《さんぷう》は幕府御用達魚問屋。其角は大酒を飲む早熟の天才で、生涯かけて芭蕉のプロデュースをした。蕉門の企画本部長で弟子を集める才があった。派手で金廻りがいい弟子が揃った。

延宝八年（一六八〇）四月、芭蕉が主宰した『桃青門弟独吟二十歌仙』が刊行された。桃青門がますます隆盛を極め、一門団結して世に問うた自信作で「桃青の園《ソノ》には一流ふかし」（嵐蘭《らんらん》歌仙挙句《あげく》）といった自賛句がある。得意絶頂であった。

六月には神田上水水上惣払《みなかみそうばらい》工事で、各町の代表者は桃青に会って金銭支払い契約（相《あい》対《たい》）をすること、という触れ状が出た。水道工事の利権によって、多額の収入を得た。

しかし、水道工事の一カ月前、五月八日に四代将軍家綱《いえつな》が四十歳で没した。五代将軍は館林《たてばやし》藩主だった綱吉《つなよし》（三十五歳）、家綱の弟となった。

将軍が没するとしばらくは「鳴物停止《なりものちょうじ》」となる。歌舞音曲《かぶおんぎょく》や建物の普請を停止し、ひたすら静かにして喪に服す。江戸と京都で命じられた鳴物停止は四十九日間つづけられた。「鳴物停止」が長いほど、物故者の権威が高められた。謹慎外出禁止は経済的に疲弊をもたらし、とくに普請停止で材木商や大工の生活がひあがった。それに耐えることが、死者を悼み、悲しみを共有することになった。

謹慎期間が終るまで酒井忠清《ただきよ》は大老職にとどまっていたが、十月になると「体調が悪くなった」。実際には「体調を悪くさせられた」。十二月九日、新将軍綱吉は酒井忠清の大老職を免じて、大手門前の上屋敷をとりあげ、翌年五月に酒井忠清は死去した。病死というが謎の多い死である。

日本橋小田原町の小沢太郎兵衛（卜尺《ぼくせき》）の借家にいた芭蕉一家は、いつのまにか姿を消してしまった。これが世にいう芭蕉の深川隠棲である。深川隠棲に関しては日本橋での点《てん》者《じゃ》（俳諧を評点する宗匠）生活に満足できず、あえてもの寂しい深川に移り住んだ、というようなきれいごとが通説としてまかり通っているが、伊賀上野から江戸に出てきた野心ある芭蕉である。点者生活を反省したというのは、のち俳聖とされた芭蕉を美化する作りごとである。「点者がいけない」というのなら、いまの俳句結社主宰は立つ瀬がない。芭蕉は日本橋にはいられない事情により、江戸のはずれの深川へ身を隠したのであった。行くところまで登りつめ、「さあこれから……」というときに日本橋から去らざるを得なくなった。

「好事魔多し」の譬《たと》えのごとく、絶頂からどん底へ突き落とされた。藤堂家を支えていた酒井大老が失脚し、芭蕉は強力な後ろ楯を失った。のみならず幕閣の入れかわりで、迫害をこうむる立場になった。

家康が没したあと、二代将軍秀忠は偉大な父がストレスとなって、四十五歳のとき家光に将軍職をゆずった。家光はもっぱら美少年を相手に男色にふけり、四十八歳の若さで没し、長男家綱が十一歳で四代将軍となった。十一歳の将軍であるから、補佐が必要であった。まず、家光の弟で会津藩主の保科正之《ほしなまさゆき》が補佐役（大政参与）として登場した。大老は井伊直孝《なおたか》、酒井忠勝《ただかつ》、老中として松平信綱《まつだいらのぶつな》、松平乗寿《のりなが》、阿部忠秋《ただあき》が控え、政治を将軍の独裁制から合議制とした。

約三十年にわたる家綱時代の前半は補佐役、大老、老中の対立がなく、合議制がうまく機能した。家綱は生まれつき虚弱で、性格がおとなしく、家綱の体質を心配した家光は、牛込の築土明神《つくどみょうじん》の近くに遊び場を造った。過保護に育てられた家綱は、父家光の死で、いきなり政治の荒波の中へ放りこまれた。

大老酒井忠勝は、近侍の者にむかって「くれぐれも将軍には迎合しないように」と戒めた。この合議制は、家綱が「暗愚の将軍」にならないようにするための装置となった。

承応二年（一六五三）、酒井忠清が老中に就き、三十歳の少壮ながら首席となった。忠清が大老になった寛文六年（一六六六）は、芭蕉は二十三歳で、主君の藤堂良忠《よしただ》（蝉吟《せんぎん》）が没した年にあたる。

酒井忠清は将軍家綱にかわって幕府権力の中枢となり、在職二十七年のあいだ実質的な権力者として、世間は酒井雅楽頭《うたのかみ》（雅楽寮《うたのつかさ》の長官）様と尊称し、下馬《げば》将軍とも呼んだ。忠清の屋敷が江戸城大手（大手門）の下馬札のすぐそばにあったためである。

家綱は処理しなければならない用件がおこると忠清に丸投げして「左様《そう》せい」というだけであったから、「左様せい様」といわれた。

俳諧は武家の教養として大いに推奨されたため、俳諧宗匠には新時代の文人旗手としての役割りが生まれた。伊賀上野の無足人《むそくにん》の子として生まれた芭蕉が俳諧に目をつけたことは、時代の流れを予見していた。藤堂新七郎《しんしちろう》家のうしろだてを得て江戸に出て、一等地の日本橋に住み、才能と財がある弟子にめぐまれ、宗匠として名が売れはじめたときに、忠清が失脚した。芭蕉がここまでやってこられたのは、江戸の藤堂家グループの力があったからだ。

藤堂家の江戸詰めの首領は津藩主藤堂高久《たかひさ》(高虎《たかとら》の孫)で、高久は酒井雅楽頭忠清の女婿である。「もうひとりの将軍」とおそれられた大老忠清の義理の息子であるから、藤堂家は絶大な力を持っていた。芭蕉が江戸商いをしてこられたのも、この人脈のおかげといってよい。大老忠清の力が、芭蕉を陰で支えていた。

延宝八年四月、家綱の体調が悪くなったとき、酒井忠清は江戸城二の丸で盛大な宴会を催して家綱を元気づけようとした。家綱には子がない。家綱のすぐ下の弟、甲府(二十五万石)藩主徳川綱重《つなしげ》はすでに没しており、四男である館林藩主徳松こと綱吉が将軍職継承者として一番近い存在となった。綱吉の母は京都の八百屋の娘で通称お玉《たま》という。十三歳のとき公家の六条有純《ろくじょうありずみ》の娘お万《まん》にやとわれ、お万について大奥へ入り、家光の目にとまって寵をうけた。これまでの四代がすべて直系であるのに対し、直系以外から将軍を選ぶというはじめてのケースであった。

家綱が危篤となる前日、老中の堀田《ほった》正俊《まさとし》は、病床の家綱のもとへ駆けつけて遺言状をもらった。それは「綱吉を擁立する」とする正俊の文書を承認したもので「かやうにいたし候様申すべく候」とあって、最後まで「左様せい将軍」であった。

酒井忠清は家綱の後継将軍として有栖川宮幸仁親王《ありすがわのみやゆきひと》を迎えようと画策したため、綱吉に憎まれて大老職を解任され、大手門前の上屋敷を追われた、と巷間伝えられる（その屋敷は堀田正俊に与えられた）。しかし、忠清ほどの策士がそんな間抜けな人事を提案するとは思えない。酒井忠清は、幕閣からはずっと目をつけられていて、家綱が没すればまっさきに粛清される人物であった。

有栖川宮擁立説は忠清の粛清を正当化するために、あとから偽造された話だろう。綱吉は身長一二四センチほどの小男で、極度のマザコンだった。綱吉が酒井忠清を憎むことは徹底していて、大老解任の翌年に忠清が没すると、藤堂高久に「自殺か病死か調べてこい」と命じた。自殺（切腹死）ならばお家とりつぶしとなる。高久が「病死にまちがいありません」と答えると、「墓を掘りおこして死骸を踏みくだいてこい」とまで厳命した。綱吉は愛憎ともに極端な性格で、この話は江戸中ひろく知れわたった。『徳川実紀』には、「忠清幼年より特遇を蒙《こうむ》り、厳有院殿《げんゆういんでん》（家綱のこと）の御代には、ことさら元老の職にあること数十年、権勢肩をならぶるものなく、政令みな一人より出て、思ふままなりしかば、奢侈《しゃし》のあまりよからぬこともまじりて、世のそしりども少《すくな》からざりしが、御代あらたまりて後、怏々《おうおう》として楽まぬさまなりし。致仕《ちし》の後別墅《べっしょ》（別邸）の内に私《わたくし》に蟄居《ちっきょ》して、ことし五月十九日五十八歳にて失《うせ》たりとぞ」

と記されている。

綱吉の政治的意図は、権勢をふるっていた大老を罷免することで威力を示すことにあった。それだけでは足りず酒井忠清が決裁した「越後《えちご》騒動《そうどう》」を再審議して、くつがえし、新政権樹立をきわだたせた。

綱吉は越後へ巡見使を送って、視察させ、調査を徹底させていた。巡見使は江戸幕府が諸国に派遣して地方政治を監察させた臨時の役人である。寛永以後は、将軍の代替りごとに地域別に派遣した。のち芭蕉に同行して『おくのほそ道』を旅した曾良《そら》は、芭蕉没後の宝永七年（一七一〇）九州方面巡見使の随員として現地へ行った。

綱吉はわずか一日の審問で前審をくつがえしたのだが、そんなことができたのも、巡見使が集めた証拠が揃っていたためだ。感情や思いこみだけで結審しないところが綱吉を擁する堀田正俊の手腕である。逆転結審により、連座して、流罪、閉門《へいもん》になる者が続出した。綱吉は執念ぶかい。大目付の渡辺綱貞《つなさだ》は、酒井忠清のいい分だけをきいたという理由で、八丈島へ流罪となった。忠清の子の忠挙《ただたか》、忠寛《ただひろ》は遠慮《えんりょ》（閉門蟄居）を命じられた。

忠清の弟忠能《ただよし》は、日ごろの態度がよくないという理由で所領を没収されて、彦根の井伊家へ預けられた。

五代将軍綱吉は、すべてに果断であった。前政権の家綱とは違う判断を御前公事《ごぜんくじ》（将軍親裁）の形として示し、諸大名を震えあがらせた。酒井忠清に「越後騒動」誤審の責任を負わせ、「越後騒動」だけではなく、再審すべき事件を他にさがしている。

綱吉による酒井忠清がらみの粛清の嵐が吹き荒れていた。日本橋の旦那衆は集って協議をした。

『桃青門弟独吟二十歌仙』が刊行されたばかりだから、芭蕉はめだっている。このまま日本橋で俳諧宗匠をしていれば目をつけられる。粛清の嵐がおさまるまでは、身を隠しておく。そのためには剃髪して出家を装うことにする。芭蕉が姿を消せば、日本橋の旦那衆もいらぬ詮索をされることもない。

このまま日本橋にいれば命を奪われる。姿をくらますしかない。逃げるさきは、杉風の知りあいの伊奈代官家の深川長屋とした。杉風が扱う川魚は利根川、荒川や隅田川でとれ、その地域は伊奈代官家の管轄である。伊奈代官家は深川一帯の土木治水工事の大元締であった。しばらくは姿をくらましていただきましょう、ということになった。桃青という俳号を捨てるときがきた。桃青のすべての実績を捨てる。いや桃青を自ら抹殺しなければならない。

12　枯枝に烏《からす》のとまりたるや秋の暮　桃青

『東日記』

元禄二年（一六八九）の『曠野』には「かれ朶《えだ》に烏のとまりけり秋の暮」とあるが、延宝八年（一六八〇）の言水編《ごんすいへん》『東日記《あずまにつき》』にはこの形で出てくる。『東日記』は桃青の号で、『曠野』では芭蕉の号になった。

芭蕉が、枯淡の境地に開眼した吟で、枯枝に烏がとまっている秋の夕暮れのうらわびしい情景を、そのまま句とした。

中国水墨画の画題に「寒鴉枯木」があり、それを和風の「枯淡閑寂」へ移しなおした技が見どころ。芭蕉の句は、翻訳漢詩の要素が出はじめた。この句の評判がよかったので、画賛を何枚か描いた。日本橋にいたころの滑稽奔放な息を消して、しみじみとしてさびた心境を示した。

出光美術館「芭蕉展」で、延宝八年に描かれたこの句の芭蕉自筆画賛が、展示された。枝に七羽の烏がとまり、空に舞う烏は二十羽いて、計二十七羽ほどの烏が描かれている。

複数の烏が描かれた自画賛は冬枯れの大木と、「秋の暮」であって、芭蕉の句は日時を意図的にずらしたものや、実際には目に見えない情景を詠んだものも多い。「秋の暮」は秋の夕暮れであって、同時に晩秋をも意味して両義がある。

初案、桃青の号で詠んだときの「烏のとまりたるや」には、談林のはずんだ息が残っている。のち「烏のとまりけり」となおして、談林調を消したが、初出の談林調のほうが、はずんだ息がある。枯淡な心情だからこそ、しみったれてはいけない。芭蕉はこの句を気に入って、あとでいろいろと手なおしをして、推敲《すいこう》しつづけた。

この句の芭蕉自画賛（真筆）に、烏が一羽描かれたかけ軸がある。「古池や蛙飛こむ水のをと」の蛙が何匹であったかという論争があったが、この軸により芭蕉じしん「どちらでもよい」と考えていたことがわかる。瞬味なところが俳味となる。

13 櫓《ろ》の声波ヲうつて腸《はらわた》氷ル夜やなみだ　深川

句ひとすじに悲しい音がみちている。船をこぐ音がぎいぎいと響いて、櫓の声が波を打って聞こえると、腸も氷になるようで、淋《さび》しくて淋しくて涙がとまらない夜になった。「深川冬夜ノ感」と前書がある。芭蕉はにぎやかな日本橋小田原町から、隅田川沿いの深川へ移ってきた。鯉問屋杉風《さんぷう》の下屋敷で、鯉の生簀《いけす》があるちっぽけな小屋だ。『武蔵曲《むさしぶり》』（千春撰）に、深川三つまたの辺《あた》り（隅田川の新大橋の下流）に草庵を侘《わ》びて、遠くは士峰《しほう》の雪（富士山）をのぞみ、ちかくは万里《ばんり》の船（遠くからやってきた船。杜甫《とほ》からの引用）をうかぶ。あさぼらけ漕《こぎ》ゆく船（人の世の無常を歌った古歌よりの引用）のあとのしら浪《なみ》に芦《あし》の枯葉（西行の歌からの引用で、栄華のはかなさ）の夢と吹く風もやや暮過《くれす》ぐるほど（ようやく暮も過ぎるころ）、月に坐《ざ》しては空《むな》しき樽《たる》をかこち（月をながめては樽に酒がないのを嘆き。李白からの引用）、枕によりては薄きふすま（ふとん）を愁《うれ》う。悲しくて悲しくてああ涙がとまらない。

芭蕉が得意とする漢文和訳の名調子で延宝八年（一六八〇）のフォークソングだ。これ以後の紀行は、このスタイルの漢文が「地の文」として登場する。句と組みあわせることによって、芭蕉絶唱スタイルがはじまった。ひとりぼっちとなった芭蕉は、はらわたをちぎる思いで涙を流しているのだが、ただ泣いているだけではそこらのおじさんと大差ないので『拾遺集』や『新古今』の西行や、中国詩人の杜甫や李白を思いうかべて、淋しがっているのである。涙を流すのにも、かなりの教養があるところが芭蕉の所以《ゆえん》である。

この句は、漢文調の表現を駆使して、沈痛の思いを吐露しており、上句「櫓の声波ヲうつて」を十文字の破調として、あとは七（腸氷ル）五（夜やなみだ）でまとめた。

いまも漢詩による俳句、漢俳があり、その先駆的な吟である。日本の男たちは平安時代から、しょっちゅう泣く習慣があって、悲しい涙とは違って風雅な行為であった。ただ淋しく泣いているのではない。淋しい夜に、古人が歌った詩をおもいおこして、その哀愁を追体験している。

古典文学に親しんでおくことは、貧しく淋しく腸を氷らすほどおちぶれたときほど役に立つ。つらかったら大いに泣けばいいのです。淋しい夜にその思いを使いふるした値の安い学習ノートに書きとめておく。

14　雪の朝《あさ》獨《ひと》リ干《から》鮭《さけ》を噛《かみ》得タリ　桃青

『東日記』

干鮭とは鮭のはらわたをとって干したもので、当時は一番安い庶民の食べ物であった。『東日記《あずまにつき》』に、「富家ハ肌肉ヲ喰《くら》イ　丈夫《じょうぶ》ハ菜根《さいこん》ヲ喫《きっ》ス　予ハ乏シ」（「お金持ちは肉を食べ、男子たる者は野菜を食べて甘んずる」と中国の『菜根譚《さいこんたん》』にあるが、自分はもっと貧しい生活であるぞ）と前書きしてこの句が出てくる。「噛得たり」とは「噛んでおるのだよ」といった漢文調で、いささか構えて言っている。

雪が降っている朝、自分は悠々と安物の干鮭を食っておるのだ、という貧乏自慢でもあって、貧しい食事を悲しんでいるわけではない。

芭蕉は、自筆自画賛では枯れてやせた老人に描いているけれども、じつのところは中肉中背の小肥りの人であったことは、残されている坐像や画像を見ればわかる。藤堂家の料理番として、自分で調理して、よく食べて体力があったから伊賀上野と江戸を何度も旅しえたのであるし、『おくのほそ道』の旅も精力的にこなした。

また、このころは凶作飢饉のあいつぐ時代で、芭蕉のみならず、苛酷な食生活をしいられていた。貧乏である自分であるが、杜甫の詩や、寒山の詩、荘子など漢詩文を頭に描きつつ、貧乏を楽しんでいる。

雪が降った寒い朝に、あたたかい雑炊を食べるわけではなく、隅田川をながめながら干鮭を嚙《かじ》っている芭蕉の姿は、むしろ悟達した仙人に似て、一幅の絵にもなる。できるならば、もう少しなにかを食べたいというのが芭蕉の本音だろうけれども、やせがまんして威張ってみせたところに心意気がある。日本橋で点者生活をしている宗匠たちには、到底、こういった真似はできないだろう。芭蕉は、深川に住む不自由と貧しい食生活を、隠者になることによって克服しようとしている。

しかし、「予ハ乏シ」と書かれたのでは、弟子の其角《きかく》や嵐雪《らんせつ》は、「ここはひとつお師匠さまに米を差し入れしなければならない」と考えたであろう。「米よこせ」という催促の気配がある。腹がへっては句作もできぬ。

15 藻《も》にすだく白魚やとらば消《きえ》ぬべき　桃青

『東日記』(桑名)

「すだく」は群がること。春の海辺を見ると、藻の周辺に白魚がいっぱい群がっていて、それを手ですくうと消えてしまうだろうなあ、と、芭蕉は、和歌を詠む気分で詠嘆したんですね。この句の要点は「消ぬべき」にあって、「消ぬべし」とした真蹟短冊《しんせきたんざく》もあるが、「消ぬべき」のほうが余韻が残る。消えてしまいそうな白魚の命。見た目は手にとれそうでも、手にとると、たちまち消えてなくなるもの、というはかない美意識は古来の日本人にあり、和歌の世界では普遍的なテーマであった。『万葉集』には「白露《しらつゆ》をとらば消《け》ぬべしいざやこの露に競《きそ》ひて萩の遊《あそび》せん」があり、葉の上に乗った白露がその典型だ。

また『古今集』には、萩の葉に乗っている露の玉をつないで首飾りにしてみたいと思う歌がある。「水滴の首飾り」は古代中国にも出てこない。じっさいにはこんな首飾りは不可能だから、枝の葉に乗っている露の玉を見て空想する。「はぎのつゆ玉にぬかむととれば消ぬよしみむ人は枝ながら見よ」という和歌である。

芭蕉としては、白露の首飾りを俳諧の目で詠んでみたいという趣向があった。ときに芭蕉は三十八歳で、「萩の露」はいかにも王朝古典気分で貴族の美意識だから、江戸の庶民として、それに対抗し得るものはなにか、と思案していると、海辺を泳いでいる白魚が目に入った。「よし、藻の上にうっすらと見える白魚だ、手にとれば、たちまちとけてしまいそう」と芭蕉は気がついた。

このころ、河口では白魚がとれた。海辺の藻に群れている透明な白魚は、さながら水の中に降る淡雪のようで、すくいとれば消えてしまいそうだ。白露が秋であるのに対して、白魚が春であるところもよい。白魚の透明さを強調するために緑色の藻を配したところが芭蕉の創意である。

この吟は、「干鮭《からさけ》」の句と同様、池西言水《ごんすい》編集による「東日記《あずまにつき》」に収載された。言水は関西出身の俳人で、江戸に出てから芭蕉と親しくなった。言水の代表句は「凩《こがらし》の果《はて》はありけり海の音」で、凩の言水と呼ばれた。この句もいいなあ。

16　芭蕉野《の》分《わき》して盥《たらひ》に雨を聞《きく》夜《よ》哉《かな》　芭蕉

『武蔵曲』

延宝九年（一六八一）は九月二十九日に改元されて天和元年となった。芭蕉は三十八歳。発句巻頭を「芭蕉野分して」と破調にして八、七、五の強い息がある。この年の春、門人李下《りか》より深川の庵《いお》に芭蕉の株を贈られて植えた。庵に植えた芭蕉が野分（台風）の風にあたってばさばさと音をたてている。庵のなかにある雨漏りを受けるたらいには雨だれの音が響き、芭蕉は耳をそばだてて、夜ひとりで、じっと聞いている。外からは芭蕉葉の揺れる音、庵のなかは雨漏りの音がして、その実況中継のような句である。

たらいが庵の外の軒下にあって、侘《わ》び住まいの風情と解することもできるが、たらいは家の中にあるとするほうがよいであろう。この句にはつぎのような詞書《ことばがき》がついている。

老杜（杜甫《とほ》）、茅舎《ばうしや》や破風《はふう》の歌（「茅屋《ばうおく》秋風ノ破ル所トナル歌」）あり。坡翁《はをう》（蘇東坡《そとうば》）、ふたゝび此《この》句を侘て、屋漏《をくろう》の句作る。（「破屋常ニ傘ヲ持ス」など）其《その》世の雨をばせを葉にきゝて、独寝《ひとりね》の艸《くさ》の戸（草庵）。

この句は中国の有名な詩人杜甫と蘇東坡の心境を重ねて詠んだもので、貧相なる深川の芭蕉庵は、芭蕉の想像力によって、中国文人の侘びずまいに化けた。ただ雨音を聞いているのではなく、中国二詩人の孤高なる世界を追体験している。けれど芭蕉の淋《さび》しさは隠しようがなく、芭蕉の葉が烈風に吹かれてざわざわと音をたて、雨漏りの水がテンテンテンと音をたてる庵のなかで「さて自分はこれからどうなるのだろう」という行き先のわからぬ前途を見すえる不安がかいまみえる。

芭蕉葉はちょっとした風や雨で破れてしまう植物で、そこに自分の身を重ねて俳号を芭蕉とした。その芭蕉の葉が音をたてて折れていくさまは、芭蕉の不安をいっそうつのらせたはずで、中国二詩人から引用した詞書から力ずくでその不安と闘おうという闘志が伝わってくる。

さて、芭蕉という俳号はなにによるか。

私は謡曲「芭蕉」に由来すると思う。

「維摩経《ゆいまきよう》」に芭蕉は無常の象徴として出てくる。また「芭蕉が女に化けて出る故事」があり、謡曲「芭蕉」は、女の芭蕉に世の無常を語らせる。夏は丈が高く茂り、冬は枯れつくす化物のような植物が、色香の失せた初老の女の姿であらわれる。

西行の歌に「風吹けばあだにやれゆく芭蕉葉《ばせをば》のあればと身をも頼むべきかは」（『山家集』）があり、芭蕉の葉は、はかなく破れやすいものの譬えであった。夜、月光の下でみる芭蕉には人の気配があり、風にあたってさわさわと揺れると何者かがそこに立っているようにも思える。

謡曲「芭蕉」は、中途で「語り」が入る。

ワキ（助役）が、「なにゆえ芭蕉が女に身を変えたのか」と訊《き》けば「土や草木が自分がなぜそうなったのかわからぬのと同じように自分でもわからない」と答える。

芭蕉となった女は哀れな風情で、着る衣は薄く、みすぼらしく、袖もほころびがちである。これは僧が見た夢という設定であって、最後は、天女が羽衣《はごろも》で舞うように女が芭蕉の葉袖をつけて舞うと、扇《おうぎ》であおいだような風が吹き、荒れ果てた古寺の庭の浅茅生《あさじう》や女郎花《おみなえし》、刈萱《かるかや》をさわがせて、揺れる草の上の露に映っていた女の姿が見えなくなり、あとは山風が吹いてくるのみだ。

花も干草《ほしくさ》もちりぢりに消えて、そこには破れた芭蕉の葉が残っている。

謡曲の「芭蕉」は、古寺に棲む無常なる妖怪の化身で、しかも女である。発句に謡曲を引用するのは芭蕉の得意とするところである。桃青という号を捨て、芭蕉（無常なる女の妖怪）という号に改めた。

芭蕉が深川に居を移したのはこの前年（延宝八年）で、
　柴の戸に茶を木の葉搔《か》く嵐哉　　ばせを
と詠み、前年から芭蕉（ばせを）という俳号を使っていた。それまでの桃青は甘美な香りが漂うあでやかな号である。中国文人は桃を好み、陶淵明《とうえんめい》の理想郷を桃源郷《とうげんきょう》と言った。

芭蕉の弟子の李下《りか》は、「芭蕉」という新俳号にあわせて深川の庵に芭蕉の木を植えた。庵に芭蕉の木があれば、ほとんどの人は、芭蕉という号の由来をそこに見て、それ以上を詮索しない。後世の研究者もそれに従った。芭蕉は、庵の芭蕉をことさら大切にした。さらに風に裂《さ》け易《やす》い性質をあらわすために「風羅坊《ふうらぼう》」とも号した。

芭蕉という号が「無常なる女の妖怪」ということが気になる。芭蕉は衆道《しゅどう》を好み、両刀遣いである。宗房《そうぼう》に最初に衆道を教えたのは藤堂家の嗣子藤堂良忠《よしただ》俳号蟬吟《せんぎん》で、宗房《そうぼう》より二つ年上であった。新七郎家では忠右衛門宗房《そうぼう》と名乗り、蟬吟《せんぎん》の良忠宗正よりの二文字を与えられた。それだけでも蟬吟《せんぎん》の寵愛《ちょうあい》ぶりが偲《しの》ばれる。

芭蕉は『おくのほそ道』で「閑《しづか》さや岩にしみ入《いる》蟬の声」と詠んで主君の蟬吟《せんぎん》を追悼している。伊賀上野の無足の家に生まれた芭蕉は藤堂家若君蟬吟《せんぎん》の伽《とぎ》役として召しかかえられた。

衆道のことは芭蕉研究家には禁忌《きんき》事項であるらしく「句とはいかなる関係もない」と言われるが、いや、大いに関係がある。『東海道中膝栗毛』は旦那である弥次郎兵衛が、男娼である喜多八を連れて旅をする衆道道中記である。芭蕉の旅もつねに男連れ（ふたり）であった。

17　氷苦《こほりにが》く偃鼠《えんそ》が咽《のど》をうるほせり　芭蕉

『虚栗《みなしぐり》』

「茅舎《ぼうしゃ》水ヲ買フ」という前書がついている。「茅舎」は芭蕉庵のことで、芭蕉庵があった深川一帯は神田上水（水道）の水は届かないため、飲料水は水船から買った。江戸の水道工事にかかわった芭蕉が、その水を飲めない、という無念。偃鼠はどぶねずみのこと。深川の辺境に住む芭蕉は、自らをどぶねずみにたとえている。

だが、博識の芭蕉は、どぶねずみにも仕掛けをつくっており、『荘子《そうじ》』の「偃鼠河ニ飲ムモ、満腹ニ過ギズ」を下敷きにしている。「どぶねずみが河の水を飲むときは、からだが小さいので腹いっぱいは飲まない」という詩で、人それぞれの分に応じて足るを知れ、というたとえである。

俳諧のたとえ話は、貞門、談林とも林注『荘子』から取るものが多く、俳人にとって『荘子』は必読の書であった。芭蕉の学歴（寺子屋の初歩学習）は中学生ぐらいだが、北村《きたむら》季吟《きぎん》編の『簡略本』シリーズが刊行されていた。

この句は芭蕉の高弟其角《きかく》が編集した『虚栗《みなしぐり》』下巻の終わりちかくに出てくる。蕉門は其角はじめ李下《りか》、挙白《きよはく》、揚水ら俊英が競って『荘子』に挑み、『虚栗』には荘子の寓言《ぐうげん》を下敷きにしたものが出てくる。芭蕉は三句、其角は二句詠んでいる。

「偃鼠」とくれば、「ああ『荘子』だな」と気がつかなければ俳人として失格であった。深川にわび住まいをしている自分は、どぶねずみのようなもので、買いおきした水が凍って、氷をかじると苦く、その苦いひとかけらによって咽をうるおす、という自嘲だ。

しみったれた貧乏人の心情で、ひらきなおって卑下した句と見せつつも、それが『荘子』の寓言であると知れば、趣きがかわってくる。『荘子』の寓言をさらに詳しく読むと、中国の堯《ぎよう》という帝が許由《きよゆう》という人に天位を譲ろうとしたところ、許由が、自分をどぶねずみにたとえて断ったときの言葉とわかる。そこから、芭蕉に対して「また中央俳壇に戻って大宗匠になってくれ」という懇願を断る意味もよみとれる。芭蕉はそこまで自慢しているわけではなく、苦い水を飲む自分をどぶねずみに見たてて、面白がっているのだろう。

18 雪の魨《ふぐ》左《ひだり》勝《かち》水《み》無《な》月《づき》の鯉《こひ》　芭蕉

『虚栗《みなしぐり》』

まるでクイズのような句で、「え、これが芭蕉の俳句なのか」とびっくりする人が多いだろう。句の意味もわかりにくい。

天和二年（一六八二）『続深川集』に「杉風《さんぷう》が採茶庵《さいだあん》に涼《すずみ》て」と前書がつく。芭蕉のスポンサーである川魚屋の杉風が、六月に自庵で句会を開き、鯉の洗いを料理として出した。鯉料理一式をほめるための即興の挨拶句である。

句合《くあわせ》は、二つの句を並べて、どちらが勝ちかを判定する。歌合《うたあわせ》の俳諧版。芭蕉が江戸に下ったときには、伊賀上野の天満宮に奉納した『貝おほひ』を持参した。これは三十番の発句合《ほっくあわせ》であって、六十句を左右二組に分けて一番ずつ勝負させ、独自の判詞をつけた。今ふうに言えば「俳句勝負帖」といったような句作参考書だ。

その巻頭二句は「左勝ち」とするのが、定番の形式である。

鯉料理（水無月の鯉）をほめるために、雪見どきのふぐ料理を対抗として仮想し、左（水無月の鯉）の勝ち、とした。芭蕉庵に隠棲して二年め、芭蕉は余裕が出てきました。杉風に対する親しさと、サービス心があふれた吟である。六月の鯉の洗いは、雪見どきのふぐよりうまいものだなあ、といったところ。句会の席は弟子衆が集まる遊びでもあるから、こういう吟が出ればいっそうなごやかになる。

この句は其角《きかく》編『虚栗《みなしぐり》』に収載された。この句を自分の撰集に入れてしまう其角の度量もまたたいしたものである。

『虚栗』で、其角はこの句の前に自分の吟を並べている。それは「酔ヒテ二階ニ登ル」と前書きして「酒ノ瀑布《たき》冷麦《ひやむぎ》九天ヨリ落《おつ》ルナラン」という勇壮な咆哮《ほうこう》である。酒が天から冷麦のような滝となって落ちてくる、という景色は。さすが大酒飲みの其角らしい句で、この二句が並ぶと、にわかに他を圧する。

19　あさがほに我《われ》は食《めし》くふおとこ哉《かな》　芭蕉　『虚栗』

朝顔の花を見ながら私は飯を食っておるのだよ。と、芭蕉は早起きを自慢しております。そんなことを自慢しなくたっていいのにね。

これには、わけがある。一番弟子の其角《きかく》が夜遊びの句を詠んだのを、からかいながら楽しんでいるのです。

其角は日本橋堀江町の医者の息子で、十七歳のころから芭蕉の弟子となった。才気あふれる道楽者の弟子で、二十二歳のとき、其角撰による『虚栗《みなしぐり》』を出板した。芭蕉より十八歳も年下である。

『虚栗』とは実のない栗のことで、価値がないものの比喩《ひゆ》である。其角は才能がある若者特有の生意気ざかりで、処女撰集に、わざとこういうタイトルをつけた。自分を「詩あきんど」といってはばからぬ才人で、大酒飲みであった。その『虚栗』に、「草の戸に我は蓼《たで》食ふほたる哉」の句が出てくる。

遊び人の其角が、昼は家でブラブラとすごして、夜になると出歩く日々を自嘲した吟である。蓼を出したのは「蓼食ふ虫」のコトワザを応用して、自分は「夜の螢《ほたる》です」と気取ってみせた。芭蕉は「困った弟子だなあ」と渋い顔をしてみせたものの、師としての立場を詠みこんだ句を示そうとした。

其角が「蓼食ふほたる」ならば、自分は、朝早く起きて、朝顔の花を見ながら飯を食う平凡な男ですよ、ととぼけてみせた。其角の句とセットになると趣が出てくる。

この句を、大酒飲みの其角を戒めるものと解して、其角を叱《しか》る手紙なるものが偽作された。それほど、この句は江戸の俳人にひろく知られていた。芭蕉の真意は戒めるところにはなく、こういうやりとりを楽しんでいる。撰集というのは、句じたいの仕立てもさることながら、句の対比が面白くなくてはいけない。

この両句を対比させて編集したのは、芭蕉ではなくて其角その人である。この年(天和二年)、十二月二十八日、駒込大円寺を火元とする大火(八百屋お七の火事)のため、深川の第一次芭蕉庵は類焼した。

20　世にふるもさらに宗祇《そうぎ》のやどり哉　芭　蕉

『虚栗』深川

「世にふる」は「経る」と「降る」で、時がすぎていく世を生きながらえていること。宗祇は芭蕉より約百二十年前（室町末期）の連歌師で、「過ぎゆく世は宗祇翁がそこに宿っているのだよ」という詠嘆である。みちのくの旅をし宗祇の句「世にふるも更《さら》に時雨《しぐれ》のやどり哉」（時がすぎゆくのは、時雨で雨宿りするようなものだ）はよく知られていた。時間が経ることと、雨が降るを重ねた吟で、それも念頭において詠んだ。宗祇《そうぎ》は、筋力たくましい偉丈夫で、八十二歳まで生きた。その門人宗長《そうちょう》、さらに、紹巴《じょうは》といった連歌師は、情報提供者として戦国大名から優遇された。

『おくのほそ道』の初頭に「古人も多く旅に死せるあり。予もいづれの年よりか、片雲《へんうん》の風にさそはれて漂泊の思ひやまず……」の「古人」は主として宗祇をさす。

芭蕉は宗祇の句を下敷きにして「時雨」を「宗祇」と置きかえた。この句の前書きに「手づから雨のわび笠をはりて」とある。天和二年十月、三十九歳の芭蕉は侘び住まいをしながら、たわむれに自分で手製の旅笠を作ってみた。西行のふじみ笠にするか、あるいは中国の詩人蘇東坡《そとうば》の雪見笠かと考えながら、朝に紙をはり、乾くと、渋《しぶ》をぬって色をつけ、うるしをかけて二十日かけて、ようやく完成した、と『笠の記』に出てくる。

　その素人細工の笠を前にして、感じることがあってこの句を笠の裏に貼りつけた。まさか宗祇の句をそのまま貼るわけにはいかず、宗祇の句をもじって、旅のお守りとした。となると、この句は人生の無常を述べたものではなく、旅する者の風狂の心にあることがわかる。おまじないのようなものだ。芭蕉の頭蓋にはりついている人生訓である。

　宗祇の句には「さらに」とある。これは『新古今』に出てくる二条院讃岐《にじょういんのさぬき》の和歌「世にふるは苦しきものを槙《まき》の屋に易《やす》くも過ぐる初時雨《はつしぐれ》かな」をふまえているためだ。二条院の和歌には初時雨にむせび泣くような哀愁があって、王朝ブルースといったところ。

　宗祇は武士の旅情を詠んだ。それを「さらに」と使ったのだが、芭蕉もまた「さらに」として、「宗祇のやどり」とし、手製の笠裏に、この句を貼りつけた。

　のちに「古池や蛙飛こむ水のをと」(『蛙合』)が詠まれるのだが、ふる池には「時間がたった池」という意味が隠されている。大火があって、芭蕉庵が焼失してから三年がたった。それがふる池であり、上五は、どうしても「ふる池」でなければならなかった。時間がたち、再生されていく池。世をふることによって、新しい命が生まれてくる。

　句がスライドしていく。瞬間のできごとをとらえつつ、句が動いていく。なにげない吟と見せつつ、十七音のなかに幾層もの時間が経るのである。

21 椹《クハノミ》や花なき蝶《てふ》の世捨て酒　芭蕉

『虚栗』深川

椹は桑の実で、野に自生する野生のヤマグワである。赤黒く熟した苺に似た実がなる。その桑の実に蝶《ちょう》がとまっているのをみつけた。花が散ってしまった季節であるから蝶は世捨て酒を飲んでいるのであろうなあ。

すでに花はなく、蝶が桑の実の果汁を吸っている。蝶は花の蜜のようにうまく吸えるのでしょうか、と芭蕉は蝶を見つめている。わびしげに見えるけれども、赤黒く熟した桑の実と蝶のとりあわせに官能がある。甘い匂いがむれる晩春の桑畑に、あでやかな蝶を配して、蝶が世捨て酒を飲んでいる。

世捨て酒という言葉は芭蕉の造語である。桑の実は熟すと甘酸っぱく、醸造して桑酒となり、ひと昔前は京都近くにある亀岡の駅売店で売っていた。黒い色をしてブドウ酒に似ている。桑酒は桑門《そうもん》（僧侶）を連想させ、桑門と書いて「よすてびと」と読ます例があるから、桑酒は世捨て酒となる。芭蕉は造語もかなりの達人で、いまふうに言えばコピーライター。

「世捨て酒」なんて酒が売られれば、ふてくされた老人連にけっこう売れるんじゃないだろうか。「捨てちゃえ〳〵、どうせ拾ったこの命」。「世捨て正宗」なんて日本酒があったら愉快だ。世をはかなんで飲む酒で、悠々とひねくれて飲むやけ酒だ。わけわからない。

この句にも、そういった息があり、芭蕉の目は桑の実にむかっている。この句以前には、桑の実は歌や句の素材になっていない。桑の実に優雅さはないし、王朝歌人は見て見ぬふりをした。桑には白い花が咲くがそれも目立たない。芭蕉は、新しい俳枕の地を捜したけれども、新しい素材をとりこもうとしていた。

桑の実は、私の世代はみんな食べたものだ。食物がない時代には、野生の桑の実がわずかなる果実で、昭和の少年たちは、唇をマッカにして道端に実っている桑の実を食べた。紫黒色の「桑の実」には限りない愛着がある。芭蕉が桑の実を詠んだことは、「昔の友だち」という気がしますね。

22　馬ぼく〳〵我《われ》をゑに見る夏野《なつの》哉《かな》　芭蕉翁

松琵編『水の友』深川

江戸の大火で深川の芭蕉庵が焼けた。芭蕉はその翌年（天和三年）にかけて山梨県谷村《やむら》へ避難した。その旅の途中で詠んだ句である。馬に乗ってぼくぼくと夏野を行く自分の姿は絵になりそうだなあ。

旅をしているとき、ふと自分の姿を絵に見たてる一瞬はだれにでもある。芭蕉が乗った馬は、のろのろとして遅い。夏野は暑いので馬も疲れている。頼ったさきは甲州秋元藩の高山麋塒《びじ》だが、この人の句はすごくヘタなんですよ。添削指導した芭蕉が気の毒だが、なにしろ相手は家老ですからね。

疲れはてて、馬に乗って江戸へ帰ってきた。

初案は「夏馬ぼくぼく我を絵に見るこゝろかな」であったと『三冊子』にある。初案の「こゝろ」を省いて、この句形で門人松琵編の追善集『水の友』に収録された。夏馬というのは無理やり夏の季語にしたという感が強く、音からは河馬と間違える。

江戸時代の俳句は濁音符をつけないのが通例で、真蹟《しんせき》短冊には「ほくほく」と書かれている。そこから安倍能成《よししげ》は「ほくほく」のほうをとり、言葉と気持ちが一致しているという。「ほくほく」という語が馬と人の運動のリズムを表しているとするが、「ほくほく」では芋がゆであがるような感じで、ここはやはり「ぼくぼく」のほうがいい。馬がぼっくりぼっくりと音をたてて歩いていく語感は、草いきれがする夏野のけだるさがあり、庵を焼かれた芭蕉の心境が反映されている。

この句の画賛（杉風《さんぷう》筆、天理図書館蔵）に前書きがある。

「かさ着て馬に乗《のり》たる坊主は、いづれの境《さかひ》より出《いで》て、何をむさぼり歩くにや。このぬしのいへる、是《これ》は予が旅の姿を写せりとかや。さればこそ三界《さんがい》流浪《るらう》のもゝ尻、おちてあやまちすることなかれ」

「かさ着て馬に乗たる坊主」とは芭蕉自身をさしている。三界流浪は三千世界をさまようこと。「もゝ尻」は馬の乗りかたがへたなお尻だが、「桃尻娘」のはしりだね。

遅々として進まない馬に乗った芭蕉は、ぼく〳〵と揺れていくお尻姿を絵に見たてつつ「この句は画賛になるぞ」と考えた。決して風流な旅ではないのに「ぼく〳〵」という軽快な響きが心地よく、画賛にふさわしい旅姿となった。

23 野ざらしを心に風のしむ身哉《かな》

『野ざらし紀行』

『野ざらし紀行』は、貞享元年（一六八四）八月中旬四十一歳で江戸をたち、翌貞享二年四月末に江戸に帰着するまでの八カ月にわたる長い旅である。藤堂藩は江戸に下った者は五年に一度帰国するという規則があった。

旅立ちにあたっては二つの大きな事件があった。ひとつは旅の二年前、天和《てんな》二年の江戸の大火だ。世にいう八百屋《やおや》お七の火事で、大坂にいる西鶴《さいかく》はお七をモデルに『好色五人女』巻四を仕上げて評判を呼んだ。西鶴の「お七」は浄瑠璃《じようるり》や歌舞伎《かぶき》に仕立てられたが、芭蕉は庵《いおり》を焼け出されて呆然《ぼうぜん》となった。江戸大火を西鶴は商売のネタにしたが芭蕉は罹災《りさい》者《しや》である。

甲州に半年隠棲《いんせい》していた芭蕉は、故郷の実母が死んだという知らせをうけて、新築された深川芭蕉庵に戻り、伊賀上野へ行き、母の墓参りをした。門人千里《ちり》を連れて出発し、伊勢をへて九月八日に帰郷した。これは旅立ちの句で「野ざらし」とは骸骨《がいこつ》のことである。つまりホラーの旅である。髑髏《どくろ》紀行である。旅の途中で行き倒れになり白骨となることを胸に秘めて旅に出ようという決意。ふきつける秋の風が身にしみていく。

伊賀上野に戻って愛染院《あいぜんいん》で亡き母の墓を拝してから、大和、吉野、山城、大垣と廻《まわ》って名古屋で歌仙を巻き、『冬の日』が完成した。「死んで白骨となる」という思いこみはあったものの、芭蕉は健脚で、吉野から名古屋を歩きまわって新風の句境をひらいてみせようという野心があった。

このころ江戸蕉門で一番崇拝されていたのは西行で『山家集』を読んでいた。西行絵伝や西行『聞書集《ききがきしゆう》』の板本も必読の書だった。芭蕉より十七歳若い其角は西行の忌日二月十六日に旅立ち「西行が死出路《しでじ》を旅のはじめ哉」と詠じた。芭蕉には五つの紀行文があるが、第一回は『野ざらし紀行』というタイトルだからただの風流な旅ではない。江戸大火のおりに隅田川に流された焼死体のドクロが、まだ川っぷちにさらされたままだ。それを見てこの句が出た。

『野ざらし紀行』は芭蕉の死後、其角《きかく》や許六《きよりく》といった弟子たちにより刊行された稿本で、「句控え帳」(作品ノート)である。芭蕉研究のための資料であるが、弟子がいなければ、この紀行は世に出ることはなかった。弟子たちが『野ざらし紀行』を刊行したのは、この旅が句集『冬の日』を生んだためである。

24 猿をきく人《ひと》すて子《ご》にあきのかぜいかに

『野ざらし紀行』富士川

江戸を出て富士川にさしかかると、三歳の捨子が泣いていた。どうにか助けてやりたいと思うが「はかない命はこの子の運命だ。連れていくわけにはいかない」と芭蕉は、ふところの食べ物を与えて立ち去った、という。『野ざらし紀行』の有名なシーン。

歌や詩が捨子の前では有効であるはずがなく、それを知っていながら芭蕉は、

「唯是天《ただこれてん》にして、汝《なんじ》が性《さが》のつたなきをなけ」

と言う。これは天命なのだから、おまえさんの不運を泣くしかないのだ、と。

この一節を読めば、門人のだれもが、「作り話だ」と気がついたろう。現実にあった話ならば、芭蕉は捨子を見すてておくことはせず、自分で連れ歩くのは無理でも、弟子千里に申しつけてどこかの家に届けさせるか、あるいはもっと現実的な対応をしただろう。

「猿を聞く人」とは杜甫《とほ》のことである。杜甫に「猿の声を聞いて泣く」という詩がある。また西行も猿の声を聞いて歌を詠んでおり、古人は、猿の声を聞いて無常を感じてきた。そういった「猿をきく人」は、秋風にさらされて泣く捨子にどう対応するか、という思いつめた問いかけだ。

実存主義者のサルトルが「飢えた子の前で文学は有効か」と問うたが、芭蕉は貞享元年(一六八四)に同じことを言っている。

『野ざらし紀行』の旅に出て、いきなり捨子に会うという設定は、芭蕉ならではのフィクションである。芭蕉は紀行文に作り話を入れる達人で、『源氏物語』(「桐壺」)に出てくる「宮城野《みやぎの》の露吹きむすぶ風の音に小萩がもとを思ひこそやれ」からの連想であることがわかる仕掛けになっている。秋風に揺れる小萩の花を見て『源氏物語』の小萩を思い出し、そこに捨て子を幻視してしまった。

江戸時代の富士川は舟運《しゅううん》が盛んで、河口近くの雁堤《かりがねづつみ》の景観は「東海道名所図会」に出てくる。急流の富士川を渡るのは舟で、上船居《かみふない》、中船居、下船居《しもふない》の三つの渡船場があった。下船居のあった水神の森あたりは、いまでも船場と呼ばれている。

芭蕉が旅したころの富士川河口一帯は、富士の裾野《すその》が広がり、さぞかし雄大な風景であったろう。明治十一年には船頭宿が二十八軒あったという。渡し舟は三十人乗りで、船頭が五人ついた。

富士市市民センターの駐車場に「捨子の碑」があり、黒石に『野ざらし紀行』の捨て子記述が彫られていたが、捨子ゆかりの碑だから、さて、いまはどうなっているか。

25　道のべの木槿《むくげ》は馬にくはれけり

『野ざらし紀行』小夜の中山

富士川を渡った芭蕉は、大井川を越えて、小夜《さよ》の中山《なかやま》へと向かった。小夜の中山は掛川市日坂《にっさか》近くにある急坂で、歌枕である。西行はこの峠で「年たけて又越ゆべしと思ひきやいのちなりけりさやの中山」と歌った。有名な「いのちなりけり」の歌で、その歌碑が峠に建っている。

この句は「馬上吟」と前書きにあり、小夜の中山へ向かう途中、馬上にて詠んだ。道ばたに木槿《むくげ》の花が咲いていて、芭蕉が乗っていた馬がその木槿を食べた、と、ただそれだけの写生である。ここには他の句に見られるような古典文学の下敷はない。『野ざらし紀行』の芭蕉は観念のなかを旅する人であった。西行の歌枕を尋ねつつ、杜甫を思うのだから現実とフィクションが入りまじったなかを旅していく。そんな間隙《かんげき》をぬって、ナマの風景がとびこんできた。それをやわらかくうけとめたところに芭蕉の進化がある。句が小事件として飛んできて、それをキャッチした。句は、いきなり外側から芭蕉にぶつかってきた。芭蕉があれこれと夢想する以前に、目の前で木槿はムシャムシャと馬に食われている。

芭蕉開眼の一句とされる。素堂《そどう》は「道ばたのむくげこそ、此吟行《このぎんこう》の秀逸」と賞し、弟子の許六《きょりく》も「蕉風観賞第一の句」として、この句をあげている。

芭蕉がこの句を得た小夜の中山は旧東海道の峠で、日坂から中山峠をへて菊川へ出るまでの道はハイキングコースとなっている。中山峠に至るまでは、夜泣松《よなきまつ》神社（白山神社）、斬捨御免千人斬塚《きりすてごめんせんにんぎりづか》、夜泣石《よなきいし》、といった薄気味の悪い名所がある。いま歩いても淋《さび》しい山道だから、江戸時代は山賊が出てきたろう。夜泣石というのは夜中に泣き声を出す石である。その昔、中山峠を越えようとした妊婦が山賊に襲われて殺された。腹の中の赤児だけは寺の人に拾われて育てられたが、母の霊が石に乗り移って泣くというのである。富士川の捨子話はこの夜泣石からの連想かもしれない。

夜泣石を世にひろめたのは滝沢馬琴《たきざわばきん》である。寺で育てられた子（音八）は久延寺の飴で育てられ、刀研師《かたなとぎし》となる。そこへ轟《とどろき》 業右衛門《ごうえもん》（母を殺した犯人）が刃こぼれした刀を持ってくる。「男は、去る十数年前、小夜の中山で妊婦を斬り捨てたときに石にあたった、と言ったので、母の仇とわかって仇討ちをした」（『石言遺響《せきげんいきょう》』）。

有名な石で、明治初年の東京博覧会に出品されたという。

26 馬に寝て残夢《ざんむ》月遠しちゃのけぶり

『野ざらし紀行』小夜の中山

小夜《さよ》の中山《なかやま》へ至る道中の吟で、「杜牧《とぼく》が早行《さうかう》の残夢、小夜の中山に至りて忽驚《たちまちおどろく》」と前書がついている。杜牧は中国晩唐の詩人である。

杜牧の詩「早行」を思い出しながら、芭蕉は馬に乗っていたのですね。「早行」は、朝早く馬に乗り、鞭《むち》は垂らして使わず、馬にまかせて数里を行くが、まだ鶏は鳴かない。芭蕉もまた、馬の背でうつらうつらと眠り、夢がさめやらぬうちに、白い有明の月がぼうっと山の上に映り、はっと気がつくと、峠の茶屋で茶を煮る煙がくっきりと立ちのぼっていた。

芭蕉は、観念のなかを旅する人で、すぐ古人の詩世界へ入ってしまう得意技を持つ。実景なんか、ほとんど見ていない。ひたすら杜牧と一体となって馬に乗って行くだけだ。ただ、杜牧と違うところは「茶の煙」であって、ここに芭蕉の俳味がある。眠っていても茶の香りには、はっと鼻が動いた。

小夜の中山の頂上へむかう旧東海道ハイキングコースは、いまも一面の茶畑で、茶の植木がパンチパーマのようにうねり、峠の上には茶屋がある。風景を見ていないようで、芭蕉はかんどころはおさえている。夕暮れどきに、芭蕉の句を思いながら歩いていけば、芭蕉と同じような恍惚《こうこつ》感を味わうことができる。茶屋では、ブリキ缶に入った芋飴《あめ》（子育飴）が売られており、箸《はし》に巻いたコハク色の芋飴をしゃぶると、なつかしい甘みが舌先にひろがっていく。旧東海道ハイキングコースには、西行歌碑、夜泣石、久延寺、一里塚、広重の絵碑、涼み松がある。「白骨となって死んでもいい」と思いつめた旅であるのに、歌枕の地に入ると、たちまち風雅なる夢のなかに迷いこんでしまう。

広沢虎造の浪曲「清水の次郎長」のはじまりに〽旅行けば、駿河の国に茶の香り……」というフレーズがあり、虎造は芭蕉のこの句が頭にあったのかもしれない。

芭蕉が古人の詩歌を思い出しつつ旅をしたように、いまだって芭蕉の句を胸に抱いて旅をすれば、いっそう感興ぶかい思いが残ろうというものだ。

27　明《あけ》ぼのやしら魚《うを》しろきこと一寸《いっすん》

『野ざらし紀行』桑名

ほのぼのとしたあけがたに、網にあげられた一寸の白魚の鮮やかさが目に浮かぶ。句がぴちぴちとはねている。白魚のいじらしいまでの躍動。「野ざらし」になる覚悟で出た旅が、死から生へ転換する一瞬となった。

貞享元年（一六八四）冬、桑名での吟。芭蕉は寺町の本統寺《ほんとうじ》（東本願寺別院）に泊まって、この句を得た。住職は古益《こえき》の号を持つ俳人であった。句碑は桑名港近くの浜地蔵《はまじぞう》という小さな堂の横にある。

早朝眠られぬままに海辺へ出て、港のあたりを歩いた。まだほの暗い夜である。それが次第に明るくなったところを「明ぼのや」とまず大きく見定めて、「白魚」の一寸へ焦点をしぼっていく映画的手法の句。

「一寸」とは杜甫《とほ》の詩に「天然二寸の魚」とあるところからの着想で、桑名には「冬一寸春二寸」と、魚の成長を示す言い方があった。一寸（三・〇三センチメートル）ほどの小さな白魚が網で浜へひきあげられたシーンだろう。ぼうっと明るくなった浜に、一寸の白魚が、いっそう白くにじんでいく。冬の桑名港の情景。桑名は東海道五十三次四十二番目の宿場で、尾張熱田の宮からは海上七里（約二十八キロ）の渡しがあった。揖斐川《いびがわ》と長良川《ながらがわ》が合流する地点で、木曾川《きそがわ》が隣接して流れこんでくる。旧東海道は、すべてが陸路ではなく、こういった海路があり、そういう桑名港ならではの体験であろう。芭蕉句碑の前に、夜間航行する船の目印となる常燈明《じょうとうみょう》がある。

いまは新幹線であっという間に東海道を通り過ぎるが、百年ちょっと前までは、この海路を船が行き来していた。中継の宿場であった桑名には百軒余の宿があった。芭蕉の「白魚しろき」の句によって、宿場町桑名の「明ぼの」の美しさがわかる。芭蕉は年譜に残っているだけで「七里の渡し」を九回渡っている。桑名は蛤《はまぐり》の産地としても有名だが、白魚の似合う気品の高い町でもある。

芭蕉は「白げし」「白髪」「白露」など「白」を使った吟が多く、「白し」という表現が多用される。

28 海くれて鴨《かも》の聲ほのかに白し

『野ざらし紀行』熱田

身ぶるいするほどステキな句だ。「海辺に日暮《くら》して」と前書があるが『笈《おい》日記』尾州熱田連中の「悼芭蕉翁」の文中に「師走の海を見ようとして舟を浮かべて浪の音をなぐさめれば」とあるから舟中の吟。海が暮れて、水平線がうっすらとぼやけてにじむなか、鴨の声がほのかに白く聞こえてくる。幽玄の句で、「声が白い」と芭蕉はいいたかったのである。

当たりまえに詠めば「海くれてほのかに白し鴨の声」としたほうが五七五調で据わりがいい。それをあえて変調にして五五七の句形にしたところに妙味がある。この句を目にしただけで、グラッとくる。なんだか死にたくなっちゃうような官能。

芭蕉はこのころ「白い」ものに目がいき、桑名では「明ぼのや白魚しろきこと一寸」と詠んでいる。白魚だから白いというのではなく、「明ぼの」のなかで見る白魚が、象徴的に白いのだ。のち『おくのほそ道』で「石山の石より白し秋の風」があり、これは秋風に白のイメージがある（後述）。漢詩では春は青（青春）で秋は白い（白秋）。

熱田は、熱田神宮の門前町であり、東海道で桑名へむかう船渡し場があった。芭蕉を舟に乗せて夕焼け見物に誘ったのは熱田の郷士で裕福な林洞葉《とうよう》という俳人である。洞葉は書道家として名をなし、熱田俳壇のリーダーであった。芭蕉は熱田では洞葉宅を定宿としており、熱田の南門参道にある鰻屋蓬莱亭《うなぎやほうらいてい》の前に「林洞葉宅跡」の碑が立っている。

この年、芭蕉は大垣より桑名へ行き、「白魚」の句を得て、桑名より船で熱田へ渡った。熱田の渡し跡はいまは公園となり、船のための常夜燈がある。

白色は物理学的には、すべての可視光線を反射することによって生じる。色でありつつ色ではない。とすると、白は色というより意識である。白い意識が瞳孔を覚醒させる。

29 水とりや氷《こほり》の僧の沓《くつ》の音　奈良

「水取り」は東大寺の二月堂で旧暦二月一日から十四日まで行われる修二会《しゅにえ》で、十四日間昼夜の行を「お水取り」という。

この期間は余寒がきびしいため、深夜練行する僧を氷の僧といった。お堂のなかでは十一、二人の僧が夜を徹して行をする。東大寺回廊には燃える大松明《たいまつ》をかざした僧がバタンバタンと沓音をたてて走り、火の粉が火事みたいにまう。

奈良は芭蕉のふるさと伊賀上野から大和街道が通じており、芭蕉がしょっちゅう行き来していたところで、弟子と歌仙を巻いた。

芭蕉がこの句を詠んだのは貞享二年（一六八五）、四十二歳である。句に「二月堂に籠《こも》りて」の前書きがある。「沓」とは歯のない檜板の下駄で、これをはいて内陣を走り回る。

東大寺の二月堂下にある句碑は「水とりやこもりの僧の沓の音」となっている。

東大寺長老筒井寛秀氏にお願いして、お水取りの初日に、芭蕉と同じように二月堂の片隅に籠らしていただいた。そのとき、「氷の僧」と「こもりの僧」とどちらが正しいのか、とうかがった。筒井氏は、同じ質問を司馬遼太郎氏からうけて、句碑にある通り「こもりの僧だ」と答えたが、あとでよく調べてみると古板本に「氷の僧」があるのを見つけて、訂正された。

「こもりの僧」としたのは蝶夢《ちょうむ》という俳人で、「こもりの僧」としたほうが一般にはわかりやすい。芭蕉は「氷の僧」を「こもりの僧」にかけている。芭蕉の原句を添削してしまった蝶夢の句が、句碑に刻字されてしまったことになる。芭蕉は、自分の句を何度も改稿して、ああでもない、こうでもないと推敲《すいこう》を重ねる人であったが、蝶夢による改稿の句碑は大正十二年に建てられた。

30　辛《から》崎《さき》の松は花より朧《おぼろ》にて

大津

　芭蕉四十二歳の吟。大津から唐崎（辛崎）の松を見て詠んだ句で、古来、切字《きれじ》がない発句として問題とされてきた。切字とは「や」「かな」「けり」「の」「ぬ」「たり」「ず」「らん」いった言葉。「朧にて」と止めた句法は、俳句作法としては禁じ手と論じる人もいた。

　句意は、琵琶湖ごしに辛崎の松を見ているとぼうっと朧にかすんだ美しさは桜より味わいがある、と松をほめた。湖水沿いにたたずむ朧月夜ににじむ松林の風景である。

　初案は「辛崎の松は小町が身の朧」であった。「にて留め」の特異な句形に関して、芭蕉は「余が方寸の上に分別なし」と答えた。ようするに「自分が好きに作っているのだから、ガタガタと細かいことをぬかすな」という自信で、芭蕉第一の弟子其角《きかく》も「名句である」とほめたたえた。

　この句の脇を千那《せんな》が「山は桜をしぼる春雨」（桜の花をしぼったような春雨が山に降る）と、うまいことつけた。

　この句を昼の句と見る説もあるが、朧とあるのだから、月夜の風景と見るのが妥当とおもわれる。古来、朧は夜である。

大津市から琵琶湖沿いに五キロほど北へ行くと、湖畔に唐崎神社があって、本殿の背に松が生え、柵に囲まれている。ここにある大きな松が芭蕉が詠んだ古松とされているが、いまの松は大正二年に植えた三代目で、二代目の松は湖上にのびる巨木であったという。

芭蕉が、「花より朧にて」と詠んだのは特定された一本の松ではなく、湖水上に霞む松の群れであって、それが月光を浴びてぼーっと金色に輝く妖《あや》しさであろう。松に桜以上の幽玄さを見てとった芭蕉の眼のつけどころがいい。現在は、いろいろな建築物があって、大津から唐崎の松を見ることは難しくなった。金沢の名園兼六園の松は唐崎の松の苗を移した。

唐崎神社の松林にこの句碑が建っているから、旅する人は月夜の宵に行くのがいいでしょうね。

31　菜《な》畠《ばたけ》に花《はな》見《み》顔《がほ》なる雀《すずめ》哉《かな》

『野ざらし紀行』

『野ざらし紀行』に、ただ「吟行」と前書きして出てくる句である。土地名は意図的に記してない。菜の花畑にいる雀が、花見をするような顔をしているよ、という、俳諧ならではの息がある。芭蕉が敬愛する西行でも、菜の花畑は詠まなかったし、また、雀なんて田舎くさい鳥も詠んだりはしない。そこへ目をつけたところに俳諧師としての芭蕉の面目がある。

菜の花が畑一面に咲くようになったのは江戸時代に入ってからのことで、菜の花の盛りというのは江戸の新風景であった。

雀は、鳥のうちでもどこかしら人間の表情に似ていて、どこにでも群れていてチュッチュッと声をあげながら、あたりを見回している。その様子を、花見顔とした。これは西行の応用であって、「ナニナニ顔」という使い方がある。後年、弟子の土芳《どほう》に語ったところによれば、芭蕉は、西行の歌「真菅《ますげ》生ふる山田に水をまかすればうれし顔《がほ》にも鳴《な》くかはづかな」が頭にあったという。真菅が生えている山田に水をひくといかにも嬉《うれ》しそうに蛙《かえる》が鳴く、という歌から「うれし顔」という言い方が頭に残っていた。

田舎くさくてとても風流などありそうもない雀が、王朝人みたいな表情をして花見顔になっているというユーモア。雀の分相応の菜の花畑を見ているシーンをとらえた芭蕉は、思わずほほえんで、「これだ」と手を打ったであろう。

俳諧は庶民の美意識と生活を描写する文芸である。王朝歌人が目をつけなかった、歌枕にもならない無名の地での一シーンである。菜の花畑にいる雀を見るたびに、この一句を思い出すが、いまは雀も少なくなった。

32 命二《ふた》ッの中に活《いき》たるさくらかな

『野ざらし紀行』水口

お、いい句だなあ。軽やかで、息がはずみ、これぞ新風。「水口《みなくち》にて二十年を経て故人に逢ふ」との前書きがある。水口は滋賀県甲賀郡水口町。会ったのは芭蕉のふるさと伊賀上野藩士、服部土芳《どほう》である。ときに芭蕉は四十二歳、土芳は三十一歳であった。土芳は内海流槍術の達人として名をなしていたが、翌年、藩を辞して俳諧一途の道に入る。

この年、土芳は播州へ赴いて芭蕉に会おうとするが会えず、滋賀の水口まで追いかけて再会をはたした。

芭蕉はその喜びを、この句に示した。二十年ぶりに会った二人は無事に生きていて、その二人のあいだに桜が咲いている、旧友に会った嬉《うれ》しさが、桜の花に託されている。

この句の見どころは初五「命二ッの」の「の」にある。意図的に字あまりにして、「の」を入れたところに再会した感激と興奮が躍っている。

『野ざらし紀行』には「命二ッ中に活《いき》たるさくらかな」と出てくるが、紀行真蹟《しんせき》にはのが入っている。芭蕉の弟子許六《きょりく》の『俳諧問答』では「のの字が入っているほうが夜明けを思わせる」と評している。

伊賀上野には蕉門弟子の五庵があって、芭蕉は帰郷するたびに身を寄せてすごした。このうち当時のまま残っているのが土芳が建てた蓑虫庵《みのむしあん》である。芭蕉が達磨の絵に、「みの虫の音《ね》を聞きに来よ草の庵《いほ》」という自画自讃の幅を与えたので庵の名とした。

伊賀上野の蓑虫庵には椋《むく》の古木、檜、椎、楓、山茶花がおいしげり、わら葺《ぶ》きの庵があって、俳句好きの客の観光名所となっている。土芳は、芭蕉没後は伊賀総代として義仲寺へ参じて、芭蕉の遺髪を持ち帰って、松尾家菩提寺愛染院に故郷塚を築いた。この師弟のあいだには、いまなお「生きたる桜」が咲いている。

33　山路来て何やらゆかしすみれ草《ぐさ》

『野ざらし紀行』大津

山道を歩いていくと、ひっそりとすみれ草が咲いていて、それがゆかしく思えた、という感慨。「何やら」という漠然とした言い方に妙味があって、はっきりと言いきらないところに含蓄がある。「何やら」はへたをするとゴマカシとなるが、この句ではそれが生きている。この句は、当時は賛否両論があったらしく、北村湖春《こしゅん》（季吟《きぎん》の子で、幕府歌所）よりけなされた。湖春によれば「すみれは山に咲いているところを詠まぬとされている。芭蕉は歌学の知識がないため、こんな過ちをする」という批判であった。

それに対して芭蕉の高弟の去来《きょらい》が「山路にすみれを詠んだ和歌は、例をひこうと思えばいくらでもある。堂上歌学（公家の和歌）で禁制というのも理解に苦しむ」（『去来抄』）と反論している。

もとより芭蕉は、和歌にない景色を発見しようとしている革新派であって、湖春の批判は、まるで的はずれなものであった。西行にも菫の歌がある。芭蕉名句と数えられるものであっても、ケチをつけてくる旧派勢力があった。山路にひっそりと咲くすみれを詠んでしまう自在さに難癖をつけたくなるほど、芭蕉の人気があったということであろう。

34　狂句こがらしの身は竹斎《ちくさい》に似たる哉《かな》

『冬の日』名古屋

『野ざらし紀行』で名古屋へ行き、歌仙を巻いたときの発句である。名古屋は俳諧が盛んな地で、リーダーは医者の荷兮《かけい》である。あとは豪商で総町代役野水《やすい》、材木商の重五《じゅうご》、米商の杜国《とこく》といった新鋭の俳人がそろって芭蕉を待ちかまえていた。名古屋に入りこむことは江戸に劣らず難しい。江戸は新興都市で、力ある者が他を圧していく勝ち抜き戦の都であった。しかし町衆文化は名古屋のほうがはるかに練れて成熟しており、ただの成り上りはいとも簡単にひねりつぶされる。名古屋は、茶道が盛んで、学術を尊び、武家も商人も無駄なことに金を出さない。ハレとケがはっきりとしており、日常は地味だがいざとなるとおしみなく金を出す。その名古屋で、芭蕉は勝負に出た。

発句の前書に「笠は長途《ちょうと》の雨にほころび、帋衣《かみこ》はとまり〳〵のあらしにもめたり。侘《わび》つくしたるわび人、我さへあはれにおぼえける。むかし狂哥《きょうか》の才士《さいし》、此国《このくに》にたどりし事を、不図《ふと》おもひ出《いで》て申侍《まうしはべ》る」。

この前文を見ると、芭蕉の並々ならぬ気合いの入れ方がわかる。初五を「狂句こがらしの」と字余りで意図的に挑発した。

竹斎は架空の人物名で、藪《やぶ》医者。『竹斎狂歌ばなし』という滑稽《こっけい》文学の主人公である。その話は山城在の藪医者竹斎が狂歌を詠みながら東下し、名古屋にて「天下一藪くすし」という看板で、三年間、頓智を使った治療をして、江戸へ向かうというものだ。

芭蕉は、自分を藪医者の竹斎に見たて、長旅でうらぶれた姿を詠んだ。木枯らしに吹きさらされて、狂句を詠みながら名古屋へ来た私は竹斎にそっくりだという自嘲である。

名医である荷兮に対する挨拶でありつつ、決闘申し入れの息がこめられていた。脇を野水が「たそやとばしるかさの山茶花《さざんか》」（山茶花のちりかかる笠をつけている人はどなたでしょうか）と無難につけると、荷兮は「有明の主水《もんど》を居酒屋に仕立てる」風狂でつづけた。『冬の日』（こがらしの巻）決戦は、俳諧の傑作として名を残した。四十一歳の芭蕉が名古屋俳壇の実力者たちに立ちむかい、新風を見せつけた記念碑的な発句であった。

芭蕉は、悪く言えば伊賀の山猿で、親は無足人で、その息子が江戸へ出て名をあげ、俳諧の腕をあげ、深川に隠棲したあげく、天下人の地元名古屋へやってきた。『野ざらし紀行』のはじめに「野に捨てられて白骨となる」と言い切っていたのに、名古屋に来ると、右も左も豪商の旦那衆を集めて江戸日本橋にいるときよりも豪勢な日々に戻った。

芭蕉の心に熱い火をつけたのは、なんといっても杜国である。芭蕉の愛を一身に集め、蕉門の奇才と称せられた杜国は、芭蕉が江戸へ帰った直後、空米売買の罪で家屋敷をとりあげられ、追放となり、三河国渥美《あつみ》郡畠村《はたけむら》（現在の渥美町）へ閉居した。空米売買が事実とすれば、一族そろって打ち首であるのに、杜国はなぜ追放ですんだのか。そこに芭蕉がどうかかわっていたのかは、すべて藪の中でわからない。

力づくで配下にひきこんでいく芭蕉の才気とカリスマ性は並みのものではない。

『冬の日』は半紙本一冊からなり、表紙には「冬の日　尾張五歌仙　全」とあり、刊行は「貞享甲子歳《じょうきょうかっしのとし》」とあるから、貞享元年の出板に思えるが、実際には翌年の貞享二年（一六八五）刊である。これは、芭蕉が名古屋滞在中の貞享元年に編集され、江戸に帰るときはすでに刊行されていたということである。

この早さが凄い。『冬の日』花仙を記録編集しすぐさま一冊の本に仕上げるところに名古屋俳人の実力があった。半紙本『冬の日』が刊行されたことは、江戸蕉門にとってはかなりショックだったのではないだろうか。

『冬の日』の歌仙を巻いた貞享元年、芭蕉はふたたび故郷の伊賀上野へ戻って正月を迎え、江戸へ戻ったのは四月末で、九カ月におよぶ長旅であった。

35　白げしにはねもぐ蝶《てふ》の形見《かたみ》哉《かな》

『野ざらし紀行』

なんとも痛ましい句であって、芭蕉はとり乱している。「羽もぐ蝶」が尋常ではない。この句には「杜国《とこく》子ニ贈ル」の前書きがある。杜国は、名古屋連衆《れんじゅ》のひとりで町役、米商をしていた。歌仙『冬の日』を巻いたときも、杜国はとびぬけてうまい。ずばぬけた才があり、芭蕉の新風と拮抗した。名古屋御園町《みそのちょう》の大きな屋敷に住み、本名を坪井庄兵衛という水もしたたる美青年である。芭蕉より二十歳も若い。たちまち杜国と意気投合して恋仲となった。

芭蕉は才能ある美青年に会うとたちまち恋に身を焼いてしまう。衆道《しゅどう》は、男女の仲よりも精神的価値が高いとされた。

この句は杜国との別れを悲しんだもので、芭蕉は、杜国に「白げし」をイメージしている。それは、二人の恋の暗号のようだ。白げし（杜国）の花に遊んで蝶（芭蕉）が、いざ別れて飛びさるのにさいして自分の羽をもいで、形見として残していく、という別離哀切の吟である。これより、芭蕉と杜国の「禁断の恋」が切っておとされ、これはその最初の一句といっていいだろう。

第3章

古池とは何か

――古池や蛙飛こむ水の音（芭蕉）

36 古池や蛙《かはづ》飛《とび》こむ水の音

蛙合

貞享《じょうきょう》三年（一六八六）春、深川の芭蕉草庵で蕉門社中の二十番『蛙合《かわずあわせ》』が興行された。芭蕉の句「古池や蛙飛《とび》こむ水の音」を巻頭において、蕉門による蛙の句四十を左右に分け、出席した連衆《れんじゅ》の合議で優劣をきめた。編集は蕉門の仙化《せんか》だが、姓不明（意図的に名を伏したか、架空の人物）、西村梅風軒《ばいぶうけん》方より板行された。薄い半紙一冊であるが、この小冊子が、芭蕉の名を天下に知らしめた。ときに、芭蕉は四十三歳、一番弟子の其角《きかく》は二十六歳であった。第一番は、

左

古池や蛙飛こむ水の音　芭蕉

右

いたいけに蝦《かはづ》つくはふ浮葉《うきは》哉《かな》　仙《せん》化《か》

である。最初の一番には勝ち負けを記さないが左（芭蕉）の勝ちと決っている。仙化の句は、芭蕉の句の前でひたすら這《は》いつくばって、「ははア」と頭を下げている。

第二番は素堂《そどう》「雨の蛙声高《こはだか》になるも哀也《あはれなり》」（左）と、文鱗《ぶんりん》（裕福な商人）「泥亀《どろがめ》と門をならぶる蛙哉」（右）で素堂《そどう》の勝ち。教養あふれる芭蕉の盟友・素堂（四十五歳）の貫禄勝ちだ。『新古今集』の「折にあへばこれもさすがに哀なり小田の蛙の夕暮の声」より連想する蛙の声が「雨で声高になる」というところに強さがあるとの判詞。

第三番は嵐蘭《らんらん》「きろ〳〵と我頬《わがつら》守る蝦哉《かはずかな》」（左）と孤屋《こおく》「人あしを聞《きき》しり顔の蛙哉」（右）で、藩士嵐蘭《らんらん》（松倉氏元武士、四十歳）の勝ち。孤屋（越後屋の手代）の「人あしを聞く蛙」も捨てがたいが、嵐蘭の中七「我頬守る」が強い、と判詞にある。

第五番は、芭蕉庵に芭蕉を植えた李下《りか》と、芭蕉の弟子になったばかりの去来《きょらい》（三十六歳）の勝負。去来は京都より句を送ってきた。

左

蓑《みの》うりが去年《こぞ》より見たる蛙哉　李下

右

一《ひと》畦《あぜ》はしばし鳴《なき》やむ蛙哉　去来

去来の句は、「田の畦道を歩いていくと、それまで鳴いていた蛙の声が、しばし鳴きやむ」といった風情がよく、順当なる実力勝ち。

と、蛙の句は四十句出てくるが、佳句をいくつかあげる。

妻負《おう》て艸《くさ》にかくるゝ蛙哉　濁子《じょくし》（大垣藩藩士）
よしなしやさでの芥《あくた》とゆく蛙　嵐雪《らんせつ》（雪門の祖）
手をひろげ水に浮《うき》ねの蛙哉　ちり（『野ざらし紀行』に随行）
ちる花をかつぎ上《あげ》たる蛙哉　宗波《そうは》（定林寺住職・隠密）
山《やまの》井《ゐ》や墨《すみ》のたもとに汲《くむ》蛙　杉風《さんぷう》（幕府御用達の魚問屋）
堀《ほり》を出て人《ひと》待《まち》くらす蛙哉　卜宅《ぼくたく》（藤堂家江戸藩士）
うき時は蟇《ひき》の遠音《とほね》も雨夜《あまよ》哉　そら（『おくのほそ道』に同行の隠密）
こゝかしこ蛙鳴ク江の星の数　キ角（一番弟子）

最後の第二十番勝負は、のち『おくのほそ道』に同行する曾良《そら》と、一番弟子其角《きかく》の組みあわせで、勝ち負けはついていない。

『蛙合』に登場する句は、いずれも新鮮な目線があり、板本は大評判となった。で、メンバーを見わたすと、いずれも、幕府隠密をかねている。大垣藩は『おくのほそ道』の終着地で幕府の重要な拠点である。

芭蕉は、まず「蛙飛こむ水の音」を得て、上五文字を「どうつけようか」と其角《きかく》に訊《き》いた、という話がある。其角は「山吹《やまぶき》や」とつけた。「山吹や蛙飛こむ水の音」は、いかにも其角らしい花やかな句だ。

広重《ひろしげ》の大短冊（天保三年）に、「山吹に蛙」の絵がある。天保になると「古池やその後とびこむ蛙なし」と川柳にからかわれた。

芭蕉は、其角《きかく》の「山吹や」をとらずに「古池や」と上五をつけた。また其角が芭蕉の句に脇をつけたという話もある。

古池や蛙飛こむ水の音　芭蕉
蘆《あし》の若葉にかゝる蜘《くも》の巣　其角

其角が「山吹や」とつけた話は支考《しこう》『葛の松原』（元禄五年板）に出てくる。

芭蕉が深川に隠棲《いんせい》しているとき、春雨が静かに降り、鳩の声が聞こえてきた。風はやわらかく、桜花のちるのもあわただしさを感じない。すると、蛙が池畔の草むらから飛び込む音がしばしばきこえるので「蛙飛こむ水の音」という七五ができた。その横に其角がいて、初五を「山吹や」といたしましょうかと老人ぶった意見をいうと、ただありのままに「古池や」にすると芭蕉が言った。

まるで見てきたように書いてあるが、支考が芭蕉に入門したのは元禄三年二十六歳で、この「蛙合」のときはまだ二十二歳で禅寺で修行中だった。これは支考の創作であるが、元禄五年は芭蕉も其角も生きているからまるっきりの嘘は書けない。其角が「山吹や」とつけたという話を誰かより聞いて、のち、支考《しこう》が知ったかぶりで書いたと察する。其角《きかく》が「山吹や」とつけたのは、『古今集』の「かはづ」の歌からの連想である。

かはづ鳴く井手《ゐで》の山吹《やまぶき》散りにけり花の盛りにあはましものを（読人しらず）

この歌によって「井手の玉川」（山城の南部、木津川の東方）は歌枕となり、和歌で蛙といえば山吹がつきものとなった。ただし「井手の玉川」の蛙は河鹿《かじか》であって、蛙とは似ているようだが違う。

歌学では、かはづ（河鹿）は鳴くもので、池に飛びこんだりはしない。「蛙飛こむ水の音」は、歌学にそえばルール違反である。いや、それ以上に、そのへんにいる蛙を詠むことじたいが、掟《おきて》破りであって、そのぶん革新的である。深川の生簀《いけす》周辺はまだ火事の焼け跡が残り、深川の蛙は、和歌の世界には到底出てこない異物であり、汚れている。山吹など、もってのほかの添え物であろう。芭蕉の眼前にあるのは水の濁《にご》った焼け跡の古池で、ゴミだの動物の死骸《しがい》さえ浮かんでいる。天和《てんな》二年（一六八二）十二月二十八日の大火のとき、庵は焼け、芭蕉は焼死するところであった。危うく一命をとりとめたのは、小名木《おなぎ》川の泥水につかり、洲を這《は》いあがって難をのがれたからである。古池は混沌《こんとん》の沼であり、そこに飛び込む蛙には芭蕉じしんの記憶が重なっている。

正岡子規に「古池の句の弁」という論考がある。子規のもとへ客がきて、芭蕉の「古池や……」の一句は古今の傑作といわれ、馬丁走卒《ばていそうそつ》まで知っているが、その意義を問えば一人としてこれを説明してくれる者がないので教えてくれと頼む。

答へて曰く古池の句の意義は一句の表面に現れたるだけの意義にして、また他に意義なる者無し。しかるに俗宗匠輩《ぞくそうしょうはい》がこの句に深遠なる意義あるがごとく言ひ做《な》し、かつその深遠なる意義は到底普通俗人《とうていふつうぞくじん》の解する能《あた》はざるがごとし。

子規の説明は、詳《くわ》しく知るにはこの句以前の俳諧史を学ばなければいけないが、意義においては、古池に蛙の飛び込む音を聞いた、という以外、余計なことは考えるな、ということだ。

子規が言いたかったのは「日常茶飯の一瞬が句になる」ということである。風流とされるものに心を動かさず、他人が見つけないものをつかまえる。子規のいう写生が「古池や……」であった。露伴《ろはん》は「名画は描き来って直ちに是れ天地であると云うところが比の句にはある。所謂渾然として境を作すもの、どうにも動かしようのないもので、斯う云う句は全く解釈を超越している」と絶賛した。

寛政五年（一七九三）の芭蕉百回忌に「桃青《とうせい》霊神」の神号を神祇伯白川家から下賜され、文化三年（一八〇六）には「古池や」の吟に因んで朝廷より「飛音明神」の号を賜わった。さらに百五十回忌の天保十四年（一八四三）には、二条家から「花の本大明神」が与えられ、芭蕉は偶像化され、神となった。信仰の対象となれば、俳諧の躍動する野性は消えてしまう。

「古池や……」の重要なキーワードは「古池」にある。ふる池はただ古い池、という意味ではない。ふるは「経《ふ》る」「降《ふ》る」で、時間がたつという意味である。手製の旅笠の裏に貼りつけた「世にふるもさらに宗祇《そうぎ》のやどり哉」の「ふる」である。

ふる池には宗祇の「世にふる……」の時間が隠されている。大火があって、芭蕉庵が焼失してから三年がたった。それがふる池であり、上五は、どうしても「ふる池」でなければならなかった。時間がたち、再生されていく池。世をふることによって、新しい命が生まれてくる。

句がスライドしていく。瞬間のできごとをとらえつつ、句が動いていく。なにげない吟と見せつつ、十七音のなかに幾層もの時間が経るのである。

火事で焼け出され、死ぬことを覚悟して故郷伊賀《いが》へ帰る旅路のなかで、芭蕉はひとまわり大きく生き返り、江戸へ戻ってきた。

芭蕉は、庵の前にある生簀を見て初心に戻り、新生の気分で「古池や……」の上五を得た。古池は古式俳諧でありつつ、かつまた目前の現実の風景である。

もうひとつ、蛙を題材に選んだのは「蕉門」の戦略がある。

綱吉は嗣子にめぐまれず、祈禱によって子を得ようとした。僧隆光が「前生多殺の報いである」と説き、罪障消滅のため生類をあわれみ、綱吉が戌年生まれのため、犬を殺すことを禁じた。それが、牛、馬、魚にまで及び、ツバメを殺して死罪になった侍がいた。最初に法令となったのは貞享二年（一六八五）一月であった。

『蛙合』が刊行された前年の貞享二年（一六八五）より数十回、元禄にいたるまで、五代将軍綱吉は「生類憐《しょうるいあわれ》みの令」を強化していった。蕉門には曾良《そら》はじめ藩士が多く、其角《きかく》の友人にも藩士がいる。幕府でも公用のとき以外は、鳥肉、えび、貝を食べてはいけない。

蛙という、さして見ばえのしない小動物を句題とした『蛙合』は、時流に沿ったものであった。芭蕉は時代の流れをくみとる企画力と、目くばりがあった。犬のみでなく、ねずみ、金魚、蚊にまで異常な偏愛があった綱吉からみれば、「古池や蛙飛こむ水の音」にはじまる『蛙合』板本は幕府推薦図書ともいうべきものであったろう。

長島藩につかえ、のち幕府（巡見使）として芭蕉と『おくのほそ道』の旅をした曾良《そら》にしても、また、曾良と親交があり芭蕉を援助した幕府御用達《ごようたし》の鯉屋杉風《こいやさんぷう》にしても、『蛙合』が当代の人気本になって読まれることは大いに役にたったと思われる。食用の鯉を売る杉風からみると、「生類憐みの令」のPR句会であった。

『蛙合』での杉風《さんぷう》の句「山井《やまのゐ》や墨のたもとに汲《くむ》蛙」は、歌枕である「山井」の情景を詠んだもので、墨とは墨染めの僧である。歌枕の山井で「僧が水を汲むたもとに蛙がいる」という和歌的設定は、旧歌学の域を出ていない。にもかかわらず、「幽玄にして哀愁があって、岩のたたずまいもよく、まだ花が咲いていない藤が松の枝にまきついて、清水の上におおいかぶさっている場面が、目に見えるようである」と長い判詞がついている。『蛙合』は、芭蕉の句「古池や……」を世にひろめた小冊子でありつつも、杉風や曾良の立場を援《えん》護《ご》する役目をはたした。

「古池や蛙飛こむ水の音」の知名度を抜く句は今後も出ないであろう。あまりに知られすぎて、「かえって陳腐《ちんぷ》である」と子規に指摘されたこの句にはさまざまな側面がある。

ところで、「蛙が水に飛び込む音」を聴いた人がいるだろうか。

この句が詠まれたのは深川であるから、私はたびたび、芭蕉庵を訪れ、隅田川や小名木川沿いを歩いて、蛙をさがした。清澄庭園には「古池や……」の句碑が立ち、池には蛙がいる。春の一日を清澄庭園ですごし、蛙が飛び込む音を聴こうとしたが、聴こえなかった。蛙はいるのに飛び込む音はしない。蛙は池の上から音をたてて飛び込まない。池の端より這うようにスルーッと水中に入っていく。

蛙が池に飛び込むのは、ヘビなどの天敵や人間に襲われそうになったときだけである。

絶体絶命のときだけ、ジャンプして水中に飛ぶのである。それも音をたてずにするりと水中にもぐりこむ。

ということは、芭蕉が聴いた音は幻聴ではなかろうか。あるいは聴きもしなかったのに、観念として「飛び込む音」を創作してしまった。世界的に有名な「古池や……」は、写生ではなく、フィクションであったことに気がついた。

多くの人が「蛙が飛び込む音を聴いた」と錯覚しているのは、まず、芭蕉の句が先入観として入っていているためと思われる。それほどに蛙の句は、日本人の頭にしみこんでしまった。事実よりも虚構が先行した。

中学三年の古文の授業でスズムラ先生に「この句の蛙《かえる》は何匹ですか」と質問し、「そんなことはどっちでもよい」と言われた。その後、会う人ごとに質問すると、父も、寺の住職も、谷保天満宮宮司も、畳屋の主人も、八百屋のオヤジも、植木屋の職人も、山口瞳先生も「そりゃ一匹にきまっている」と言った。一九八三年、フジテレビの番組「NY者」で安西水丸とニューヨーク俳句吟行をした。NYのコロンビア大学の俳句ソサエティーと句会をした。そのとき、同じ質問をすると「蛙は複数ですよ。だからカワズと言うんでしょ」とのことであった（これは冗談）。アメリカの俳句人口は五百万人もいる。

で、NHKの番組「ようこそ先輩」に出演したとき、小学校の生徒たちに、この句の絵を描いてくるよう宿題を出した。すると三分の一の生徒が複数の蛙の絵を描いてきた。「古池や……」の芭蕉自筆画賛があれば、一気に解決することなのだが、残念ながら残されていない。いろいろと調査するのに五十年かかり、そんなことをしているうち芭蕉にはまってしまった。

「古池や……」を最初に英訳したのは小泉八雲ことラフカディオ・ハーンで、「Old pond – frogs jumped in – sound of water」という直訳だ。外国人は最初から frogs と複数で読んでいたんですね。

その後、サイデンステッカーにより「The quiet pond / A frog leaps in / The sound of the water.」と蛙は単数に訳され、脚本家のハリー・ベンによっても「An old quiet pond … A frog jumps into the pond, splash! Silence again.」とやはり単数に訳されている。このベンによる英訳の句はアメリカのハイスクールの教科書にのっている。サイデンステッカーによれば「多くの日本人が一匹と言っているから理屈なしに単数にした」ということであった。

ところが、アメリカの俳人は小泉八雲によって英訳された「古池や……」の蛙が複数であったか単数であったかは、さして記憶にない、というのである。アメリカ人の感性によれば、「蛙はいっぱいいるから複数だ」という認識である。日本人だって、芭蕉さんに聞いたわけじゃないので、ただ感性として「一匹だ」ときめてしまっている。

私の結論を御報告すれば、「どちらでもよい」のであって、それが俳句のおもしろさです。まあ、それほどこの句は世界中で知られている。スズムラ先生がおっしゃる通りでした。

37　名月や池をめぐりて夜もすがら

『孤松』（深川の月見）

芭蕉は名月マニアで、月を偏愛した。どこで月見をするか、が生涯のテーマであった。夜空に浮かぶ月は季節や天候によって変る。月は信仰の対象でありつつ、魔物の気配で現われる。「古池や……」の句で評判を得た芭蕉は同じく四十三歳の秋に、深川の庵で月見に興じ、この句を得た。蛙の句を得た年の秋、舟に乗って近くの池を巡って月見をした。ここは素堂《そどう》ら門人の手によって再建された第二次芭蕉庵である。

月がこうこうと照る夜、その月があまりに美しいので一晩中池の周囲を巡ってしまった。『雑談集《ぞうだんしゅう》』には、この句の前書として、「舟に乗って廻った」とあるから、芭蕉庵があった周辺の掘割であろう。芭蕉は月の匂いを嗅いでいる。『蛙合《かわずあわせ》』が評判を呼び、その年に、月を見ながら舟に乗って廻ると、過去の記憶がいろいろと思い出される。古池を廻りながら、四十三歳の芭蕉はつぎのステップを踏みはじめた。

38　ものひとつ我がよはかろきひさご哉《かな》

『あつめ句』

素堂《そどう》が「芭蕉庵再建勧化簿」を書いて、門人ら五十人余にまわし、お金を集めて、第二次芭蕉庵ができた。寄付金要請文には「芭蕉さんの生活は、貧の極みであって、住む家は鳥の巣にも及ばない」と書かれている。新庵には一株の芭蕉を植えて、庵の柱に大きな瓢をかけた。この瓢のなかへ、弟子たちが米などの食料を入れた。空になるとだれかれとなく順番に入れるようになった。

芭蕉は、素堂に頼んでこの瓢に名をつけようと思いたち、素堂は漢詩の知識をかたむけて「四山瓢《しざんのひさご》」とし、一詩を寄せた。それに感謝して詠んだのがこの句である。

草庵のなかには、たったひとつの瓢があるだけで、米がなくなってすぐ軽くなりますよ、という貧乏自慢である。いきなり「ものひとつ」と言いかけた。「もの」は食料であり、俳諧の生活をさしている。

句の前に「四山瓢」と題した俳文が書かれている。

孔子《こうし》の高弟である顔公の家の垣根は大きな瓢が生えていたというし、宰相恵子《けいし》は王から大きな瓢をもらって、その種から五石の容量を入れる実がなったという。

初案は「ものひとつ瓢《ひさご》はかろき我《わが》よかな」（『四山集』）。花入れにしては大きすぎるし、酒を入れる容器でもない。そこで「草庵の食糧を入れる」。素堂が書いた漢詩に四つの山があるため「四山」とした。杜甫《とほ》や李白《りはく》にちなんだ山であって、貧乏生活はただ「ちりの山」であるけれど、米が入れば千金の値打ちとなる。

瓢ひとつに素堂の漢詩と芭蕉の句と俳文をつけたところに俳諧の風雅がある。この瓢は、芭蕉庵六物のひとつとして珍重され、複製品が人気で「芭蕉展」で展示される。貧乏を嘆くのではなく、愉《たの》しんでしまうことが文芸の力である。

39 水寒く寝《ね》入《いり》かねたるかもめかな

『深川八貧《ふかがわはっぴん》』

元起和尚に酒を貰《もら》ってそのお返しに詠んだ句。

夜寒で眠れないかもめへよせる哀感の情で、芭蕉はかもめに自分の姿を託している。寒さのあまり眠れないところ、酒をいただいたので、ありがたい。元禄元年（一六八八）十二月、芭蕉は貧乏の極にあり、弟子たちが庵に集っても食うものがなく、弟子のわずかな金で食べるものを買いに行った。芭蕉は米買いの句を詠み、弟子は薪《まき》買い、酒買い、茶買い、豆腐買いに行く。

一同を「深川八貧」と称した。

芭蕉の句は「米買《こめかひ》に雪の袋やなげ頭巾《づきん》」というもので、「さあ米買いにいくぞ」と紙の袋をさげて出ていきながら、その袋をすぐ頭からかぶってしまった。「深川八貧」は杜甫《とほ》の詩「飲中八仙歌」に擬し、当人たちが笑いあってしまうほど楽しい。貧乏自慢でもある。

芭蕉庵には一番弟子の其角《きかく》が書きおいた掛け軸があり、「せめてもの貧乏柿に梅の花」の賛がある。串柿《くしがき》を貧乏柿というから、串柿の絵を描き、梅の花を添えた。芭蕉庵の柱につけられた瓢《ひさご》から米がなくなったときは、瓢におみなえしの花をさしこんで「米のなき時は瓢におみなへし」。

貧乏生活を克服するためには風流心で笑いとばすしかないが、さすがに寒い晩にひとりいるのに耐えかねて、かもめの姿を思い浮かべた。

芭蕉はさして酒を飲まなかったようで、飲酒の句は少ない。この句とほぼ同じころ「深川雪夜」と題して、「酒のめばいとど寝られぬ夜の雪」があり、こちらの句では「酒を飲んでしまったから、かえって頭がさえて眠れなくなってしまった」と述懐している。

40 初雪や水仙の葉のたはむまで

『あつめ句巻』深川

芭蕉四十三歳（貞享三年）の暮れ十二月十八日、初雪が降った。その初雪が芭蕉庵に咲いている水仙の葉につもって、葉が雪の重みでたわんでいる。初雪を待ちかねていたわくわくする気分。下五「たはむまで」の「まで」がいい。息がはずんで軽やか。暮れのせわしない時期に雪が降り、水仙の葉に積もった情景が一幅の絵となっている。この年の春に、「古池や蛙飛《かはづとび》こむ水の音」の『蛙合《かわずあわせ》』句会で新風を確立させ、芭蕉庵の四季のうつろいを詠む『あつめ句巻』（全三十四句）を仕上げた。

この句と一緒にもう一句あり、「はつゆきやさいはひ庵《あん》にまかりある」。貧しい芭蕉庵の庭さきに雪が降る情景を「まかりある」（いらっしゃいました）と改まった口調で詠んだ。『蛙合』が革新的であるのに対し『あつめ句巻』では伝統のなかに風雅を見つけようとしている。新風になったとはいえ、古典の格調を捨ててはいない。わかりやすく、新風俗を詠みこんで、重々しくならずに四季を詠もうという芭蕉の眼がある。『あつめ句巻』は『鹿島の記』とあわせて二巻一双の巻子本《かんすぼん》として、杉風《さんぷう》に贈られた。

41　月はやし梢《こずゑ》は雨を持《もち》ながら　桃青

『鹿島紀行』鹿島

貞享四年（一六八七）秋、四十四歳になった芭蕉は深川芭蕉庵の近くに住む門弟曾良《そら》（吉川《よしかわ》神道を学びのち巡見使随員）と宗波《そうは》（本所定林寺住職で水雲の僧、幕府隠密）を連れて常陸《ひたち》鹿島《かしま》へ旅をした。鹿島の根本寺《こんぽんじ》にいる仏頂《ぶっちょう》和尚から、「月を見にいらっしゃい」という誘いの手紙が届いたので、いそいそと出かけた。

深川芭蕉庵の門前は小名木《おなぎ》川に通じる水路で、旅のはじまりは庵の前から小舟に乗る。庵の前が「バス停」といったところ。のち『おくのほそ道』の旅も出発は水路で、芭蕉と水路は深いかかわりを持つ。

この旅ではまず小名木川を下って行徳（千葉県市川市）に出た。行徳は江戸へ至る廻船《かいせん》で賑《にぎ》わった港町である。行徳から歩き、その日の夕方に布佐《ふさ》（千葉県我孫子《あびこ》市）に着いた。漁師の家に一泊するつもりだったが、あまりになまぐさいので、深夜に飛び出して、利根川を舟に乗って佐原《さわら》まですすみ、佐原より細い水郷に入って牛堀《うしぼり》、潮来《いたこ》をへて大船津《おおふなづ》で下船した。この旅の三分の二は水路を使った。大船津は鹿島詣《かしまもうで》の旅客で賑わう川の港である。

その足ですぐに仏頂和尚を訪ねたが、あいにくと昼から雨が降って、月はよく見えなかった。

まず和尚（仏頂）が「おり〳〵にかはらぬ空の月かげも、ちゞのながめは雲のまにまに」と和歌を詠んだ。いつもは変わらない月影に雲がかかると、さまざまな形になりますなあ」と、にこやかに語りかけた。それをうけて芭蕉がつけた句。

月面にかかる雲の動きが早くて、月が走っていくように見える。まだ雨が降って、木の梢に雨のしずくをたらしているよ。芭蕉は七年前に捨てた桃青という俳号を使った。それにはわけがある。

仏頂和尚はもとは鹿島にある根本寺の二十一世住職であったが、寺領を鹿島神宮に奪われ、それを取りかえすべく江戸寺社奉行に訴えていた。そのときの江戸の住いが臨川庵《りんせんあん》（のちの臨川寺）で、九年間の訴訟審議ののち、天和二年（一六八二）に勝訴して鹿島根本寺へ戻った。勝訴後の仏頂は、鹿島根本寺と深川臨川庵を行ったり来たりしていた。のち『おくのほそ道』の旅でも日光、黒羽を廻ったあと、芭蕉は、「雲岸《うんがん》（巌）寺《じ》のおくに仏頂和尚山居跡《さんきよのあと》あり」として若き日の仏頂が坐禅した岩窟を訪れている。

仏頂は芭蕉より二歳上で、深川に隠棲した芭蕉が臨川庵に参禅して、深く心酔した、というがべつの事情があったはずだ。仏頂は闊達な禅僧だが、ただの禅僧ではない。

芭蕉が剃髪して僧形となったのは仏頂に心酔したからというが、仏頂と会うように、曾良や杉風が仕組んでいた。仏頂の名から仏頂面《づら》をした無愛想な顔と推察するが、臨済宗妙心寺派の傑僧である。

芭蕉の頭には越後《えちご》騒動《そうどう》の逆転判決（延宝九年六月）があった。綱吉《つなよし》が将軍職につくと、家綱《いえつな》時代に裁決があった事件の再審査が始まって、一日の審問だけで前審がくつがえされた。綱吉は、大名に過ちがあれば罰し、お家とりつぶしとした。再審査による逆転判決は、綱吉政権のパフォーマンスで、「正しい者を助けて旧利権勢力を討つ」のである。時代の風向きが変ってきた。

仏頂を芭蕉にひきあわせたのは伊奈半十郎という関東代官頭で、関東のほぼすべての河川を管理していた。芭蕉がかかわった神田上水の水道工事も元締は伊奈代官家で、川魚問屋の杉風も伊奈家が管理している川で魚を獲っている。広大な伊奈家屋敷は、隅田川に面して十二万坪という広さだった。

仏頂に協力して鹿島神宮と闘って勝てば、芭蕉は綱吉の政策に協力したことになる。芭蕉の意を見て動いたのが自準こと本間道悦《どうえつ》（地元の医師）だった。自準の役割りは、鹿島、潮来、行徳、深川の情報収集で『鹿島詣』の旅がまさしく、そのルートになる。

仙台藩や津軽藩など東北の藩が江戸に米を運ぶ航路を東廻りという。仙台、津軽より来る米をつんだ千石船は潮来港を繋留地《けいりゅうち》とした。芭蕉の時代は深川から鹿島までは、舟を使えば一泊二日で行くことができた。それは、この時代の利根川水運がいかに隆盛をきわめていたかを立証するもので、このころ、利根川の運航は年四千艘といわれた。伊奈代官家は、河川工事で川幅をひろげ、運河をつなぎ、水路から引いた水で新田を作り、収穫される米も潤沢であった。

伊奈半十郎は、芭蕉が日本橋を離れなければならない事情を杉風より聞いて知っており、そのうえで、訴訟中の仏頂をひきあわせたのだろう。芭蕉は自準らと協力して仏頂応援団となった。仏頂が勝訴して、五年がたち、芭蕉は『蛙合』興行で名声を得た。『鹿島詣』の旅は、仏頂和尚勝訴五周年「戦士の休暇」といった趣きがある。

42 寺に寝てまこと顔なる月見《つきみ》哉《かな》 桃青

『鹿島紀行』

寺の部屋に寝っころがっては雨上がりの月を、ながめている感慨。

仏頂《ぶっちょう》和尚が住む根本寺《こんぽんじ》に泊まって詠んだ句。仏頂和尚は、寺領を取り返すべく江戸寺社奉行に訴えにきたときの住まいが深川の臨川寺《りんせんじ》で、芭蕉庵のすぐ近くにあった。芭蕉は仏頂和尚に、禅を学んだ。臨川寺は「芭蕉参禅の寺」であり、境内には芭蕉ゆかりの碑と、墨直しの碑がある。臨川寺の裏側は清澄《きよすみ》庭園になっている。入口に大きなキササゲの樹が繁っている。葉がウチワのように大きい。万年橋から清澄庭園にかけては芭蕉文学散歩をする人が多い。

仏頂和尚は、九年間の訴訟審議ののち、天和二年に勝訴して鹿島根本寺へと戻っていた。

根本寺は、芭蕉が舟で上陸した大船津から徒歩で二十五分ぐらいのところにある。船着き場がある土堤《どて》に神宮の大鳥居があり、芭蕉はこの大鳥居をくぐって根本寺へ向かった。そのころはここは神宮橋がかかっていたが、いまは新神宮橋がかかり、その奥はJR鹿島線の鉄橋である。

新神宮橋をはさんで向こう側が北浦、手前は鰐川《わにがわ》である。鰐川の水は満々として岸辺ぎりぎりまで迫り、いまにもあふれそうだ。

芭蕉は月見が好きで、生涯に六十句以上詠んでいるけれども、根本寺での月見は、雨にありながら、はれがましい。ちなみに同行の曾良《そら》は「雨に寝て竹起《おき》かへるつきみかな」（雨だれがたまった竹が、雨あがりにはねあがった）と詠んでいる。はねあがる竹は逆転勝訴した仏頂和尚を仮託している。五代将軍綱吉による粛清を怖れて身を隠していた芭蕉だが、仏頂和尚の勝訴によって、風向きが変わってきた。

芭蕉筆の『鹿島記』は本間自準家伝来の真蹟《しんせき》（模刻）が残っている。杉風家伝来本『かしま紀行』もある。芭蕉は『鹿島詣』が自慢で、多くの人に見せたかったんでしょうね。この画賛を広く示すことで「綱吉幕府との和解」を見せようとした。

43 塒《ねぐら》せよわらほす宿の友すゞめ　主人　（自準）
あきをこめたるくねの指杉《さしすぎ》　客　（芭蕉）

『鹿島紀行』の帰り道に芭蕉は旧友の自準《じじゅん》の家に立ちよった。「帰路自準に宿ス」と前書きがある。主人とあるのが自準で、客とあるのが芭蕉の脇句《わきく》である。自準は本間道悦《どうえつ》という大垣藩士（じつは幕府隠密）で、日本橋青物町で医師を開業し、芭蕉の主治医であった。天和元年（一六八一）に江戸をひきはらって行徳に住み、さらに潮来に居を移して、自準亭という診療所を開設していた。

その前年に芭蕉も日本橋から深川へ居を移していた。『鹿島紀行』はおよそ十日間の旅だが、仏頂和尚《ぶつちよう》と別れてから、芭蕉は七日間ほど胃の治療をかねて自準邸に滞在していた。主人の自準は、芭蕉一行を友雀《ともすずめ》にたとえて、友情あふれる挨拶《あいさつ》句を詠んだ。「友雀よ、干しわらのなかに、ねぐらを作って寝て下さいませ」。粗末な家ですがどうぞ、ごゆっくりお泊まり下さい、というやさしい心づかいがある。

芭蕉と同じルートで鹿島へ行ってみた。木場六丁目にある釣舟屋から旧式木造釣舟をチャーターした。釣舟屋は大横川沿いにあり、芭蕉稲荷神社がある万年橋とは舟で十五分ほどだ。大横川は小名木川に似た細い運河で、江戸時代、深川一帯の舟路である。釣舟は平木橋、巴橋《ともえばし》、黒船橋の下をくぐり、ちゃぷちゃぷと音をたてて進み、二十分ほどで隅田川に出た。出たとたんに舟は木の葉のように大きく揺れ、危うく舟からころげ落ちそうになった。川面に吹きつける風が強く、荒海に出たように揺れたが、東京湾に出てからは安定し、スピードをあげて行徳（市川）港に着いた。行徳は利根川、中川を経て江戸へ出る地として廻船でにぎわっていた港町である。ここに自準の本宅があった。行徳の旧江戸川堤防には、船着場跡の碑と文化年間（一八〇四〜一八）建造の常夜燈がある。

芭蕉は曾良と宗波を連れて、行徳から檜笠《ひのきがさ》をかぶって歩き、「かまがいの原」と呼ばれた千葉県鎌ヶ谷市から彼方《かなた》の筑波山を望み、野原ではききょう、おみなえし、かるかや、すすきの穂を見て、その日の夕方に利根川のほとりの布佐《ふさ》（現在の千葉県我孫子《あびこ》市）に着いた。

芭蕉は月の句を詠んだ。月の句には芭蕉のざわめく心情が反映している。月の姿や匂いは芭蕉の胸中の宇宙なのだ。

根本寺は瓦屋根の山門があり、寺の奥山は樹々が繁り、竹林がさわさわと音をたてていた。家康が常陸国をおとずれたとき、寺領として百石を根本寺に寄進した。それを鹿島神宮が、付属寺院として扱い、五十石を神宮のものとして取りあげてしまったから訴訟となった。

鹿島神宮の境内を散策すると、老杉が繁り社殿の奥に、ぽっと灯がともっていた。塚原《つかはら》卜伝《ぼくでん》顕彰会の古看板がかかり、ここは剣道の聖地でもある。神主が祝詞《のりと》をあげていた。

潮来市に本間自準亭跡があり、個人の所有地となっている。自準亭があったところは畑になり、葱《ねぎ》が植えられ、黄菊が咲いていた。潮来は水戸藩の飛び地で、千石船が集まる情報の拠点であった。

44　旅人と我《わが》名《な》よばれん初しぐれ

『笈《おい》の小文《こぶみ》』

貞享四年（一六八七）、十月二十五日、芭蕉（四十四歳）は故郷の伊賀上野へ旅立ち、紀行『笈の小文』となった。『野ざらし紀行』の旅からすでに四年がたっていた。『鹿島紀《き》行』につづく芭蕉三回目の紀行文集である。これは出発に先立って十月十一日に江戸の其角《かく》邸の餞別《せんべつ》会で披露した句。

芭蕉にとって「旅人」となることは、和歌の西行や、連歌の宗祇《そうぎ》の系譜につながることを意味した。「初しぐれに濡《ぬ》れながら、旅人とよばれる身になりたいものだ」という決意表明である。

『笈の小文』の地の文はかなり力んでおり、「この世には百の骨と九つの孔《あな》のある物があり、それが人間である。その者をかりに風羅《ふうら》坊《ぼう》（芭蕉の別号）と名づけよう。風に破れやすい薄衣をつけた役たたずである。この男は狂句をこのんで、いまでは、それで生計をたてるようになった。ふりかえってみれば、官となって立身しようとしたり、参禅して自らの愚を悟ろうとしたけれども、無能無芸のため俳諧の道につなぎとめられてきた。

西行、宗祇、雪舟、利休といった先人たちが求めた道を求めて、風雅の世界に生きる者は、四季の変化を友としている」と、述懐している。そして、「空を見あげれば時雨が降ったりやんだりして定まらず、我が身は風に吹き散らされる木の葉のような心地がする」とあたりを見わたして、この句を示した。『笈の小文』巻頭の一句だ。其角邸へは、嵐雪はじめ十名の弟子が集まった。

この句会がひらかれた数日後に江戸をたち、鳴海《なるみ》、熱田《あつた》、保美《ほび》、名古屋をへて伊賀上野に帰郷するのは十二月末である。伊賀上野で越年して、一年ちかく江戸には帰らなかった。

この句では「我名よばれん」に、「旅に出て、孤独な放浪者になるぞ」という芭蕉の強い意志がみられる。「時雨」は古くより無常観の象徴として詠まれ、「風狂」に身をまかせる者の舞台となる。

旅は半分命がけで、旦那衆の家に泊るときは安全だが、野宿することもあるし、追剝《おいはぎ》や山賊もいる。じっさい、芭蕉が盗賊に襲われて身ぐるみはがされたという話がある。盗賊は、あとで芭蕉とわかって、奪った物を返してきたという。

これは「芭蕉の人徳」をたたえる話として語りつがれたが、盗賊は「芭蕉の背後にひそむ力」をおそれたのである。

名古屋連衆《れんじゅ》が『冬の日』の続編『春の日』を刊行して、届けてきた。『蛙合』の刊行後で、体裁は『蛙合』と同じく半紙本一冊（十六丁）である。前書に「春の曙《あけぼの》を見ようとして、桑名から熱田への渡し舟に乗ると、舟は騒がしいが松並木が見えて、のどかな気分になった。それを思い出して」とあり、荷兮《かけい》の、

　春めくや人さま〳〵の伊勢まいり

を発句として三十六句歌仙。つづいて野水《やすい》（呉服商で町代）宅の三十六句歌仙、とつづいていく。芭蕉が名古屋滞留中に指導して植えつけた蕉風の苗が花開いた。『春の日』に収められた歌仙に芭蕉は参加していないが、確実に蕉風が育っていく。野水の発句に「蛙のみきゝてゆゝしき寝覚《ねざめ》かな」（蛙の声をきいてすばらしい寝覚であるなあ）があって『蛙合』句会にあとから自発的に参加した、という心意気が感じられる。

この旅は名古屋までは一人旅である。じつを言えば芭蕉は自らすすんで一人旅を望んだ。ひとりだけで会いたい人がいた。お忍びの旅であった。

芭蕉は一人で江戸を出て、十一月四日、鳴海の下里知足《しもさとちそく》の家に到着した。江戸より九日間かかった。連句会に参加しているはずの人がもうひとりいた。杜国《とこく》こと坪井庄兵衛で、町代を務める米穀商である。『冬の日』の五歌仙に加わり、その美貌と才に芭蕉はひとめ惚れしてしまった。

杜国が空米《からまい》売買の罪で、御領分追放の刑に処せられたのは貞享二年（芭蕉四十二歳）のことであった。「延米商《のべごめあきな》い」（空売り）は正米の取引ではなく、一種の先物買いで当時はど

この米穀商でも行われていたから、これでつかまった杜国は運が悪い。先物買いは米が不作のときは弊害が生じ、藩は「御法度《ごはつと》」を設けた。杜国は他の同業者と同じくごく内密に延米商いを行ったのに、発覚し、家屋敷、店舗などすべてを没収されて流刑となり、伊良湖崎《いらこざき》に近い保美《ほび》の里へ隠棲した。

芭蕉が杜国と初めて会ったのは貞享元年（芭蕉四十一歳）の名古屋句会で、ぽっちゃりとした美貌の若衆（二十代）であった。育ちがよく、才も気品もある。芭蕉は才ある若衆が好きで、ただ顔だちが美しいだけでは心を動かされない。

芭蕉は杜国に会いたくて仕方がない。

45 星崎《ほしざき》の闇《やみ》を見よやと啼《なく》千《ち》鳥《どり》

『笈の小文』星崎

星崎は星が美しい名所として知られるが、俳諧をひらいた夜はあいにくと天候が悪くて星が見えなかった。それを逆手にとって「千鳥が、闇夜を見よ、といって鳴いている」と詠んだ。思いもよらぬ発想に、鳴海《なるみ》連衆は舌を巻いた。最悪の風光を絶景に見たててしまう魔法。この句以降、星崎は闇夜の名所となって俳人が訪れるようになった。

鳴海は東海道の宿駅で、名古屋の東南にある。歌枕の地で、芭蕉が訪れたころは、海が深く入りこんだ景勝の地であった。俳諧が盛んで鳴海六歌仙がいた。芭蕉のパトロンのひとりである下里《しもさと》知《ち》足《そく》もそのひとりだ。知足は油と酒造業を営み、現在も街道筋の北に広大な邸宅（下郷家）がある。芭蕉と知足のあいだにはすでに手紙のやりとりがあった。知足は「日本橋小田原町の小沢太郎兵衛卜尺《ぼくせき》の店《たな》」宛てへ手紙を出し、自分の発句の批評を頼んできた。そのとき芭蕉は三十七歳だった。

知足は有名俳人の短冊コレクターで、芭蕉に江戸俳人の揮毫《きごう》を集めて貰い、その礼として着物だの剃刀《かみそり》だの生活用品を贈っていた。

知足の手紙や日記により、江戸へ行ったころの芭蕉の消息がわかり、知足日記は芭蕉研究の重要な資料となっている。知足の日記によると、芭蕉は、十一月四日から約一週間ほど知足邸に泊まり、十一月七日に寺島安信《あんしん》宅（知足の叔父）で、歌仙を巻いた。

その発句で、「星崎の千鳥は、姿を見せずに闇夜を見よといって鳴く」と興じた。星崎は、鳴海宿より西北へ二キロ進んだ地にある浜で、芭蕉は、ドキュメントとして、句のシャッターを押した。

せっかく千鳥の名所である星崎へ来たのに、あいにくと闇夜であった。芭蕉以前に、闇夜の千鳥を詠んだ人はいない。そのため、芭蕉の力量を示す句として評判になった。

鳴海は、江戸時代は、本陣や脇本陣などの宿が七十軒以上あったが、名古屋のベッドタウンとなっても、往時の面影が残る。

町の北西に千句塚公園があり、小高い丘の上に、芭蕉真筆による「星崎の……」句碑がある。高さ四三センチの小さい句碑で芭蕉生存中に建てられた唯一の翁塚である。

わかりにくい場所にあるから、句碑の横にあるエノキの古木を目印にして捜すのがよいでしょう。

第4章

『笈の小文』は禁断の旅である

——冬の日や馬上に氷る影法師(芭蕉)

46　冬の日や馬上に氷《こほ》る影法師

『笈の小文』

ふきっさらしの一本道を行くと、馬上に杜国の影法師が凍てついているよ。

『笈《おい》の小文《こぶみ》』は貞享四年（一六八七）十月二十五日から翌五年の四月までの六ケ月間にわたる旅であった。芭蕉は旅の途中で四十五歳になった。星崎の句会のあと十一月十日、渥美半島の伊良湖崎《いらござき》までの道で、杜国を幻視している。越人《えつじん》の案内で伊良湖崎の保美に蟄居している杜国（野仁《のひと》と改名した）を訪れた。

勤めていた会社をやめたとき、私は柳田国男の『遊海島記』に誘われて伊良湖崎へ一人旅をした。「遠き代の物語の中に辿《たど》り入らんとならば、三河の伊良湖岬に増したる処《ところ》は無かるべし」と柳田が書いているのを読んでいてもたってもいられなくなり、伊良湖岬へ行って自分の行く末を思案したのだった。伊良湖岬を訪れた若き日の柳田は、海岸に椰子《やし》の実が流れついているのをみつけた。椰子の実は南の海の果てから流れてきた。その話を島崎藤村にすると、藤村はイメージを剽窃《ひようせつ》して『椰子の実』の詩を書いた。「名も知らぬ遠き島より流れ寄る椰子の実一つ……」という詩は国民的唱歌となったが、柳田は藤村の詩のなかに「実をとりて胸にあつれば」とあるのをみて、「藤村が三河の伊良湖岬へ行ったはずはないのに、どうしてこんな詩ができたのか不思議に思う」と皮肉を書いている。伊良湖岬は、柳田民俗学の出発点ともいうべき地なのである。

杜国の墓に関しては、柳田国男『遊海島記』にこうある。

「墓は福江の港、潮音寺の門の南、三叉路頭《さんさろ》の叢《くさむら》の裡《うち》に在り。碑苔《いしぶみこけ》に閉《と》ぢて、高さ尺に足らず。曾《かつ》て伊良湖の鷹《たか》とまで歌はれし人の跡ながら、埋《うも》るれば斯《か》くも埋るゝものかと、坐《そぞろ》に涙ぐまれき」

『遊海島記』の初出は明治三十五年「太陽」で、このころはすでに墓は潮音寺に移されていた。それ以前は潮音原の松林にあり、明治二十四年の地震で沿岸の堤防が決壊したため、潮音寺へ移した。墓の裏の墓碑銘に「この地の同好の士が村の古老より杜国の事を伝え聞き、その徳をあわれみ慕って、杜国の遺言どおり潮音原に墓を建てた」とある。墓が建ったのは、杜国死後五十年のことであった。

47 鷹《たか》一つ見付《みつけ》てうれしいらご崎

『笈の小文』伊良湖

鷹とは杜国のことである。伊良湖《いらご》は渥美半島の先端に位置する岬で、瀬戸内海路の拠点であった。歌枕としても知られていた。「伊良湖へきて、鷹が飛んでいるのを見つけて、そこに杜国の姿を思いうかべて嬉《うれ》しい」と詠嘆した。

芭蕉は、三年前に杜国と会ったとき、たちまち心を奪われた。杜国に会えた嬉しさが、この一句にあらわれている。

『笈の小文』には、「保美《ほび》村より伊良湖崎へ一里ばかりもあるべし。三河《みかわ》の国の地続きにて、伊勢とは海へだてたる所なれども、いかなる故にか、万葉集には伊勢の名所の内《うち》にえらび入れられたり。…南の海の果《は》てにて鷹のはじめて渡る所といへり」とある。渡り鳥の鷹が飛んでくる地である。同行した越人（名古屋の古老・越智氏）の記録には「夢よりも現《うつつ》の鷹ぞ頼母《たのも》しき」（芭蕉）という句形で出てくる。

十一月十三日、杜国（野仁《のひと》）と三吟三物《みつもの》。

麦生えてよき隠れ家や畑村《はたけむら》　はせを
冬をさかりに椿咲く也　越人
昼の空蚤《のみ》嚙《か》む犬の寝返りて　野仁

芭蕉と越人は、せいいっぱいはげますが、杜国の吟はさえない。杜国が隠棲さきの保美村で詠んだ句に、「子を殺して」と題して、

陽炎《かげろふ》に燃《もえ》残《のこ》りたる夫婦《めをと》かな
水銹《みづさび》て骸骨《がいこつ》青きほたるかな

がある。すさまじい吟である。

十一月十六日、伊良湖崎から鳴海に帰着して連日の句会となった。杜国とはこの三カ月後に二人だけで旅をする密約をした。『笈の小文』後半は、
「かのいらご崎にてちぎり置《おき》し人の、……自《みづから》万菊丸《まんぎくまる》と名をいふ。まことにわらべらしき名のさま、いと興有《きようあり》」とある。

毎年四月に、杜国の墓がある潮音寺で杜国祭俳句大会が開催され、全国から俳人が集まる。薄幸の美青年であった杜国は、いまなおファンが多い。

柳田国男や山頭火も杜国の墓を訪ねており、山口誓子「鷹の羽を拾ひて持てば風集ふ」の句碑がある。杜国の蟄居《ちっきょ》跡はキャベツ畑のなかにある。

『笈の小文』は、江戸から名古屋・伊良湖岬を経て伊賀上野の実家へ帰るまで（前半）と、翌元禄元年（貞享五年は九月から元禄元年と改元された）に杜国と一緒に明石・須磨・京都をめぐる旅（後半）である。『笈の小文』前半は杜国のいる伊良湖岬が目的地であったが、一旦名古屋へ帰る途中、駕籠から落ちて、伊賀上野で養生した。

伊賀上野で花見をしたあと杜国と再会し、奈良、吉野、明石、須磨、神戸、京都へ旅をした。

夕暮れの伊良湖岬からは一望のもとに太平洋が見渡せる。藤村「椰子の実」の詩碑のまわりに椰子が植樹されていた。岬のすぐ向いは、三島由紀夫『潮騒』の舞台となった神島が黒いシルエットになって浮かんでいる。

48　ふるさとや臍《へそ》の緒《を》に泣年《なくとし》の暮《くれ》

『笈の小文』伊賀上野

貞享四年（一六八七）十月二十五日に江戸をたった芭蕉は、鳴海《なるみ》、熱田《あつた》、保美《ほび》、名古屋で句会をひらき、十二月末に故郷の伊賀上野に到着した。

ひさしぶりに帰った故郷の家で、へその緒を見せられた。「年の暮れに、古い自分のへその緒を見て、いまは亡き父母を思い出して、涙にくれた」。長い前書がある。

「私（芭蕉）も四十四歳となり、なにごとにつけても昔をなつかしがるようになった。十月に江戸を出発して、雪に降られ霜をかさねて、ようやく十二月末に伊賀上野に戻った。父と母が生きていれば、と思い出すと悲しみでいっぱいになる」。

「へその緒」を保存しておく風習は古くよりあった。スルメの足ほどの、しわくちゃになった「へその緒」を手にとって見ると、胎内で母の命とつながれていたことが、しみじみとわかる。「へその緒」は根源の「ふるさと」に通じる通路であり、この一句となった。

「へその緒」という萎びた小物を扱いながら、痛切な慟哭《どうこく》に、したててしまうところが芭蕉の腕である。江戸の人々はよく泣いた。大声をあげて、大げさと思われるほど泣いたという。泣く声と裏表に杜国への恋情が震えている。

49　蓑虫《みのむし》の音《ね》を聞《きき》に来よ草の庵《いほ》

伊賀上野

芭蕉の生まれ故郷伊賀上野に、蓑虫庵《みのむしあん》がある。門弟であった服部土芳《はっとりどほう》の庵で、元禄元（一六八八）年に建てられた。伊賀上野には芭蕉が身を寄せた庵が五つあったが、当時のまま残っているのは蓑虫庵だけで、人気の観光名所となっている。

庵開きから八日後の三月十一日、帰省中の芭蕉がこの庵に泊まり、達磨《だるま》の絵を描き、その賛《さん》としてこの句を書きつけ、そこから蓑虫庵と名づけた。

蓑虫は鳴かない虫だが、秋風が吹くと、「ちちよ、ちちよ」と鳴くと『枕草子《まくらのそうし》』に書いてある。「私の庵にきて、蓑虫の鳴く声を聞きなさいよ」。

この句が最初に詠まれたのは前年の秋、深川芭蕉庵で、前書きに「聴閑《ちょうかん》」とあり、「閑寂のうちにじっと耳を澄まして聴く」ということである。

芭蕉真蹟《しんせき》『あつめ句巻』には、「ひとり草庵にいるとき、秋風が悲しく聞こえる夕暮れになって、友だちに伝えた」と前書がある。

それに心動かされた友人の素堂《そどう》が「蓑虫説」を書き、弟子の嵐雪《らんせつ》も呼びかけに応じて「蓑虫を聞きに行く辞」を書いた。この句は芭蕉の自信作で、蕉門の弟子がつぎつぎと反応した。

芭蕉は、「たまには自分の庵に来なさい」という伝言を句にした。その画賛を土芳に贈ると、土芳庵が深川芭蕉庵と一体化した。これが言葉の魔法（言霊《ことだま》）である。

江戸の画家 英 一蝶《はなぶさいっちょう》は芭蕉の呼びかけに応じて、「蓑虫図」という画賛を描いた。一蝶は、のち、三宅島へ流罪となった人である。芭蕉は一蝶の「蓑虫図」を見て、「まことに情がこまやかな絵で、虫が動いて、黄葉が舞っているようだ。耳をすまして蓑虫の声を聞けば、秋風が寒いなあ」と評している。

50　さまざまの事おもひ出す桜かな

『笈日記』伊賀上野

杜国に会った芭蕉は、また熱田、名古屋へ戻っている。十一月十六日は鳴海（知足方）、同二十一日は熱田（桐葉方）、二十五日は名古屋（荷兮方）である。泊めて貰った旦那衆の家では連日のように句会を催し、故郷の伊賀上野に戻ったのは大晦日《おおみそか》の夜であった。

翌年（貞享五年）春、芭蕉が若き日に奉公していた藤堂良忠《よしただ》こと蟬吟《せんぎん》の下屋敷で開かれた花見の宴へ招かれた。

伊賀上野には親しい弟子たちがいるけれども、良忠邸へ行って桜を見た芭蕉は、万感胸に迫ったであろう。

良忠は、城へは住めず、城址《じょうし》のあるふもとの屋敷にいて、自ら蟬吟《せんぎん》とうそぶいていた風流人だ。芭蕉は蟬吟に俳句を教わり、兄のような存在であった。

蟬吟が没したのは二十二年前の四月で、芭蕉より二歳上の二十五歳であった。主君である蟬吟が生きていれば、芭蕉は、生涯を伊賀上野の藤堂家家臣としてすごしたかもしれない。花見の宴をひらいたのは蟬吟の嗣子良長《よしなが》こと探丸子《たんがんし》であった。蟬吟が没して、長い時間がたった。

亡君の屋敷の桜を見るとさまざまのことを思い出す。「さまざまの事おもひ出す」という簡潔なひとことにこめられた芭蕉の感慨。

ひと息で呪術のように詠む。

真蹟《しんせき》懐紙には「探丸子のきみ別墅（下屋敷）の花見催させ給ひけるに、昔の跡もさながらにて」と前書がある。

この挨拶《あいさつ》の句に探丸子の脇「春の日はやく筆に暮れゆく」がつけられている。「筆に暮れゆく」とは、筆をとって句を考えているうちに日が暮れていくという意味で、蝉吟の子も文人として成長していた。


この下屋敷は「さまざま園」と名づけられて伊賀上野の観光名所になっていたが、個人の所有地なので、長い間閉められていた。さて、その後はどうなっているか。『笈の小文』は、芭蕉が道すがらに書きのこした原文を、弟子の乙州《おとくに》（河合乙州。大津の荷問屋。しばしば芭蕉が泊った）に預けおいたものである。乙州以外の弟子には見せず、芭蕉死後、十六年たち宝永六年（一七〇九）に、乙州の手によって板木で印刷され、流布した。したがって紀行の構成は乙州がなしたものである。

芭蕉が『笈の小文』を乙州以外の弟子に見せず秘密本としたのは、この紀行が杜国との秘密旅行だからである。流罪者を呼びよせて一緒に旅をしたことがばれれば芭蕉もまた罪人となる。芭蕉はこの旅の六年後に五十一歳で没するが、芭蕉の死には、この旅が関与している可能性もある。『笈の小文』は、本来は、世には出てはならぬ「禁断の旅日記」であった。

51　よし野にて櫻見せうぞ檜《ひ》の木《き》笠《がさ》

『笈の小文』（吉野）

ふる里の伊賀上野に帰った芭蕉は、貞享五年（一六八八）三月、再会した杜国《とこく》と申しあわせて、吉野への旅に出た。杜国は謹慎中の身であるから、極秘の旅であった。『笈の小文』は後半より、急展開し、杜国のことを、「いらご崎にて契り置《おき》し人」と言っている。杜国と「ともに旅寝の情趣を楽しみ、自分のための童子となって、万菊丸《まんぎくまる》と名のるのは、いかにもお稚児さん風情である」というのである。

万菊丸とは、なんとも稚児まる出しの名で、菊花は衆道《しゅどう》を暗示する。禁断の旅がはじまった。まずは吉野へ花見に行くことにした。吉野は桜の名勝である。門出にあたって、たわむれに笠《かさ》の内側に落書きしたのがこの句である。「吉野へ行ったら、おまえに花盛りの桜を見せてやろう」とひのき笠へよびかけた。

するると万菊丸も、

吉野にて我も見せうぞ檜の木笠

（吉野では私も花盛りの姿を見せるぞ、ひのき笠よ）と詠んだ。これは、男女の道行きのようなシーンだ。

伊賀上野《いがうえの》の芭蕉翁《おう》記念館に、芭蕉筆「万菊丸いびきの図」がある。万菊丸がかすかにたてる寝息を絵にしたもので、よほどの愛情がなければ描けるものではない。これは芭蕉が惣七《そうしち》（俳号猿雖《えんすい》）へ出した手紙の後半に書き添えられた図である。

杜国という人は、さぞかし、ぽっちゃりとした色白のいい男だったのだろう。会ってみたいと思う。イナセな其角《きかく》、禅味の去来《きょらい》に対して、色っぽい杜国。色男のうえに、句がシャープだから、身のこなしひとつも洗練されていたはずだ。おまけに大金持ちで、教養があり、心やさしく、気品がある美青年が、運悪く「御法度」にふれて流され、悲劇の人になった。

52 蛸《たこ》壺《つぼ》やはかなき夢を夏の月

『笈の小文』明石

はかない夏の月光に照らされるなか、海底に置かれた蛸壺の蛸は、夜があければ漁師にひきあげられる運命も知らずに、夢を見ている。蛸壺の蛸は、芭蕉と万菊丸の行く末を暗示しており、「明石夜泊《あかしやはく》」の前書がある。

明石は人麻呂《ひとまろ》、『源氏物語』の光源氏はじめ、平家一門の思いをとどめた地である。芭蕉が訪れたときは城下町で、瀬戸内航路の港として賑《にぎ》わっていた。歴史と歌学が重層的にあるため、源氏を思うか平家を悲しむか、あるいは『源氏物語』の明石入道か、いろいろあってかえって詠みにくい。そこで蛸壺に目をつけたところに、俳諧の味がある。

明石は秋の月が名物とされているがあいにくと夏である。「夏の月」も芭蕉の目のつけどころで、短夜のたよりない気分がある。蛸壺にうごめく脱力的倦怠。実景は「夏の月」で、海の底にある蛸壺が見えるわけではない。芭蕉は、風景を見ているようで見ず、ひたすら観念のなかにいる。右目で月を見て、左目で心の内奥をさぐっている。

柿本《かきのもと》神社の門前に、「蛸壺の……」句碑がある。芭蕉七十五回忌に建てられた古い句碑で、その後方にブルーインクをにじませたように明石海峡が広がり、淡路島の島影と明石海峡大橋が見える。

　須磨寺で芭蕉は、

　　月はあれど留守のやう也《なり》須磨の夏

　　月見ても物たらはずや須磨の夏

とたてつづけに二句を詠んでいる。月の戸をトントンと叩いてみたが留守のようだ、という感覚は芭蕉ならではの発想で。

　　須磨寺やふかぬ笛きく木下《こした》やみ

ここに出てくる笛は敦盛の「青葉の笛」である。その笛は宝物殿に展示されている。芭蕉は須磨を「千歳のかなしび此《この》浦にとゞまり、素波《しらなみ》の音にさへ愁《うれひ》多く侍《はべ》るぞや」と書いている。これは、壇の浦に散った平家のことを思い出している。この一行で『笈の小文』紀行は終っているが、芭蕉と万菊丸の旅はまだ終っていない。万菊丸との旅のつづきは、伊賀上野にいる惣七（俳号猿雖）への書簡でわかる。

芭蕉はその後、神戸の布引《ぬのびき》の滝をへて、四月二十三日は京へ入り、五月四日には歌舞伎見物までしている。芭蕉と万菊丸の二人だけの旅は、じつに百日近くに及んだ。五月四日、芭蕉は万菊丸と歌舞伎で吉岡求馬《もとめ》の舞台を見るのだが、その翌日に求馬が急死した。芭蕉は「花あやめ一夜に枯れし求馬哉」と追悼した。すかさず万菊丸も、「だきつきて共に死ぬべし蝉のから」と追悼句を作った。これは求馬に託して、自分の心を詠んでいる。万菊丸は、芭蕉に蝉のからのように抱きついて、ともに死にたいと絶唱した。

この句を最後に、万菊丸は芭蕉と別れて伊良湖へ帰り、二年たたぬうちに死んでしまう。京で遊んだことは、芭蕉にとって秘密中の秘密である。でありながら、だれかにそれを伝えたくて、故郷伊賀上野の弟子に手紙を出した。芭蕉があまりに文芸的であったことに驚かされる。芭蕉の秘密の手紙を見て驚くのはむしろそのことで、スキャンダルがばれればばれるほど芭蕉の人間性がわかってくる。

『笈の小文』は、芭蕉にとっては誰にも見せられない秘密の紀行であった。でありながら、小記断片を乙州の荷問屋に渡したのは、自分の死後、いつの日にか刊行されることを望んでいたのではないだろうか。

惣七宛の手紙の後半は、芭蕉に代って万菊丸が代筆している。万菊丸は、この旅での「道のほど百三十里。此内《このうち》船十三里、駕籠四十里、歩行路七十七里、雨にあふこと十四日」といったようなデータのみを書いている。廻った滝は七ツ、古塚十三、峠六ツ、坂七ツ、山峯六ツ、そのほか橋の数や川の数や名も知らぬ山々。手紙の文末に万菊とあり、その横に桃青（芭蕉の別号）とあるから、万菊の代筆というより、「芭蕉と万菊で一対」という意識があった。

53　おもしろうてやがてかなしき鵜舟《うぶね》かな

『曠野《あらの》』長良川

貞享五（一六八八）、岐阜長良川《ながらがわ》での吟。四十五歳の芭蕉は、杜国《とこく》（万菊丸）との旅（『笈《おい》の小文《こぶみ》』）を終えて、京都、大津に滞在し、長良川で鵜飼い舟が鮎《あゆ》の漁をするのを見た。闇夜のなか、かがり火をたいて舟を出し、飼いならした鵜をあやつって鮎などの川魚をとる。

芭蕉は稲葉山の木陰に席をもうけて、酒を飲みながら、見物した。鮎を呑《の》みこんだ鵜から吐き出させるという珍しい漁法に目をみはり、最初のうちは「おもしろい」と興じていたものの、しばらくして、鵜舟が立ち去っていくと、なんとも悲しい哀愁が漂った、という感慨である。

せっかく呑みこんだ鮎を吐き出させられる鵜もあわれであるが、漁が終わって、かがり火をともした舟がいなくなると、いっそう哀感が深まる。

そう思いながらも、芭蕉はとりたての鮎を食べた。塩焼きではなく、刺し身である。鮎をおろして、骨付きのまま蓼酢《たです》につけた料理を「鮎なます」という。食べながら即興で

「又やたぐひ長良の川の鮎なます」という句も詠んでいる。「又やたぐひながら」（ちょっとほかでは食べられない珍しい）味だとびっくりしている。長良は「ながら」の掛け言葉である。

「おもしろうて……」の句は長良川の風流を詠んだこともあって、門人のあいだで評判になり、多くの俳書に代表作のひとつとして収録されている。句意がわかりやすいのも人気の一因であろう。

一番弟子の其角《きかく》は、芭蕉直筆のこの句短冊を持っていて、そこには「面白うてやがてなかるゝ鵜舟かな」とあると吹聴したという。「なかるゝ」は「流れる」を「泣かるゝ」にかけている。しかし、これは其角が勝手に書き直したようで、師の句に手を入れるとは、才覚ある其角ならではである。そのことは、許六《きょりく》も、「其角の作為だ」と指摘している。ここはやはり、「おもしろうて」やがて「かなし」くなくてはいけない。

54　あの中《なか》に蒔《まき》絵《ゑ》書《かき》たし宿《やど》の月

『更科《さらしな》紀行』木曾谷

『笈の小文』のあと芭蕉は弟子の越人《えつじん》を同道して岐阜を出発し、木曾街道に入り、寝覚《ねざめ》の床《とこ》、木曾の桟《かけはし》、立峠《たちとうげ》、猿が馬場《ばんば》峠をへて更科《さらしな》に到着し、姨捨《おばすて》の山から名月を観賞し、善光寺に参拝して浅間山麓を通過して江戸の芭蕉庵へ戻った。このときの紀行が『更科紀行』である。

紀行の地の文は千字ほどの短さで、芭蕉は十一句、越人は二句を詠んでいる。これは、その最初の句で、木曾谷の宿で詠まれた。

宿の窓から月を見ていると、あまりに大きい月なので、月の中へ蒔絵を描きたくなるなあ。と芭蕉は嘆息したんですね。こんなことを夢想する詩人は、ほかにいるでしょうか。月への偏愛は、さすってみたり、息を吹きかけたり、抱きしめて匂いを嗅いだり、まるで芭蕉の恋人のようだ。

町中から見える月と、山中で見る月は違う。

周囲を山また山に囲まれた木曾谷では、月はこうこうとさえ、それは美しい月だったのであろう。窓から腕を出してお月様に絵を描いてみたいという、少年のようないたずら心が見られる。

越人は俳人野水《やすい》（名古屋豪商で芭蕉を自宅へ泊めた俳人）の紹介で芭蕉に入門し、『春の日』以降『猿蓑』にいたるまで芭蕉に親炙《しんしゃ》した。この年、芭蕉は四十五歳、越人は三十四歳である。越人のほか、荷兮《かけい》（名古屋の医者）が世話役の従者をひとりつけてくれて、三人旅であった。

杜国《とこく》（万菊丸）との旅（『笈の小文』）が終ったばかりの芭蕉は、旅日記を書こうというほどの気力がわかなかったろう。

芭蕉は絵がうまかった。プロの水墨画家であった。自分の句に絵を描きそえた画賛は売り物になった。芭蕉に経済的援助をしたスポンサーや友人に礼として渡した。

金銭的余裕がなかった芭蕉にとって、自筆画賛は収入源になった。

この句を画賛にすれば、芭蕉はどんな絵を描いたのだろうか、と興味がわくが、この句じたいがすでに画賛になっている。

55 桟《かけはし》やいのちをからむつたかづら

『更科紀行』木曾路

『更科紀行』には「桟、寝覚《ねざめ》など過ぎて」とあり、いまも木曾路の観光名所である。旅の途中、重い荷を背負った老僧に出会い、荷物を馬の背に載せて、その上に芭蕉が乗ったときもあった。命からがらの道中であった。

高山奇峰の崖《がけ》の道の左下には木曾川が流れ、落ちれば命とりとなる。

桟《かけはし》の跡は、国道十九号線の下に積まれた石垣で、川を渡る橋ではなく、川沿いの崖に丸太や板を乗せて、藤づるで結んだだけのものであった。

川から一三メートルの高さの桟は、馬に乗って行くのは恐ろしく、芭蕉は馬から下りて桟道《さんどう》を歩いた。「いのちをからむつたかづら」とは、岸の岩場からのびた蔦葛《つたかずら》が、生きようと必死になってからみついている様子を詠んだものである。

中山道は幕府が管轄する軍事道路だが、容易に江戸に侵入できないように、わざと通行困難なルートをとっている。いまは国道十九号線があり、車が多いため、木曾川の流れの音をかき消してしまう。

正保四年(一六四七)に、通行人の松明《たいまつ》で桟道が焼失し、尾張藩は長さ五十六間の木の桟橋を作った。芭蕉は、そこを歩いた。いまは桟の近くに赤い鉄橋がかかり、橋を渡った対岸の岸の上に文政十二年（一八二九）に建てられた「桟や」の句碑がある。岸を降りたところにも、もうひとつ句碑があって、二つの句が、橋の守り神になっている。

新茶屋旅籠前に島崎藤村の文字で「是より北木曾路」の石碑がある。藤村六十八歳（昭和十五年）のときの書で、石碑の上に緑色の苔がこびりついている。その横に芭蕉の句碑、「送られつ送りつ果《はて》は木曾の穐《あき》」（『笈日記』）

がある。天保十三年（一八四二）に建立された句碑で、この句碑のことが藤村の小説『夜明け前』に出てくる。芭蕉の句碑をたてることを考えたのが大黒屋の先祖で、美濃派の流れをくむ俳諧好きであった。句碑にある「穐」という文字について、「どうもこれでは木曾の蝿としか読めない」という会話がある。『更科紀行』にある句は「送られつ別《わかれ》ッ果は木曾の秋」であるのに、あえて『笈日記』のほうの句を選んでそれが「穐」という字にもあらわれており、天保時代にこだわりを持って句碑をつくっている。

その句碑より二〇〇メートルほど坂を登りつめて、落合宿を見下ろす地点に正岡子規の句碑「桑の実の木曾路出づれば穂麦かな」がある。

子規がこの地へ来たのは明治二十四年六月、二十五歳のときであった。子規は東大の学年試験をなげうって、とりつかれるように『更科紀行』調査の旅に出た。短篇のこの紀行に目をつけた子規は、『おくのほそ道』の寸前の芭蕉の心の発火点を見ていた。

芭蕉が『おくのほそ道』の旅に出るのは、『更科紀行』から帰った翌年三月のことで、短く、あわただしく、そっ気なく、作品ノートのように書きつづられた『更科紀行』には、芭蕉のいらだちさえ感じられ、紀行文は十三句を説明するために書きたした気配がある。

芭蕉はあきらかに「つぎ」をねらっていた。芭蕉が命をかけるのはつぎの『おくのほそ道』であり、野心の焦点は『おくのほそ道』一作にしぼられていく。その追いつめられた強い息が『更科紀行』に濃縮されている。『更科紀行』には発火寸前の静かなる決意があり、子規はその思いつめた緊張を追体験しようとした。

発火寸前の抑制こそ詩人が自己変革をするステップである。子規が喀血するのは二十八歳で、二十五歳にして自分の死を予知しているかに見える。子規は急いでいた。この旅で書いた『かけはしの記』にはこうある。

「朝早く起き出でたれど雨猶《なお》已まず。旅亭の小娘に命じて合羽を買ひ来らしむ。馬籠下れば山間の田野稍々開きて麦の穂已に黄なり。岐岨《きそ》の峡中は寸地の隙あらばここに桑を植え一軒の家あれば必ず蚕の飼ふを常としかば、今ここに至りて世界を別にする感あり――桑の実の木曾路出づれば穂麦かな……」

子規は、『更科紀行』に書かれていない紀行の行間を旅していく。子規が大学を退学し、

『おくのほそ道』をたどって『はて知らずの記』の旅に出るのは翌年の二十六歳であった。

しずまりかえり、用水の流れる音ばかり聞こえる新茶屋山中は、その静寂の奥に、芭蕉、子規の息せききった格闘があり、さらに言えば、島木赤彦、斎藤茂吉、山頭火、藤村の息もある。

幾多の文人がこの山中にひそむ詩魂に対応してきた。

芭蕉は迷路にさまよいこみ、その袋小路に自前の俳枕をうちたてた。これが旅の愉悦であり、子規もまた芭蕉とは違った光や色彩を嗅ぎ、紀行文行間の木立ちのなかで、素の自分を見出そうとした。

旅する者の心の奥にひそむ野心は自己を荒野の迷子とすることである。

『更科紀行』は息せききった紀行であるがゆえに、子規の流浪をそそった。

56　俤《おもかげ》や姨《うば》ひとり泣《なく》月の友

『更科紀行』姨捨山

姨捨《うばすて》山伝説で知られる姨捨駅はJR篠ノ井線にある無人駅である。

姨捨駅のプラットホームからはすぐ右下に棚田が広がり、千曲川が青い月光を浴びてくねり流れていく。千曲川の奥に善光寺平がかすみ、その奥に飯綱山と妙高が見える。山からのぼる月が小さな棚田に映える美しさを古来より「田毎《たごと》の月」と呼んでいる。ひとつの田ごとに月が映るさまは、月のぼんぼりとなり、古くより歌枕の名勝とされてきた。『大和物語』『今昔物語』『更級《さらしな》日記』にも登場するが、芭蕉の頭にあったのは謡曲「姨捨」であろう。

冠着山から長楽寺周辺にかけてが姨捨伝説が残っている歌枕で、芭蕉の胸には、西行の歌「くまもなき月の光をながむればまづ姥捨の山ぞ恋しき」があったろう。

同行した越人の句に「さらしなや三よさの月見雲もなし」とあるから、晴天にめぐまれて、この地ではふりそそぐ月の光を浴びることができた。芭蕉が姨捨山に着いたのは八月十五日で、一日六〇キロも歩いた強靭《きょうじん》な体力である。時に芭蕉は四十五歳。

JR姨捨《おばすて》駅のすぐ下が放光院長楽寺《ちょうらくじ》で、定家、紀貫之、西行などの句碑や歌碑がある。

なかでも芭蕉の句碑は面影塚と呼ばれ、高さ二メートル以上ある。「俤や……」は姨捨山の伝説をもとにした句で、この地へ来て、捨てられた老婆の面影を思いながら月を見ようという感興である。『更科紀行』は、姨捨山で月見をするための旅で、田毎の月をめでつつも、老婆の面影をしのぶ。

風雅なる景観は、そのじつ悲劇や悲惨な話が秘められているもので、芭蕉はその実態を見ている。まず、「俤や」という切れ字の上五《かみご》で息をつき、歌枕の地の月に感嘆し、それを切り返して「ひとり淋《さみ》しく泣く老婆」をもってきたドラマチックな展開だ。

深沢七郎氏のデビュー作『楢山節考《ならやまぶしこう》』は、この姨捨山の伝説をもとにしており、「進んで山に捨てられた姨」おりんが主人公の物語である。『楢山節考』は死にゆくおりんを追悼した「楢山節」という歌についての小説である。深沢さんがギターで演奏する「楢山節」を何度聴いたことだろうか。その楢山の月の前で胸の中にざーっと風が吹いた。

この地は古くは『更級日記』の舞台となり、堀辰雄が『姨捨記』を書き、井上靖『姨捨』、国枝史郎『芭蕉と幽霊』など、多くの文芸作品の舞台となっている。

芭蕉は、この句を自信作のひとつとして弟子たちに自慢した。十七音のなかに悲しい物語が隠されている。

57 吹《ふき》とばす石はあさまの野《の》分《わき》哉《かな》

『更科紀行』浅間山

『おくのほそ道』のルートを知っている人でも、芭蕉が浅間山のふもとで句を詠んだと知る人は、案外少ないだろう。枯淡の芭蕉世界とはまるで違った吟である。

芭蕉は木曾路を二度旅している。最初は四十二歳のときの『野ざらし紀行』で、帰路は洗《せ》馬《ば》より甲府経由で江戸に帰ったため、浅間山のふもとは通らなかった。四十五歳の『更科紀行』は善光寺まで足をのばし、帰路は、小諸をへて浅間山の下を通りかかった。

野分とは秋から冬にかけて吹き荒れる強い風である。雨がともなえば台風となる。芭蕉は、強風がびゅうびゅうと吹きすさぶなか、浅間山のふもとにさしかかった。浅間には軽石が多く、強風が浅間山の斜面に吹きつけると、石を吹きとばしてゴロゴロところがってくる。芭蕉は、難儀しつつも「ここは一句詠んでおかずばなるまい」と、句のシャッターを押した。

軽く撮影した句にも見えるが「秋風や石吹《ふき》おろすあさま山」「吹おろす石はあさまの野分かな」など、ずいぶんと考えぬいたすえに、この句を得た。「吹おろす」ではおとなしすぎて、浅間山の荒々しさを表現するには、「吹とばす」のほうがよい。

見たままを写生すれば「あさまやま野分は石を吹とばし」となるところだが、まず「吹とばす石は」ともってくるところが力技だ。「あさまの野分哉」とつけたところに遠近の句法がある。吹きとばして荒れ狂う風の「あさましさ」を山名に言いかけた。

この吟は『更科紀行』の最後の一句として、さりげなく記されている。旧合田宿から姥捨にかけては、芭蕉ゆかりの枯淡の名勝が多く、また、『おくのほそ道』ほど知られていないため、旧跡が荒らされず残っている。この地に、三百年前より俳諧の風が吹き、それがいまなおひきつがれている。芭蕉の言霊《ことだま》が生きている。十六夜観月堂より千曲川を見下ろし、つくづく「世人の芭蕉への思い」を感じた。この句を推敲《すいこう》しながら、芭蕉はつぎの紀行『おくのほそ道』を考えていた。

芭蕉が江戸に帰着したのは八月下旬で、素堂《そどう》が出迎えた。随行した越人をまじえて、深川常連と半歌仙を巻く日がつづいた。

素堂や杉風から「そろそろ日光東照宮の補修工事がはじまる」という情報が入ってくる。ここで『おくのほそ道』の時代背景を考えてみる。日光東照宮は、三代将軍家光が造営してから五十余年がたっていた。地震により奥宮、石垣、燈籠のことごとくが崩壊し、洪水により濁流が暴れ、出火によって、本宮が焼失して、復旧のめどがたっていない。

将軍綱吉はその修復工事を伊達家に命じようとしていた。

伊達政宗《まさむね》が千代《せんだい》の地に城を築いたのは関ヶ原の戦いの後の慶長七年（一六〇二）である。国分《こくぶ》氏の居城であった千代城に新たに城を築き、千代という名を仙台に改めて城下の町割を行った。城がある青葉山は天然の要害に囲まれて難攻不落である。東側の断崖の下には広瀬川が流れている。城下町の造営にあわせ、灌漑《かんがい》事業と新田開発に力を入れている。元禄元年のころ、伊達藩の総人口（陸奥領のみ）は約五十万人で、そのうち五万人が仙台城下町に住んでいた。藩士が二千六百人と多いのは、政宗以来、伊達藩が準戦時体制をとっていたためだ。いつ幕府の取り潰しにあうかもわからぬ、という外様大名の恐怖がある。深川芭蕉庵に逼塞《ひっそく》していたころの芭蕉は、仙台から送られてくる本石米を見張る役も担っていた。本石米を保管する江戸深川の伊達家の蔵屋敷に近い小名木川河口に芭蕉庵があった。伊達家屋敷への舟の出入りがよくわかる。

綱吉の代になると、徳川家が持っていた金《きん》は使いはたされていた。幕府にとって要注意の敵は仙台藩伊達家である。日本一多くの家臣団を持ち、軍事力、経済力がある伊達がぬきんでていた。

これより三十年前、幕府は神田川工事を伊達家に命じた。水道橋からお茶の水、神田、柳橋経由で隅田川へ通じる水路を、「仙台堀」という。この工事により、伊達家は莫大な労力と金銭を使った。幕府による収奪は徹底してつづき、財政は大赤字となった。そんななかで「伊達騒動」がおきた。

四代将軍家綱《いえつな》のとき、三代藩主の伊達綱宗《つなむね》が、吉原で酒を飲みすぎた、というささいな罪をとがめられて、二十一歳の若さで品川にある伊達家の下屋敷に隠居を命じられた。わずか二歳の綱村《つなむら》（亀千代）が家督を相続して伊達宗勝《むねかつ》が後見役となった。これに反対した伊達安芸《あき》（宗重）は非道を幕府に訴えた。酒井雅楽頭《うたのかみ》の邸で裁決の日、宗勝の腹心原田甲《か》斐《い》（宗輔）が安芸を斬り、甲斐もその場で斬殺された。この事件は歌舞伎や浄瑠璃で『先代萩』に脚色された。

亀千代こと綱村は三十歳で江戸屋敷におり、隠居を命じられた伊達綱宗は四十九歳となり、品川の下屋敷にいた。

五代綱吉の時代になって改易される大名はますます増えている。日光東照宮修理といっても新築と大差がない。財政が逼迫して借金が二十三万両の仙台藩に修理工事を押しつければ、反乱をおこすかもしれない。「窮鼠猫を嚙む」事態が考えられる。

元禄元年（一六八八）十一月四日、江戸の屋敷にいた伊達綱村は幕府より、

「日光御宮御堂普請の命」

が申し渡された。伊達家にとっては神田川掘削以来の難題が命じられた。

修復工事の指揮は幕府がとり、日光修造惣奉行は井伊掃部頭《かもんのかみ》直該《なおもり》（彦根藩主三十万石）。

井伊家は徳川幕府の先鋒を務める家柄で、藤堂家とともに朝廷（京）への抑えの役割を担っていた。直該は元禄十年には幕府大老を務め、向う気が強い。その指揮下で伊達家は多額の費用と人足を出さなければならない。屈辱的な命令に対し、綱村は、老中や普請奉行の家へお礼回りをしなければならなかった。

伊達家の最高責任者となった伊達安芸宗元《むねもと》が江戸にやってきた。表向きは幕府の命に従うが、仙台藩のなかでは反対派が生じる可能性がある。

日光東照宮修復工事が伊達家に申し渡された。十二月三日に芭蕉庵に集ったのは芭蕉、杉風、路通《ろつう》、宗波《そうは》の四名で、いずれも隠密関係者ばかりで、「冬の句」四吟。

芭蕉庵へは常連が集まった。「皆こころざしの類するものをもて友とす」。依水《いすい》、苔翠《たいすい》、泥芹《でいきん》、夕菊、友五、曾良、路通の句が示される。路通は放浪の俳人。『おくのほそ道』の旅の同伴者候補であったが、曾良に代られた。同席していた友五は、大垣藩士で潮来の赤ヒゲ医（隠密）本間自準の養子で諜報官。元禄元年秋から芭蕉の歌仙に五回連続出席している。

元禄二年正月十七日付の松尾半左衛門《はんざえもん》（芭蕉の兄）宛の手紙に「（おくのほそ道の）北国の旅のあと伊賀上野に立ち寄る」と書いているから、奥羽行脚《あんぎゃ》計画は決まっていた。閏正月頃、猿雖《えんすい》（推定）宛手紙には、「三月には塩竈《しおがま》の桜、松島の朧月《おぼろづき》、あさかの沼の花かつみ（『古今集』に出てくる花）が咲くころ、北国を廻る」と書いている。奥羽行脚の予定が三月節句過ぎにきまった。

元禄二年二月は大垣藩江戸藩邸武士此筋《しきん》、大垣商人嗒山《とうさん》、江戸蕉門の武士嵐蘭《らんらん》（松倉氏）、嵐竹《らんちく》（嵐蘭の弟）、北鯤《ほっこん》（石川氏）といった面々に曾良を加えての「かげろう」の歌仙。歌仙の席で、『おくのほそ道』の旅こと「伊達藩調査の旅」の密議が練られていく。

二月十五日、熱田の旅籠主人、桐葉へは、「拙者三月節句すぎに松島の朧月を見ようと思い、白河、塩竈の桜を見て、仙台より北陸道を歩いて美濃へ出て、くたびれたら熱田の旅館へも立ち寄るかもしれません」と書いている。松島の名が出てくるのは、仙台に住み、松島に庵《いおり》を構えて、奥州地方を放浪した俳諧師大淀三千風《おおよどみちかぜ》のことが頭にあったろう。

二月十六日付、伊賀上野の惣七郎（猿雖）・宗無宛の手紙に、「松島の月が朧であるうち、塩竈の桜が散らぬうちにと、心そぞろ」と、書いている。

三月二十三日、奥羽行脚直前、岐阜の呉服商落梧《らくご》宛の手紙は、進物を贈られた礼状である。松島を一見しようという思いがやまず。

兄へも東北行脚の報告を書いた。こんなに吹聴していいのだろうかと心配するほどの意気がある。

第5章

『ほそ道』紀行を決意する

——蛙のからに身を入るる声（芭蕉）

元禄元年三月に入ると内藤露沾《ろせん》公（磐城平藩主内藤風虎の二男）より餞別吟を賜り、芭蕉は脇をつけた。

松島行脚の餞別

月花を両の袂《たもと》の色香哉　露沾

蛙《かはづ》のからに身を入るる声　翁

月と花は歌仙の定座である。月と花を袂に入れる旅は色っぽいですなあ、と露沾にほめられて、いやあ、蛙のからへ入りこむ気分ですよ、と脇をつけた。「から」とは死体の「骸」で「もぬけのから」のことである。『蛙合』を刊行して、もぬけのからになってしまったが、そこへ新らしい自分を入れるという「新生」の決意である。「蛙のから（空っぽの蛙）へ身を入れて」とは、「蛙の姿に変装する」、「蛙のように目だたず」という比喩でもあろう。同行者は実務能力がある曾良と決った。

日光東照宮工事に関する仙台藩の動向を調査する『おくのほそ道』の旅は、綿密に計画され、用心ぶかく組みたてられていった。

58　草の戸も住替《すみかは》る代《よ》ぞひなの家

『おくのほそ道』深川

『おくのほそ道』の最初の句である。

住んでいた庵《いおり》を譲りわたして、杉風《さんぷう》の別邸、採茶庵《さいだあん》に移った。譲った相手は妻と娘がいる人であった。多くの解釈では、芭蕉が住んでいた草庵《そうあん》に娘がいる一家がやってきて「雛《ひな》が飾られているなあ」と、ほほえましい詠嘆とされているが、はたしてそうだろうか。

芭蕉の心は凍りついた。新らしい居住者は妻も娘もいる人で、自分のような世捨人とは違う。雛祭の雛が飾ってあった。侘びに住したひとり者の庵に、はなやかな雛飾りがなされたその変わりようが、ズキリと芭蕉の胸を射て、世の無常を思い知らされた。栄えていたものが滅びるのではなく、滅びていたものが華やぐ「反転した孤絶感」は隠しようがない。芭蕉は実際に雛の家を見たはずで、岐阜の門人安川落梧《やすかわらくご》宛手紙に「草の戸も住替はる世や雛の家」と出てくる。こちらの句が初出である。

芭蕉は、それまでのすべてを捨てて、漂泊者としての旅に出ようとしている。

巻頭の「月日は百代《はくたい》の過客《くわかく》」という思いが、この一句に反映されている。市井の幸せな生活者を示すことによって、流浪の旅に出る自分をみつめている。叙情的な詠嘆と見せかけて世の転変の相を示している。

雛人形は、毎年飾られたあとは、もとの箱とは違った箱にしまわれる。雛は箱から箱へ移るところから、定住しえない人間の無常をあらわすものであった。「住む人が入れかわること」を「雛の家」にたとえて、世の無常を観想した。

『おくのほそ道』は元禄二年（一六八九）三月二十七日に深川を出発して、八月下旬大垣に着くまでの紀行である。旅を終えてから五年後の元禄七年（一六九四）四月に決定稿（素龍《そりゅう》清書本）が完成した。同年十月十二日に芭蕉が没し、発刊されるまでにはさらに八年かかった。

芭蕉自筆で『おくのほそ道』と題簽《だいせん》があり、伊賀上野の兄松尾半左衛門《はんざえもん》に渡したが、遺言によって京都の去来《きょらい》に譲られ、井筒屋より元禄十五年（一七〇二）に刊行された。元禄十五年といえば、十二月十五日の早暁、赤穂浪士四十七人が本所松坂町の吉良邸に討入った年である。

芭蕉は『おくのほそ道』の他に四つの紀行文を書き残している。『野ざらし紀行』『鹿島紀行』『笈《おい》の小文《こぶみ》』『更科紀行』の四紀行が芭蕉没後に刊行されたが、芭蕉が刊行を意図した定稿ではなかった。

『おくのほそ道』のみが、芭蕉が「自分の死後、いつの日にか刊行されること」を期待した定稿である。練りに練って推敲を重ねた。『ほそ道』の旅が終ってから、取材メモである控え帳を頭陀袋に入れて持ち歩き、改稿を重ねていた。『おくのほそ道』には、他の紀行にはない二つの特徴がある。
①『ほそ道』の旅を歌仙形式に仕立て、神祇《じんぎ》・釈教《しやつきよう》・恋・無常・羇旅《きりよ》・述懐《じゆつかい》という流れで構成する文学的挑戦である。句文融合の旅行案内記、月と花を愛で、歌枕を訪ねて新らしい俳枕をさがそうという野心。西行《さいぎよう》、能因《のういん》、宗祇《そうぎ》といった先人への追慕、悲劇の武将義経と義仲への哀悼がこめられている。歌仙興行による蕉門の確立、不易流行《ふえきりゆうこう》という俳諧的実践。四百字づめ用紙に書けばわずか三十枚ほどの長さである。実際にはこの十倍以上の控え帳と句があったと思われる。芭蕉の吟には裏があり、風景を詠みつつ故人を追悼するという新古今的技法など、深く句を掘れば謎が解けてくる。杜甫《とほ》、李白《りはく》、荘子、『源氏物語』、能などの美学がすべてこの一作に注入されている。深く思考してわかりやすく詠む。奇跡の紀行である。
②幕府隠密としての任務。こちらが裏の筋である。日光東照宮工事の動向と仙台藩内にくすぶる幕府への謀叛の動きを書きとめる役は曾良《そら》である。曾良は『ほそ道』の旅にさき

だち、名所旧跡を書きとめた「名勝備忘録」を用意し、『旅日記』『俳諧書留《はいかいかきとめ》』を書き残している。

芭蕉の控え帳には、曾良と一緒に見聞した独自の記載があったろう。船が行き来する水路は各藩の機密事項であり、水路から水田に入る流れで稲作情報がわかる。他に大きな産業がなかった時代にあって、稲作は経済そのものであった。

曾良『旅日記』によって、『おくのほそ道』の虚実が明らかにされたが、隠密が日記を書くことは危険な行為である。しかし、曾良の旅は公務であったから、日記はむしろ当然の仕事であった。

『ほそ道』の旅を終えて、決定稿に至るまでの五年間は、情報として記載したさまざまな事項をはずして、「風狂の旅」に浄化させる改稿を重ねた。元禄期は旅行案内書がブームとなり、芭蕉は当然それを意識している。その結果『ほそ道』は旅行記でありながら、起伏変化に富む歌仙になった。それでも諜報が匂う個所がそこかしこに出てくる。刊行までに没後八年間もかかったのは、板元の井筒屋が用心深く時間による浄化を計算していたためと思われる。

曾良は信州上諏訪に生まれ、伊勢長島藩に仕える武士高野庄右衛門。辞して江戸に下り、幕府筋の吉川神道《よしかわしんとう》吉川惟足《これたり》について神道を極めた。吉川惟足は吉田神道の継承者として幕府に登用された。曾良の重要な役割は路銀を持っていることである。日光から仙台までの路銀は吉川惟足を通じて源右衛門という上司から数十両が支給されたが、全行程百五十日をまかなうには足りない。そのため各地で歌仙興行をして、短冊を書いて謝礼を得る。旅に出る前に深川の庵《いおり》を売った金や、弟子からの餞別もあった。

全国共通紙幣がない時代で、一両小判や一分判（四分の一両＝銭千文）を持ち歩いた。これはかなり重いうえ、盗まれないように細心の注意をしなければならない。

曾良は篤実な人柄で、『旅日記』には移動・宿泊地・金銭・天候・句会や会った人を記している。正式な公務であるから日記の巻頭に◫印だの□印をつけて使った金を記録している。板本《はんぽん》の『延喜式《えんぎしき》』にある格式高い神社（式内社《しきないしや》）へ詣でたいという思いが強い。そのため前もって『延喜式』から『神名帳《じんみようちよう》』を抄録し、『類字名所和歌集《るいじめいしよわかしゆう》』や『楢山拾葉《ならやましゆうよう》』によって旅さきの歌枕を調査していた。叛乱や一揆を起こすときの拠点になるのは神社か寺である。神社や寺で、垣を高くしたり、高層の建物を造っているところはチェックしておく。「ほそ道」の旅は曾良による綿密な下調べが用意されていた。

59 行《ゆく》春《はる》や鳥《とり》啼《なき》魚《うを》の目は泪《なみだ》

『おくのほそ道』千住

『おくのほそ道』の二番目の句。親しい人たちが、深川から舟に乗って芭蕉を見送り、千《せん》住《じゅ》で舟からあがったところで「前途三千里」の思いで胸がいっぱいとなって、幻のようにはかないこの世に別れをつげて、別れの涙を流して詠んだ句である。

行く春のなかで、離別を悲しんで鳥は啼き、魚も目に涙を浮かべている、というほどの意味である。「鳥が啼く」のはいいとして「魚の目は泪」というのはいかなる意味であるのか。川を泳ぐ魚が泪を流す、というのはあまりに幼児的な描写である。

陶淵明《とうえんめい》の「帰二田園居一」に「羈鳥ハ旧林ヲ恋シ、池魚ハ故淵ヲ思フ」がある。「鳥籠《とりかご》の鳥は生まれた林を思い、池の魚は昔の淵《ふち》を恋する」という意味である。過ぎゆく春と親しい友人との別れを鳥と魚に託している。

古註《こちゆう》ではそれでも「魚の目は泪」がわからない。泳いでいる魚が涙を流す、という描写は、あまりに幼稚ではないか。

そう思って千住の町を歩くと、いまなお魚屋が多いことに気がついた。ここにある魚とは、川にいる魚ではなくて、魚屋の店頭に並べられている魚である。そうと気がつくと、がぜん、この句が生き生きと見えてくる。店頭に並べられた魚が、目から涙を流しているのである。千住の朝市で売られている魚は、ついさきほどまでは川にいたのに、いまは板上に置かれている。

そのことを『ほそ道』紀行文に書くと、杉風《さんぷう》の子孫の方から手紙をいただき、「魚とは杉風のことです」と教えられた。杉風は江戸の魚屋（幕府御用達鯉問屋《ごようたしこいどんや》）で、芭蕉の最大のスポンサーだ。「ほそ道」の旅へ出る芭蕉を見送りながら、杉風が泣いている。将軍綱吉の代になって日本橋にいられなくなった芭蕉を深川へ匿《かくま》ったのが杉風だった。杉風は隅田川沿いにある伊奈代官家の古池のほとりに芭蕉庵を建てた。

曾良は芭蕉より五歳若く四十一歳。『ほそ道』への旅の出発は最初は二月であったのが三月にずれこんだ。日光工事がまだ始まっていなかったからで、出発は工事開始にあわせるために遅れに遅れた。

『旅日記』にあるように三月二十日早朝、深川を舟で出発して千住に上陸し、二十六日まで二人は千住に滞在した。千住は古くは千寿と書き、奥州に対する防備のための人馬継立《つぎたて》場があった。芭蕉の時代は木橋がかかっていて、日光東照宮へむかう日光街道の咽喉元《のどもと》であった。街道の初駅で、飯盛女すなわち娼婦《しょうふ》がたむろする色町に芭蕉一行は六日間滞在して、東照宮工事が始まる知らせを待っていた。千住は情報の集積地で、東照宮工事開始の情報が水戸藩より入ってくる。

『ほそ道』本文には三月二十七日の出発（「弥生《やよひ》も末《すゑ》の七日《なぬか》」）と書いてあるが、曾良の『旅日記』には三月二十日出発とある。

　芭蕉は千住に六泊したことを隠そうとして三月二十七日出発と書いている。深川を三月二十七日の早朝に出発して、陸路を歩いたとして、その日のうちに「漸《やうやう》早加《さうか》（草加）と云宿《いふしゆく》にたどり着《つき》にけり」とした。実際には草加より二〇キロさきの春日部に泊った。のっけからアリバイ工作をしている。三月二十八日は利根川を渡る栗橋関所を通った。

　曾良『旅日記』には、「栗橋の関所通る。手形も断りもいらず」とある。芭蕉と曾良は往来手形（身分証明書＝パスポート）を持参している。日光街道は幕府の管轄だから「断りもいらず」に通り、間々田《ままだ》に泊り、翌日「室《むろ》の八島《やしま》」に参詣した。

60　あらたう(ママ)と青葉《あをば》若葉《わかば》の日《ひ》の光《ひかり》

『おくのほそ道』日光

「日の光」は、「日光山」の言い掛け。

ああ、なんと尊いことであろうか、生い茂る緑色の青葉、これから育とうとする明かるい若葉がまぶしく輝いている日の光。

ひたすら日光威徳をうたいあげた「ほそ道」の旅三番目の吟。

『ほそ道』の旅は、修験道山岳仏教とかかわりが深く、日光山もそうであるし、出羽三山もそうであり、神道フリークの曾良の手びきもあるだろうが、自然を御神体とする修験道は、芭蕉が希求する旅に共通するものがあった。春日部のつぎ二十八日は間々田《ままだ》（鹿沼）、四月一日は日光上石松《かみいしまつ》町泊と『旅日記』にある。

曾良は一刻も早く室《むろ》の八島《やしま》に行きたくてしかたがない。「室の八島」は『延喜式』に出てくる下野惣社《しもつけそうじゃ》（下野国の神社の中心）で、「けむり」の歌枕としても知られている。

同行曾良の『俳諧書留』には、その冒頭に「室八島」として、

糸《いと》遊《いう》に結《むすび》つきたる煙《けむり》哉《かな》　翁

あなたふと木の下暗《やみ》も日の光　翁

入《いり》かゝる日も糸遊の名残哉

鐘つかぬ里は何をか春の暮

入逢の鐘もきこえず春の暮

の五句が出てくる。糸遊というのはかげろうに似た自然現象で、晩春にみられる水蒸気のことである。いずれも、これまでの二句と同じく写生句であり、見たままを描写した秀逸な句である。芭蕉はこの地に至ってようやく、ゆったりと句を詠もうという心境になった。「あなたふと……」は写生でありながら鮮やかな挨拶句となっている。この句を得たとき、芭蕉は「これは日光の項で使えるが「木の下暗」は再考したほうがいいだろうと判断して「青葉若葉」を思いついた」。

「あなたふと青葉若葉」九文字のなかに「あ段の子音」が八つ入っている。口に出して詠むと「あああふとあをあああああ」となる。ひたすら日光の霊験を崇めた。最大級の挨拶句になる。「あ」段は声に出すと気持がいい音である。

『おくのほそ道』の冒頭は中学三年の国語（古典）の授業で、暗誦《あんしょう》させられた。そのときは意味もわからず「ツキヒハハクタイノカカクニシテ……」とお経のように覚えたものだが、そのうち芭蕉の言霊《ことだま》が軀《からだ》にしみてきた。いまでも暗記している。

もう一度点検してみよう。

「月日《つきひ》は百代《はくたい》の過客《くわかく》にして」（月日とは芭蕉自身だという確信がある。李白の「夫《ソ》レ天地ハ万《バン》物《ブツ》ノ逆旅《ゲキリヨ》、光陰《クワウイン》ハ百代《ハクタイ》ノ過客ナリ」からの引用）、「行《ゆき》かふ年も又旅人也《たびびと》」（くりかえして旅を強調するが「行かふ」とは反復するという意味である。年は過ぎてゆくだけで「行かふ」ことはない。とすると、「行かふ年」とは伊賀上野と江戸を行ったり来たりする芭蕉のことになる）、「舟《ふね》の上に生涯をうかべ」（船頭のことだが水路工事人である芭蕉をだぶらせている）、「馬の口とらへて老《おい》をむかふる物は」（馬方の生涯。『ほそ道』の旅ではよく馬に乗って移動した）、「日々旅にして旅を栖《すみか》とす」（芭蕉の述懐。ここまで旅という文字を三回も使っており、芭蕉は「旅を栖とす」とくりかえす）。

「古人も多く旅に死せるあり」（西行も宗祇も杜甫も李白も客死した。芭蕉も死を覚悟している）。「予もいづれの年よりか、片雲の風にさそはれて、漂泊の思ひやまず」（「ちぎれ雲のように風にさそわれて」という語り口がしぶとい。ここまで旅という文字を四回使ったため漂泊と置きかえた）。「海浜《かいひん》にさすらへ」（『笈の小文』の旅で杜国《とこく》と一緒に伊良湖崎《いらこざき》から和歌浦、須磨、明石《あかし》など海辺を歩いた恋路の記憶。芭蕉は、まさかばれないだろうと思って書いてしまったが御用心。芭蕉没後、俳諧通は『笈の小文』を読んでいる。短い一節だがぽろりとこぼしてしまった。まあ、東海道も海浜ではあるけれど）。

「去年《こぞ》の秋、江上《かうじやう》の破屋《はをく》（芭蕉庵）に蜘《くも》の古巣をはらひて、やや年も暮《くれ》」（元禄元年十二月。日光東照宮工事を伊達藩にさせることがきまり、芭蕉がひそかに視察することになったとき）、「春立《たて》る霞《かすみ》の空に白川の関こえんと」（「霞が立つ春のころに白河の関をこえようと」と、核心に入った。白河の関は能因が「都をば霞《かすみ》とともに立ちしかど秋風ぞ吹く白河の関」と詠んだ歌枕の地である。霞が立つ春に京を出発して白河の関に到着したときは秋風が吹いていたよ、という歌が、じつは白河に行かずに詠んだという事情を、芭蕉も知っていたかどうか。歌枕であった白河の関を越えることは奥州へ足を踏み入れることで、そこからさきの命は保証されない）。「そゞろがみの、物につきてこゝろをくるはせ」（人の心を狂わせる風狂の神がとりついて、といささか大げさにふりかえって）、「道祖神のまねきにあひて取るもの手につかず」（旅の目的を道祖神としてぼかし）、「もゝ引の破《やぶれ》をつゞり笠の緒付《をつけ》かえて」（俳諧的述懐がうまい）、「三里《さんり》に灸《きう》すうるより、松嶋の月先《まづ》心にかゝりて、住《すめ》る方《かた》は人に譲り杉風《さんぷう》が別墅《べつしよ》に移るに」（膝頭の下の外側にお灸をすえて、松嶋の月がまず頭に浮かんで、芭蕉庵を人に売って、杉風の別宅がある深川の採荼庵《さいだあん》に移った）と続く。問題は松嶋である。日本三景の名勝松嶋には伊達政《まさ》宗《むね》が四年がかりで造営した瑞巌寺《ずいがんじ》がある。『ほそ道』の序段で、芭蕉は自分のことばかり書いている。

「白河の関」「松嶋」の地名が出てくるだけで、幕府関係者はこの紀行がただの旅行であるはずがない、とピンとくる。『おくのほそ道』の奥は「みちのく」(みちのおく)である。仙台の北に大淀三千風《おおよどみちかぜ》が名づけた。「おくのほそ道」と呼ばれる道があり、『おくのほそ道』は「みちのく」でありつつ伊達家の仙台領をさす。

日光東照宮普請を命じられた伊達藩と日光奉行のあいだに、工事規模および着工時期をめぐる対立があった。伊達藩内部に不満がくすぶっていることも、日光奉行から伝えられていた。

『旅日記』によると、四月一日、雨の降るなか正午に日光に到着した。雨があがり、江戸浅草清水寺《せいすいじ》から貰った紹介状を養源院《ようげんいん》に届け、その僧に連れられて大楽院(東照宮の社務所)へ行った。先客がいたので待たされ(幕府御用絵師の狩野探信が門人を連れて修理にきていた)、午後二時すぎに東照宮を見物して、上鉢石町の五左衛門《ござえもん》の宿に泊った。『ほそ道』には、宿の主人は自ら「我名《わがな》を仏《ほとけ》五左衛門」と名乗った。「万事、正直を旨《むね》としておりますゆえ、人は仏と申しておりますので、どうぞ御安心して下さい」という。

これも芭蕉の作り話である。泊った家に五左衛門という主人はいるが「仏」ではない。

前段が神祇(室の八島)で、神祇(日光)とつづくため釈教(仏)を入れる必要があった。連句の歌仙方式である。

芭蕉が訪れた日光の町は天和年間から貞享年間にかけて大災害におそわれていた。飢饉により三百人余が死に、天和三年の大地震により御宮、御堂、石の御宝塔の九輪、石垣、燈籠のことごとくが崩壊した。大谷川、稲荷川の氾濫によって、神通辺まで濁流があふれ、洪水がつづいた。さらに日光大延焼により、本坊、御旅所、本宮をはじめ、坊舎や町家総計七百六十軒を焼失した（栃木県文化協会『下野のおくのほそ道』）。

芭蕉が訪れたのは、これらの飢饉、地震、洪水、火災がつづいてまもない時期で、当然ながら俳諧をたしなむ連衆《れんじゅ》はいない。

東照宮参詣の翌日、芭蕉は、含満《かんまん》ヶ淵《ふち》へ行った。『旅日記』に「カンマンガ淵見巡《けんじゅん》」と記されている。岩間を急流が走り、水流が鏡のように止っている深い淵があり、青葉のあいだから一瞬光が射《さ》しこんだ。すると薄緑色の水面に梵字《ぼんじ》が浮かんでくる。岩面に彫られた逆版の梵字が水面に反射したのだった。修験僧はこういった目も眩むばかりの仕掛けをしている。

61 暫時《しばらく》は滝に籠《こも》るや夏《げ》の初《はじめ》

『おくのほそ道』日光

含満ヶ淵のさきに「裏見の滝」がある。奥日光へむかう国道一二〇号線から北へ入ったところで、荒沢川にかかる高さ四十五メートルの滝だ。滝の裏側の崖《がけ》に窪《くぼ》みがあって、滝を裏側から見た。滝の裏側に身を潜めたくなるのは忍者の本能である。

明治三十五年に滝裏の岩が崩れた（いまは裏へ廻《まわ》ることは禁じられている）。一九九八年に私が登ったときは、崩れた岩に足をかけると、苔《こけ》で靴がすべった。這《は》うようによじ登って、滝の裏側にたどりつくと、崖穴に柱状の節理があり窪《くぼ》みが生じている。飛沫《しぶき》がかかり、瀑水ごしの森が揺れて、風景が飛沫となって散った。

芭蕉は、滝の裏に廻って「夏の初」と詠んだ。「夏《げ》の行《ぎょう》は旧暦四月十六日より九十日間、僧が一室に籠《こ》もって、写経や読経などの精進する行」である。しばらくは滝に籠もって夏行しよう、とシャレてみせた。芭蕉が日光に着いたのは四月一日だから、ちょうど「夏行」のころだった。日光に着くとすぐ東照宮へお参りして「あらたうと青葉若葉の日の光」と最大級の挨拶《あいさつ》句を詠み、その翌日に、裏見の滝へ行った。日光普請工事で、伊達藩と日光奉行の対立があり、芭蕉と曾良にはそれを調べる任が与えられた。『ほそ道』の旅は日光、黒羽あたりまでが、幕府に命じられた秘密の公費出張で曾良が随行。「古池」句合で名の知れた芭蕉と旅をすれば、かっこうの隠れみのになる。

日光には一泊しただけであと、黒羽に移動した。黒羽に着いたのは四月三日で、四月十六日まで十四日間という『ほそ道』で一番長期にわたって滞在した。黒羽には黒羽藩の家老である浄法寺図書《じょうぼうじずしょ》と、その弟の鹿子畑《かのこばた》善太郎がいた。どちらも俳諧好きの風流人で、兄は桃雪《とうせつ》、弟は翠桃《すいとう》と号した。ともに桃の字が入っているから芭蕉（桃青《とうせい》）昵懇の弟子であろう。十四日間も滞在したのは、曾良が日光奉行と伊達藩の確執を調べるためであった。黒羽を拠点とした調査が『ほそ道』の最重要の課題であった。

工事にあたる伊達家の責任者は家臣団のトップ伊達安芸《あき》一門で、綱村の側近も加わった。日光へ伊達藩の人足が入りはじめたのを曾良は見とどけた。しかし、本格的工事はなかなかはじまらない。曾良の公務は単独で極秘に行われ、黒羽藩に対しても秘密であった。いっぽう芭蕉は連日のように俳諧を興行する。

黒羽藩主は大関増恒《ますつね》（四歳）であった。五代藩主増栄《ますなが》が没し、実子増茂《ますしげ》が死去していたため増茂の息増恒が藩主となって江戸にいる。襲封は暫定であった。大関家は移封や減封をおそれていた。

四月五日、芭蕉は仏頂《ぶつちょう》和尚が若いころ参禅修行していた雲巌寺を訪ねた。仏頂は鹿島にある根本寺《こんぽんじ》二十一世住職で、鹿島神宮に奪われた寺領を取りかえすべく江戸寺社奉行に訴え、勝訴した。『鹿島紀行』では勝訴した仏頂に招かれて、曾良、宗波《そうは》と鹿島へ行った。雲巌寺では、

木啄《きつつき》も庵《いほ》はやぶらず夏木立《なつこだち》

（「寺つつき」という別名がある木啄も、仏頂和尚の威厳をおそれて寺をつつきやぶらない）と詠んで、それを柱に書き残した。芭蕉は曾良と別行動をとり、伊達藩に気づかれないようにふるまった。

黒羽の桃雪と翠桃は、犬追物という武道競技場の遺跡や、那須与一《なすのよいち》ゆかりの金丸八幡社、妖狐玉藻《たまも》（狐が玉藻の前として鳥羽《とば》上皇の寵姫となった）の古墳《こふん》などの名所を案内した。いたれりつくせりの歓待である。黒羽は仙台藩の日光造営工事の調査基地であるが、大関家は芭蕉と曾良の旅の目的にうすうす気づいている。

芭蕉の調査報告によって大関家（一万八千石）の移封や減封がきまる可能性もある。大関家は家運を賭けて接待につとめた。芭蕉は『ほそ道』の旅が、風雅な名所旧跡めぐりであることを強調するために、那須野で会った「かさね」という娘のエピソードを書きとめた。

かさねとは八重《やへ》撫子《なでしこ》の名成《なる》べし

娘はなでしこに喩えられるが「重ね」は八重なでしこの名であろうと曾良が詠んだことにした。あたたかい挿話で、芭蕉が詠んだ吟である。元禄三年の「重《かさね》を賀す」という俳文に、『ほそ道』の旅でかさねという名の娘に会った話がでてくる。「かさねという名は、自分に娘がいたらつけたくなる名で、名づけ親を頼まれたときに、かさねとつけたことがある」としつつ、

いく春をかさね〴〵の花ごろも　しは（皺）よるまでの老《おい》もみるべく
（年を重ねて長寿になった顔も見てみたい）

という和歌を添えた。

かわいい娘を見ながら、年をとって皺がよる顔も見てみたいなあという思いがある。蓑《さ》笠庵梨一《りゅうあんりいち》の註釈書『奥細道菅菰抄《おくのほそみちすがごもしょう》』（安永七年）には『ほそ道』の「かさね」は、鬼怒川の与右衛門の妻（怨霊）のことだと書いてある。年を重ねて皺がよったのが「かさね」で、美しいものは年をかさねると化け物になる。梨一の解釈は俳諧のユーモアがある。句の解

釈は人によって差があり、一度詠まれた句は、どのように解釈されてもしかたがない。その広がりが俳諧の運命です。

高久《たかく》で芭蕉は庄屋の高久《たかく》家へ泊った。地名も高久、名字も高久。家臣高久角左衛門の実家である。芭蕉が泊ったのは五代目の角左衛門（当時二十八歳）で、三十六村を治める大地主であった。

高久家は今も五百年つづく旧家で、二十五年前、高久家の二十一代当主高久まささん（大正九年生まれ）を訪ねたとき高久家系譜を見せていただいた。五代目のときに「芭蕉が来訪して二泊した」という記載があり、

　　落《おち》くるやたかくの宿《しゆく》のほとゝぎす

の芭蕉真蹟句切れがある。

高久の名にふさわしく空高くからほととぎすの声が聞こえるよ、という挨拶句。

「みちのく一見《いつけん》の桑門同行《こうもんどうぎよう》二人、那須の篠原をたづねて、猶殺生石《なほせつしやうせき》みむと急ぎ侍《はべ》る程に、あめ降出《ふりいで》ければ、先此《まづこの》ところにとゞまり候《さうらふ》」とあり、風羅坊《ふうらぼう》の署名がある。そのあとに、

「木の間をのぞく短夜《みじかよ》の雨　曾良」

の脇句がある。

風羅坊は禁断の紀行『笈の小文』の書き出しに出てくる俳号で、風羅とは風にひるがえるうすもの（芭蕉の葉）という意味である。句切れで芭蕉は名を隠そうとしている。庵号や俳名を持つのは俳諧師の特権で芭蕉は庵号で俳名は桃青である。それで芭蕉庵桃青になる。それにしても芭蕉の俳号はあまりに多すぎる。

松尾金作、甚七郎、藤七郎、半七、忠右衛門宗房《そうぼう》、釣月軒《ちょうげつけん》（『貝おほひ』、ここまで伊賀上野時代）、天々軒《ようようけん》釣月堂、延宝三年（三十二歳）からは桃青（当世をもじった号）、芭蕉（初見は天和元年、三十八歳）、坐興庵《ざきょうあん》（『拾八番句合』）、栩々斎《くくさい》（『田舎句合《いなかのくあわせ》』）、宗無《そうむ》（『宇陀法師』）、髪をおろしたころは素宣《そせん》、杖銭《じょうせん》（『俳諧曾我』）、華桃園《かとうえん》（『常盤屋《ときわやの》句合』）、風羅坊（『笈の小文』）、土糞《どふん》、泊船堂《はくせんどう》、翁などなど。

庵号や俳名が多いのは素顔を隠したいからである。

黒羽で世話になった浄法寺図書を浄法寺何がしとぼかし、弟の翠桃を桃翠とし、同行した曾良こと岩波庄右衛門を「河合氏にして惣五郎《そうごろう》」とした。身内の名や、旅さきで会った人の名も変える。黒羽に滞在しているあいだ餞別金が渡され、「旅の費用はどうしているのでしょうか」という話になり、「俳席での謝礼と托鉢でしのぐ」と答えて托鉢する姿を角左衛門に見せた。曾良もまた用心深くカムフラージュをする。芭蕉は高久家に泊まったことを『ほそ道』には書かなかった。

62 野を横に馬牽《ひき》むけよほとゝぎす

『おくのほそ道』那須野

広い那須野を馬に乗っていくと、頭上を横切って、ほととぎすが鳴いた。その声をもう一度聞くために、馬を横にひきむけよ。

馬を貸した農夫は能「錦木」に出てくる「草刈る男《をのこ》」からとった芭蕉のフィクションであろう。野飼の馬が馬子なしで人を目的地まで運んで帰ってくることはない。

四月三日から十五日（陽暦六月二日）までの黒羽は梅雨に入り、四月十六日、那須温泉をめざして芭蕉一行が出発するとき、浄法寺図書は案内役と馬を用意した。那須温泉も大関家の領内である。黒羽を出ても芭蕉へは手厚いもてなしをした。黒羽より一〇キロほど進んだ野間というところで馬を戻し、そこからは徒歩で進んだ。

芭蕉門人のあいだで「野を横に……」の句は人気があり、のち『猿蓑《さるみの》』にも収録された。芭蕉の名吟には、こういった「映画の名シーン」を思わせるような句が多い。

千住を出発して刻々と時間がたち、句は「行く春」が「青葉若葉」となり、「夏《げ》の初め」は「夏山」と「夏木立」と変化していく。芭蕉は、季節の微妙な変化を膚で感じ、それを書きとめていった。関東平野は広い。行けども行けど平野が広がる下野《しもつけ》を旅した芭蕉は、人々の心のやさしさにふれながら、未知の土地をめざした。

湯をむすぶ誓《ちかひ》も同じ石清《いはし》水《みづ》

「殺生石《せっしょうせき》」説話が謡曲にある。鳥羽天皇の寵姫玉藻《たまも》の前は、じつは狐の化身であり、その正体がばれて那須で殺され、その怨みから霊が石と化し、毒を吐いて人や鳥獣に害をなす、という。芭蕉は「その殺生石の周囲には本当に蜂や蝶のたぐいが死んでいた」と書く。『ほそ道』の旅は急転して怪談めいてきて、読む者は一気に異界にひきずりこまれる。これは、つぎの遊行柳《ゆぎようやなぎ》につながる伏線になっている。この殺生石は、温泉神社の裏山にあり、岩の側面は硫黄が黄色くこびりついていた（令和四年三月に破裂して自然消滅した）。

「湯をむすぶ」とは湯を手にとってすくいあげるという意味である。那須温泉の湯をすくうのは京都の石清水八幡の水をすくうのと同じぐらいの御利益があるとほめちぎっているのだから、さぞかしいい湯だったのであろう。

この句は曾良の『旅日記』には出てくるが『ほそ道』本文では使われていない。湯の功徳は意図的に削除されて、「殺生石《せつしやうせき》は温泉《いでゆ》の出《いづ》る山陰《やまかげ》にあり。石の毒気《どくき》いまだほろびず」とのみ書いている。殺生石からは毒、つまり硫化水素が出て、地面が見えぬほど虫がおり重なって死んでいた、という。

63 田一枚植《うへ》てたち去《さ》る柳かな

『おくのほそ道』芦野

那須湯本から北西へ十五キロほど進むと柳街道がある。街道から田のなかへ田んぼ沿いの細道を入ると奥の山懐に無人の温泉神社があり、その手前の古ぼけた鳥居わきに、ぽつんと柳の木が植えられている。これが遊行柳で、柳の木の下に西行の和歌「道のべに清水流るゝ柳陰《やなぎかげ》しばしとてこそ立ちどまりつれ」を刻《ほ》った石碑がある。

この句はどうも意味がわかりにくく、胸にストンと落ちてこない。西行がこの地で詠んだ「道のべに清水流るゝ……」にちなんでいることは『ほそ道』に「清水ながるゝの柳は、蘆野《あしの》の里にありて、田《た》の畔《くろ》に残る」と書いてあるとおりだ。遊行上人（一遍）が奥州下向のおり、この柳をさがしにきた。しかし、その場所がわからず迷っていると柳の精霊（化物）があらわれて、歌が詠まれた場所を教えてくれた。案内された遊行上人が、柳の霊に念仏をかけると柳の精霊は成仏して消えていった、という説話は謡曲「遊行柳」に脚色されて評判になった。

謡曲の「遊行柳」は柳が化物となった説話である。

この句を山本健吉氏はこう訳している〈西行法師が「道のべに清水流るる……」と詠ん

だこの柳のかげで、私もしばし立ちどまった。それは眼前の田で、早乙女たちが田を一枚植え終るほどの時間で、私もまた放心から立ち戻って、この古蹟を立ち去った〉。

これは岩波版の杉浦正一郎氏、宮本三郎氏、また井本農一氏のほかほとんどの訳が同じであるが、芭蕉の本意はそうではあるまい。芭蕉は、風景をズバリとつかみとる達人で、「田一枚植て」が早乙女の行為で、「たち去る」のが芭蕉の行為で、そこで一息ついて「柳かな」と状況説明するようなへたな作句はしない。この訳では目線がぷつぷつと切れる。スパーンと見切っていない。芭蕉研究家の蓑笠庵梨一《さりゅうあんりいち》によって安永七年（一七七八）に書かれた注釈書『奥細道菅菰抄《おくのほそみちすがごもしょう》』の訳をそのまま踏襲して、それに頼りすぎるため、奥歯に疑問がはさまったままの消化不良の訳になった。こういうときは現場検証をすればたちどころに句の本意がとけてくる。

私の解釈はこうである。

「柳の化物が田を一枚植えて立ち去っていった。ふとそんな情景を幻視してしまった」

この句の主役は柳なのであり、「田一枚植る」のも「たち去る」のも柳である。句をそのまま直訳すればよい。遊行柳の前段に謡曲「殺生石」の説話をもってきた用意周到さはそのためであり、ここでは化物説話がたたみかけられるように語られる。柳の化物はじつは西行の歌霊でもあり、芭蕉は西行の旅をも幻視している。白日夢の句なのである。

私が訪れた日は、柳の枝は天から降ってくる雨のようであった。柳でありながら、いまにも木が歩き出しそうな気配があり、細い枝のさきにまで霊気がみなぎっていた。これは旅をして、遊行柳の前に立ちつくしたときに突如として、わかることなのである。この解釈を支持してくれたのは金子兜太氏だった。芭蕉の旅は、ある部分は幻視でありつつも、厳密なフィールドワークに裏打ちされており、幻視する景観もまた実景なのだ。それを「歌仙は三十六歩なり。一歩も後に帰ることなし」(『三冊子』)の覚悟で進んでいった。出発する前に抱いていた歌枕の光景は、行きついてみると想像していたものとは違い、ある部分は崩れ、ある部分は消えてなくなり、その誤差を現場で検証する。

そのことは、つぎの白河の関で一段とはっきりする。白河の関は古来三関の一つであり、ここを越えることは国境を越えるにひとしい。この地は陸奥《みちのく》への入口として能因はじめ多くの古歌に詠みつがれてきた。

落ちつかぬ日々を重ねていくうちに、白河の関へかかって、ようやく旅心がさだまったと『ほそ道』に書いてある。むかし能因法師は「都をば霞とともに立しかど秋風ぞ吹く白河の関」と歌った。その故事へ思いをはせつつも、芭蕉は用心ぶかく自分の句は示さず、曾良の、

卯《う》の花をかざしに関の晴着かな

を記すのみである。

能因は実際には白河へは行かず、しばらく姿を消してこの歌を残した。この歌のいかにも嘘くさい観念的な語りくちによって化けの皮がはがれ、いや、嘘も和歌の心得であるとすれば、能因の歌はしたたかな腕であり、それを知りつつ芭蕉はこの地へ来てしまった。その自負心が逆に芭蕉に句を詠ませなかったのではないだろうか。

白河の関跡は、いまもしんとしずまりかえるばかりである。

寛政十二年（一八〇〇）に建てた古碑「古関蹟《あと》」を右にして石の鳥居がたち、鳥居脇には樹齢五百年という藤の古木があった。石の参道を登ると無人の白河神社拝殿が鎮まる。拝殿の前には土俵があり、上空を二羽の鳥が飛んでいった。能因の「都をば霞とともに……」と、平兼盛《かねもり》「便りあらばいかで都へ告げやらむけふ白河の関は越えぬと」、梶原景《かじわらかげ》季《すえ》の「秋風に草木の露を払はせて君が越ゆれば関守もなし」の三首を刻んだ石碑が建つ。

白河の関から北へ四キロすすんだ関山《せきざん》へ登れば、標高六二〇メートルの山頂から、阿武隈川と陸奥《みちのく》の田園地帯が見えた。芭蕉はこれからむかう陸奥の旅へ思いをはせたことであろう。

64　風流の初《はじめ》やおくの田植うた

『おくのほそ道』須賀川

白河の関をこえ、阿武隈川を渡ったところで須賀川に等窮《とうきゅう》（じつは等躬）という者を訪ねた。当時の須賀川は白河藩領だが、伊達家とも縁がある。

等躬は須賀川の駅長をしていた。駅とは公用の旅行や通信のため、馬、船、人夫を常備している宿で、交通、経済の要衝地にある。人馬や駕籠を手配する問屋場の有力者で、延宝のころ江戸に出て芭蕉と親しくなった。初号は乍憚《さたん》（私は悪魔のサタンと呼んでいる）。

須賀川には七日間泊り、歌仙を巻いた。『ほそ道』には、

　風流の初《はじめ》やおくの田植うた

　世の人の見付《つけ》ぬ花や軒の栗

の二句が出てくる。

芭蕉が須賀川から江戸の杉風へ宛てた手紙（元禄二年四月二十六日付に）、「白河より六里はなれた須賀川に乍憚（等躬）という者がいて、かつて万句興行のとき発句を詠んだ者である」と書いている。さらに手紙には大淀三千風《みちかぜ》の名前が出てくる。大淀三千風は伊勢射和《いざわ》

（松阪）生まれで三十一歳のとき俳人として立机《りつき》し、薙髪して松島へ行き、四十四歳（天和二年）のとき、『松島眺望集《まつしまちょうぼうしゅう》』を刊行した。翌四十五歳（天和三年）のときに十五年にわたる仙台での生活に終止符を打ち、七年におよぶ『日本行脚文集』の旅に出た。平泉を経て日本海沿いに酒田、出雲崎、有磯海《ありそうみ》、金沢、敦賀と旅をして伊勢に帰着した。その行程は、芭蕉の『おくのほそ道』とほとんど同じルートである。「旅する俳諧師」の生活は芭蕉より早い。芭蕉は仙台で三千風に会おうとしていた。

芭蕉は四十六歳。三千風は五十一歳、等躬は五十二歳で奥州俳壇の実力者である。

等躬宅に七日間も泊ったのは、仙台の情報を聞き出すためであったろう。頼りになるのは、江戸で知りあった等躬（須賀川）、清風（尾花沢）でともに三千風が宿泊した家の主人である。もう一句の「世の人の見付《つけ》ぬ花や軒の栗」が気になる。

等躬の邸内に可伸という僧が住んでいて、栗斎とも号していた。この句の初案は「かくれ家《が》や目だゝぬ花を軒の栗」で、発句として歌仙が巻かれた。「かくれ家」とは隠密のこと。これにつぐ句が「忍ぶの里」ということも気になる。

65　早苗《さなえ》とる手もとや昔しのぶ摺《ずり》

『おくのほそ道』福島

早乙女たちが早苗をとる様子を見ていると、昔の人がしのぶ摺をした面影が思いだされる、というすずやかな感興だ。

仙台に近づくと芭蕉は、見えざる力に威圧される不安と高揚感につつまれた。日光は四月一日入りだった。仙台へ入るのは五月五日（端午の節句）と決めていた。仙台へは「邪気を払う男子の節句」に入ることとした。その日が迫ってくる。

文知摺観音堂《もじずりかんのんどう》は福島市の東郊、阿武隈川東岸の山裾《やますそ》にある。芭蕉は岡部の渡しで対岸へ渡った。忍ぶ（信夫）の里は源 融《みなもとのとおる》の「みちのくの忍ぶもぢずり誰ゆゑにみだれそめにし我ならなくに」の歌で知られている。この地は「忍ぶ里」であり、芭蕉の故郷、伊賀上野即ち「忍びの里」に通じる。三日後には仙台という敵陣へ忍びこむのである。心がせくものの等躬にひきとめられて須賀川の滞在が一日のびた。

その故実を知りながら、芭蕉は境内にある「もじ摺の石」が平安時代に染色用石として用いられたことに注目している。『ほそ道』にはこう書いてある。

しのぶもじ摺の石を訪ねて信夫の里に行くと、山かげの小さな里に、それらしい石が土に埋もれていた。里の子が言うには「むかしはこの山の上にあったが、行き来する人が麦をとってこするので里人が憎んで、この谷に突き落とした。石の表は下向きになってしまった」。

この大石の表面に忍ぶ草の葉や茎を摺りつけ、その上に布をのせて、もじり乱れた模様を染めつけ、狩衣《かりぎぬ》として愛用したという。『ほそ道』には、里の子どもが「昔は山の上にあった石だが、旅人が麦畑の麦をとってこの石に摺りこんで試すので、怒った里の人がこの谷につきおとした」と教えてくれたとある。

「もじ摺の石」の周囲は石柵で囲まれて、石の側面には苔がこびりつき、「摺りこみ試すこと」はできない。『旅日記』にも「柵フリテ有」と書いてある。芭蕉が訪れたときから柵があったということは、そのころも「摺りこみを試そう」とする旅人が多かったのであろう。芭蕉が、里の子の話として書きとめた話は、石を柵で囲むという不粋な防御に対する釈明をうけたためだろう。

芭蕉はそういった釈明を面白がって聞いているふしがあり、旅さきでのこういった逸話もまた歌枕検証のひとつで、紀行文に彩《いろどり》をそえる。文知摺観音堂はカエデの葉が大岩の上に青青と繁り、芭蕉句碑のほか子規句碑「涼しさの昔をかたれしのぶ摺」がたたずむ閑静な寺であった。アヤメが咲いて泥水の池に反射している。「もじ摺の石」を見下ろす谷に古色蒼然とした多宝塔が建ち、雨あがりの曇り空の下で、石と山と塔が黒影となって重なっていた。

この日芭蕉は医王寺へ行き、飯坂温泉に泊った。ここらあたりまで『ほそ道』を旅するとさすがに足が疲れ、温泉宿で骨休めするのがありがたくなり、また、芭蕉と曾良の二人の役割り分担がおぼろげながらみえてくる。

『ほそ道』には、「飯坂に温泉があるので湯に入ってから宿を借りると、土間にムシロを敷いただけの貧家で、蚤や蚊に食われて寝た」と、記されている。芭蕉が泊ったのは六月十八日で、深川を船で発ってから最悪の宿であった。「夜に入ると雷が鳴り、雨がしきりに降って、気も失うばかりに苦しんだ」と嘆いている。『旅日記』には「夕方ヨリ雨降、夜ニ入、強」とあって、たしかに雨は降ったが、雷が鳴ったとは書かれていない。芭蕉は大げさに飯坂のことを悪く言い、旅の途中で死んでも、それは天命だと溜め息まじりに書きとめた。芭蕉脚色の誇張《こちょう》で、飯坂の宿を誹謗することに気がとがめて、飯塚と記した。現在の飯坂温泉は江戸情緒が残る温泉地で、町なかに共同湯の鯖湖湯《さばこゆ》がある。

医王寺は飯坂温泉のすぐ近くにあった。芭蕉は飯坂温泉に行く前に里人に尋ね尋ねて、

この寺へ行き、佐藤継信《つぐのぶ》・忠信《ただのぶ》兄弟の墓の前で涙を流し、

笈《おひ》も太刀《たち》も五月にかざれ帋幟《かみのぼり》

と詠んだ。

継信は義経に従って平家と闘い、屋島で義経の身代りとなって戦死し、忠信は京で義経の身代りとなって自害した。二人の息子を失った母の悲しみを慰めるため、兄弟の嫁が夫の甲冑を着てみせたという。

『ほそ道』には、「寺に入って茶を所望すると、義経の太刀と弁慶の笈《おい》があった」と書いてあるが、『旅日記』には、「寺の門へは入らず、西の方を廻って兄弟の墓へ行く」とある。曾良は、寺嫌いで神社好きである。『旅日記』の記述は正確でありつつも、神社へは「参詣」「拝ス」と書き、寺へは「見物」と書いている。吉川神道の出である曾良は神祇《じんぎ》を重んじ釈教《しやつきよう》を嫌った。

医王寺境内は薬師堂をとりまいて佐藤一族の墓が戦陣のように並び、木立に覆われている。宝物館には弁慶の笈は展示されていたが義経の太刀はない。寺内に入らなかったため義経の太刀があると書きあやまった。太刀はないものの、継信・忠信へむけて「笈も太刀も五月にかざれ……」とよびかけて供養したのであった。

仙台に入るプレッシャーが芭蕉をいらだたせている。日光工事探察のときは黒羽にいて、調査はもっぱら曾良がひきうけた。日光が幕府直轄領であったからこれほどのプレッシャーはなかった。仙台には親しい知人はいない。夜道でばっさり斬られればそれっきりだ。五月三日、飯坂を出て、伊達の大木戸を越すとある。伊達の大木戸は源頼朝が奥州藤原氏を攻めたときの激戦地であった。ここに至るまでの国境は幕府直轄か譜代大名の領地ばかりで簡単に通過できた。奥州街道南端に越河《こうごう》の口留番所《くちどめばんしょ》があった。番所の役人に命じられるまま、名前と旅行目的を答えた。不審なものでないことが確認されると入国料を支払い、入判《いりはん》（入国ビザ）が渡される。出国するときは出判《ではん》が必要で、いまの外国旅行の通関と同じである。仙台藩にはこのような口留番所が二十四カ所もあった。

番所を通過し、その日は白石に泊った。すでにここは伊達の領地である。白石は伊達の重臣で大坂冬・夏の陣の活躍で知られる片倉小十郎《かたくらこじゅうろう》家一万八千石である。西に蔵王の山並みがあり、阿武隈川の支流白石川が流れる。

『ほそ道』では岩沼に泊ったことになっており、白石泊とはされていない。これは、『ほそ道』を書くときに、意図的に変えたのであろう。白石は伊達藩の重要な地で、東国から侵入する者を見張っている。

雨をしのぶ笠の意がある「笠嶋」に思いをはせつつ、

笠嶋はいづこさ月のぬかり道

と詠んでぬかり道を歩きつつ、等躬（乍憚《さたん》）宅へ泊りすぎたことを悔んでいる。芭蕉と曾良は動転していた。芭蕉が仙台へ向かっているという情報は、伊達家の諜報に伝わっているかもしれない。ばれたらどう対処すればいいか。えーい、ままよ、と腹をきめてずいずいと仙台へむかい、名取川《なとりがわ》と広瀬川の橋を渡った。

仙台城下に入ったときは、夕方になっていた。

第6章 「あやめふく日」仙台に入る

――あやめ草足に結ん草鞋の緒（芭蕉）

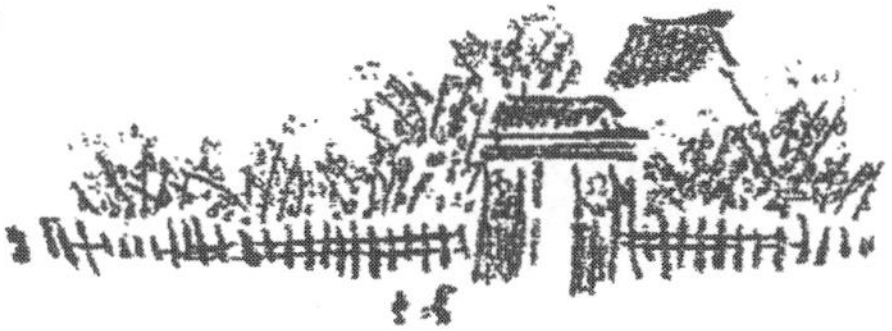

66 あやめ草足に結《むすば》ん草鞋《わらぢ》の緒《を》

『おくのほそ道』仙台

芭蕉が名取川を渡って仙台へ入ったのは、端午の節句の前日、五月四日であった。城下町の大きな川に橋をかけることは軍事上避けられ、道路も行き止まりになる三叉路が通常だが、政宗は幕府に異心がないことを示すため、大橋をかけた。「あやめふく日」（端午の前日、軒にあやめを葺いて邪気を払う日）である。その日は国分町《こくぶん》大崎庄左衛門方に宿をとった。国分町は青葉城大手門に通じる大町と交錯する目抜き通りにあり、旅籠が集まっている。越河の番所を通過したときの入判（入国ビザ）を見せなければ宿には泊れない。

芭蕉が泊った国分町と目抜き通り大町の交差点は「芭蕉の辻《つじ》」といい、いまも碑が立っている。伊達政宗が仙台開府のとき、この四つ角に四つの隅櫓を作らせ、そこに隠密の虚《こ》無僧《むそう》芭蕉を住まわせて監視した。俳諧師芭蕉より八十年前の仙台に隠密芭蕉がいた。伊達政宗は「草」という忍者組織を作っていた。他領へ忍者を侵入させて情報収集することを「草を入れる」という。「草を捜す」とは仙台に侵入した敵の諜者をつかまえることである。大淀三千風《おおよどみちかぜ》は「幕府の草」として目をつけられ、天和三年に仙台から姿を消したが、貞享四年（一六八七）四月十日、四十九歳のとき、再び仙台に来て、松島瑞巌寺《ずいがんじ》にいる甥の祥《しょう》鸞《らん》を訪ねた。芭蕉が鹿島へ旅した年である。

五月五日、芭蕉は、橋本善衛門《ぜんえもん》（六百石の仙台藩士）のもとへ、紹介状を持っていった。善衛門からは返事がなく、家臣の山口与次衛門が宿に「残念ながら会えない」と断りを入れてきた。いっぽう曾良は須賀川の吾妻五良七より預かった手紙を大町二丁目の泉屋彦兵衛方にいた甚兵衛に届け、やはり留守だった。居留守を使われた。『旅日記』に「三千風尋ねるに知らず」とある。仙台に十五年いた三千風を知らないはずがない。そのあと、立町に住む北野屋加右衛門《かえもん》という画工に会ってようやく様子がわかった。

ここまでの旅で泊った地のような知人がいなかった。『ほそ道』にはただ「画工加右衛門と云《いふ》ものあり」と書いてある。加右衛門は三千風の弟子で、三千風は、このとき仙台を去っていた。

天和二年（一六八二）に刊行された三千風の『松島眺望集』には芭蕉の吟、

武蔵野の月の若ばえや松島種《まつしまだね》（武蔵野に上ってくる月は、松島の海から生まれてくる）

が載っている。芭蕉は松島を見たことがないので、こんな句しか詠めなかった。

等躬は三千風が仙台にいないことを知っていながら、芭蕉には知らせなかった。等躬は伊達の「草」を兼ねていたのかもしれない。ぎりぎりまで芭蕉を須賀川に留めた事情は複雑怪奇である。

これから芭蕉が向かう尾花沢の鈴木清風、酒田の伊東玄順は、三千風の俳諧の弟子である。三千風は幕府御用達の隠密であった。

元禄三年ごろに書かれた『土芥寇讎記《どかいこうしゅうき》』という書物があり、幕府隠密が探索した情報をもとにして全国諸大名の内情が詳しく記されていた。写本は東京大学史料編纂所に一冊残っているだけだ。隠密や各藩の長老からの報告をうけた幕府高官が書いた大名の人物評定がある。

たとえば水戸光圀《みつくに》に関しては「遊廓に通って遊女を買って酒宴にふけり、学識をふりまわす人物」と評定されている。家康の孫という高貴な人物が色町に出没する噂が広がれば公儀としては困るので、諸国を漫遊しなかったのに『水戸黄門漫遊記』という話を広めることになった。黄門様はじつは「困った人」であったのだ。

綱吉が在位二十九年間に改易した大名は、外様十五家、親藩譜代は二十四家で、計三十九家である。綱吉は過酷な将軍で、取り潰した大名が多く、『土芥寇讎記』は大名の取り調べ帳のようなものだった。「土芥」はゴミ、「寇讎」は仇の意で「殿が家来をゴミのように扱えば家来は仇のようにみる」という『孟子』からの引用である。

幕府による諸大名家への調査網は全国に張りめぐらされていたが、とりわけ重要な地は仙台であった。仙台藩も三千風の裏の顔に気がついていただろうが、三千風を通じて「仙台藩に謀叛なし」とメッセージを出すことができた。

隠密（つまりは幕府公安）の要諦は、精度の高い情報探査にあり、三千風のように仙台に住みついて藩士や町の要人となじみ、藩内の抗争や事件を報告するケースと、芭蕉のように旅人を装って、藩の動向を探索するケースがある。観察眼にすぐれた俳諧師ならではの任務で、曾良の調査力と芭蕉の直観が合体すれば、情報の精度が増す。時宗の遊行僧《ゆぎょうそう》（芭蕉は遊行上人ゆかりの遊行柳を廻ってきた）も情報探索をしたし、編笠をかぶって行脚した虚無僧《こむそう》も隠密の技術にたけていた。

藩士の動向を調べ、米の石高を計算し、農民の不満を聞き書きし、藩主や家老などのスキャンダルを調べることも隠密の仕事である。軍事と水田につながる水路観測は、江戸で水道工事を仕切った芭蕉ならではのキャリアが役に立つ。幕府隠密は高度な知識と情報網を持つ人物でなければつとまらない。

等躬はなぜ「三千風は二年前に仙台を去った」という事実を芭蕉に伝えなかったのか。

等躬から見ると、芭蕉より五歳上の三千風のほうがはるかに大物であった。芭蕉の名が広く知られるのは芭蕉没後である。等躬は仙台藩に俳人仲間のネットワークがある。さきをいそごうとする芭蕉を七日間もかなり強引にひきとめたのは、仙台の三千風門下に、芭蕉がきたことを知らせていたとも考えられる。そのため芭蕉は、笠島の実方《さねかた》の塚へ行けなくなった。芭蕉一行には、丁重なもてなしをして、できるだけ早く出ていっていただくのが得策である。

曾良『旅日記』の五月六日は「天気がよく、亀岡八幡へ詣でて、城の追手（大手）より入る。にわかに雨が降って茶室に入って帰る」とある。仙台城（青葉城）の大手門は特別の日のほかは通ることができず、いつもは通用口である北の扇坂を使っていた。芭蕉に、「どうぞ大手門からお入り下さい」と特別のはからいをした。大手門から北西へ二キロほどの距離にある亀岡八幡は伊達家の氏神を祀っている。宮司は俳諧を大淀三千風に学び、三千風の句額が奉納されていた。いまは三百六十五段の石段が残されている。

五月七日は、画工加右衛門の案内で、東照宮（幕府への忠誠を示すため二代忠宗が造営）、歌枕の玉田、横野、つつじが岡の天神、薬師堂（政宗が再建した堂）などの名所をひととおり廻った。

夜になると加右衛門と甚兵衛が宿を訪れたので、芭蕉は短冊と横物（横長の書）を与えた。甚兵衛は謝礼の代金を渡した。加右衛門はほし飯《いい》一袋、わらじ二足と名所案内の手描き地図を持ってきた。翌朝は海苔を届けた。『ほそ道』には、

「紺《こん》の染緒《そめを》つけたる草鞋《わらぢ》二足餞《はなむけ》す。さればこそ風流のしれもの、爰《ここ》に至りてその実《じつ》を顕《あらは》す」

とある。「風流のしれもの」(したたかな風流人)が「その実(正体)を顕す」という『ほそ道』の地の文に、芭蕉の観察力がうかがえる。ほし飯は仙台名産の携帯食で、紺色の鼻緒がついたわらじは高級品で藍《あい》の匂いと色がマムシよけになる。海苔は気仙沼海岸でとれる高級品である。

「あやめ草……」の句は画工に貰った草鞋に家々の軒に挿してあるあやめ草を結んで旅をつづけようという晴れやかな気分にみちている。

紺色の鼻緒とあやめ草は魔除けであり、健脚を祈念して草鞋にむすびつけた。ブルージーンズのインディゴ・ブルーが毒蛇よけであることと思いあわせても理にかなっている。仙台からさきの山野は、この季節にマムシが出没し、野道でマムシとりのおじさんに会った。風雅なるものは、そのじつ実用なのである。

芭蕉の仙台滞在は四泊五日だが、監視つきで観光案内のように名所を案内され、なか三日はいたれりつくせりだった。五日目の朝は、これから向かう塩竈《しおがま》、松島、一関《いちのせき》の旅宿への紹介状を渡された。ていねいに応対されて、一刻も早く仙台を出るようながされた。機嫌をよくしながらも芭蕉は相手の出かたをじっとうかがっている。謀叛の動きはなく、芭蕉に危害を加えることもなかった。

67 松嶋や鶴に身をかれほとゝぎす

『おくのほそ道』松島

仙台から塩竈へ行く途中の塩竈街道の奥に「おくのほそ道」という旧道があり、これは三千風が調査して名づけた古道であった。仙台市岩切の東光寺から東への道が「おくのほそ道」だが、いまは泉区から通じるアスファルト道路になっている。そのさきの多賀城《たがじょう》は、奈良時代に蝦夷《えぞ》鎮圧のためにおかれた国府跡で、朝廷の基地であった。芭蕉が涙が落ちるばかりに感動したという壺《つぼ》の碑《いしぶみ》は、格子窓の覆堂《さやどう》に包まれて南門跡に建っている。一説には偽碑といわれる。そのあと、塩竈神社、松島へ行き、瑞巌寺は「のこらず見物」した。松島は『ほそ道』の序文で「松嶋の月先《まづ》心にかゝりて」と書いている。芭蕉が一番行きたかった地である。「句が浮かばず眠ろうとしたが眠れない」と告白している。あまりに絶景のために句が生まれない、という。それで、曾良の句として、

　松嶋や鶴に身をかれほとゝぎす

を書き留めたが、芭蕉の吟である。松島では、鶴の姿に身をかりて鳴き渡ってくれ、ほととぎすよ、というよびかけで、松に鶴は付合いである。芭蕉は「島々《しまじま》や千々《ちぢ》にくだけて夏の海」(『蕉翁文集』)の句を得ており、これは島が幾千もに海にくだけ散っているという

動きのある景観で、句もまた千々にくだけ散って雄渾《ゆうこん》である。にもかかわらずこの句を捨てたのは、松島の章では意図的に地の文を強調して読ませようとしたためだ。

松島の描写は漢文体の文章が紙面から屏風絵のように立ちあがってくる。『源氏物語』『枕草子』『徒然草』を意識し、中国第一の美景である洞庭《とうてい》や西湖《せいこ》にも劣らない。（行ったことがないのに）と賛美し、三千風の『松島眺望集』から引用している。親友の素堂《そどう》（甲州の人、のち葛飾派の祖）の漢詩文、杉風、濁子《じょくし》（大垣藩士、江戸勤番）の発句をほめ、金《こん》壁荘厳《ぺきしょうごん》の瑞巌寺を称えた。

『ほそ道』は句文融合の歌仙形式をとり、松島では地の文だけで風景を立体化させようという気魄《きはく》があった。探索した仙台の匂いを消して、見どころを松島という名所一点に転換させた。

この句は芭蕉が『ほそ道』の旅の二年後に編集した『猿蓑《さるみの》』に曾良の句として掲載されている。『ほそ道』を再構成しているときであったから、曾良の手柄として選んだのだろう。自分の句を他人へ渡すことは、俳諧の席ではよく行われた。芭蕉は句席の指南役で、句が出ずに悩んでいる人には、「では、こうしたらどうですか」と、かわりに詠んであげた。芭蕉があげちまった句だから、曾良の作としておいていいだろう。

68 夏草や兵《つはもの》どもがゆめの跡

『おくのほそ道』平泉

「夏草や」とくれば、多くの日本人がこの句を思いうかべるほど、広く知られている。東北線の平泉駅で下車して、義経の居館があった北上川を見おろす高館《たかだち》という丘へ向かう。標高六七メートルの低い丘へ登ると、雑草が生えた広い河原をへだてて青い山々が見え、「夏草や」の句碑が建っている。

詩人杜甫《とほ》の「国破れて山河あり、城春《じよう》にして草木深し」からの引用である。最後の部分を「城春にして草青みたり」と変えた。広い草原の河原は、かつては藤原一族の邸宅があったところだ。

丘をさらに登ると、義経堂《ぎけいどう》があり、義経像《よしつね》が祀《まつ》られている。義経はこの高館を居館として、泰衡《やすひら》の軍勢に襲われて討ち死にした悲劇の武将で、芭蕉は義経をことのほか敬愛していた。

『ほそ道』の旅で圧巻となる平泉へは、五月十三日（陽暦で六月二十九日）の一日だけ、一関からの日帰りであった。『曾良旅日記』には、「天気明、巳《み》ノ刻《こく》（午前十時ごろ）一関を出発して、平泉へ二里余（約九キロメートル）。高館《たかだち》・衣川《ころもがわ》・衣ノ関・中尊寺・光堂（金色寺)・泉城・桜川・桜山・秀衡《ひでひら》屋敷を巡覧し、月山・白山を見る。経堂は別当留守にて開かず。金鶏山・無量劫院跡などを見て、申《さる》ノ上刻(午後三時ごろ)帰る。宿の主人は水風呂を沸かして待っていた。一関泊」とある。驚くべき早さで、やたらとあわただしい観光であった。片道一時間半として、平泉を見物したのは実質二時間であった。そんな短時間で「藤原三代の栄耀《えいよう》がほんの一眠りの夢のようにはかなく、秀衡の屋敷の跡がただの田野になっていた」と書く。

夏草の原には、かつて十五万人の藤原氏の都人が住んでいた。頭のなかで、この一節を繰り返しつつも、寂として声は出ない。義経主従や藤原三代の栄華は、生い繁る草の中に夢のように消えてしまい、芭蕉の目は山川草木のなかに宿り、ただ無常の風が吹くばかりなのだ。

『ほそ道』を旅する者は、句の現場で自分のイメージが崩れるのを体感する。それまで抱いてきた思い込みがバラバラに崩れ散り、それこそが自分の視線であり、『ほそ道』の旅の快感というものだ。

芭蕉が、『ほそ道』の旅を終えて五年間かけて推敲したのは、崩れ落ちた風景の断片のつなぎあわせであり、杜甫《とほ》や西行から離脱した芭蕉オリジナルの旅案内であった。高館の丘のはずれの展望のよい地に「夏草や……」の句碑がある。

69　五月雨の降《ふり》のこしてや光堂

『おくのほそ道』中尊寺

芭蕉は平泉で、二堂、中尊寺の光堂（金色堂《こんじきどう》）と経堂（経蔵《きょうぞう》）へ参拝した。「経堂は三将の像を残し、光堂は藤原三代の棺《ひつぎ》を納め、三尊仏を安置している」とあるが、経堂には三将（清衡《きよひら》、基衡《もとひら》、秀衡《ひでひら》）の像はなく、「三将の経」（藤原氏三代の奉納した一切経）がある。文珠菩薩、優塡《うでん》王、善哉童子の像があるので、それを三将の像と思いちがえたか。光堂の三尊の仏は阿弥陀三尊（阿弥陀如来・観世音菩薩・勢至菩薩）である。地の文は、帰郷後五年かけて書を改められたが、なにぶん芭蕉の実地取材は二時間しかなかった。

「七宝散《しちはうちり》うせて、珠《たま》の扉《とびら》風にやぶれ、金《こがね》の柱霜雪《さうせつ》に朽《くち》て、既頽廃空虚《すでにたいはいくうきよ》の叢《くさむら》と成《なる》べきを、四面新《あらた》に囲《かこみ》で、甍《いらか》を覆《おほひ》て風雨を凌《しのぐ》。暫時千歳《しばらくせんざい》の記念《かたみ》とはなれり」。

七宝は金、銀、瑠璃《るり》、玻璃《はり》、硨磲《しやこ》、珊瑚《さんご》、瑪瑙《めのう》のこと。「四面新に囲て」は光堂を覆う鞘堂《さやどう》のことで、鎌倉時代、南北朝末に作られた。光堂は、柱から床まですべてが黄金である。全面に伽羅《きやら》布《ぬの》（麻）を貼り、黒漆を塗って金箔を押してある。夜光貝が妖しい光をたたえ、見る者の目玉がトロリととろけそうになる。光堂は黄金装置であり、黄金の内面が死であることを思いあわせれば、光堂は無常の棺である。

光堂は天仁元年（一一〇八）に起工して十六年かかって完成した。鞘堂で二重に囲まれて、外からは見えないが、一歩なかへ入ると、まばゆいばかりの黄金の須弥壇《しゅみだん》に目がくらむ。

おりしも五月雨が降っていたか、あるいは降っていなくても芭蕉は五月雨を幻視し、目が眩む黄金装置に五月雨の紗《しゃ》をかけて、句帳に書きとめた。

光堂への坂道は樹々《きぎ》が生い茂って薄暗い。芭蕉が訪れたときは、六百年近く風雪にさびれた堂であった。雨に濡《ぬ》れて鞘堂のなかに入ると、藤原三代の棺《ひつぎ》を納めた光堂の七宝《しっぽう》は散り落ち、珠玉で飾られていた扉は風で吹き破られ、金を貼った柱は雪に朽ちている。なにもかもなくなり、ただの草むらになってしまいそうなところを、堂の四方を新たに囲って、しばらくのことだが、千歳《せんざい》の記念《かたみ》として残されることになった。

すべての建物を腐らしてしまう五月雨なのに、ここばかりは降り残しているかのように、さんぜんと光っているよ。薄暗い五月雨のなかを歩いてきて、いまにも朽ちおちそうな光堂を見た衝撃である。「降り残してや」と実況中継のように現場を詠むところが芭蕉の力技で、輝きつつもサビがある。五月雨のなかに佇む光堂を見て、「五月雨はここばかりは降らぬ」と詠嘆した。同じ「光」でも日光東照宮では「あらたうと青葉若葉の日の光」とたたえたが、こちらの光堂はほの暗い悲劇。死の光である。歌仙形式の紀行で「明と暗」を書きわけるところが芭蕉の力業で、嘆息は無常の溜息となっていく。

70　蚤《のみ》虱《しらみ》馬の尿《ばり》する枕もと

『おくのほそ道』堺田

平泉まで日帰りした翌日、五月十四日は岩出山《いわでやま》に一泊した。岩出山は米沢から移封された伊達政宗が、仙台に城を築くまで十二年間本城としたところである。

岩出山には伊達弾正の要害があった。十五日は、仙台藩最後の地である尿前《しとまえ》の関を越えた。

仙台藩内に滞在したのは十三日間であった。番所の役人にあやしまれて、すんなりとは通れなかった。『ほそ道』には「関守《せきもり》にあやしめられて、漸《やうよう》として関をこす」とある。『おくのほそ道』の旅は、すべて風雅というわけではなかった。尿前《しとまえ》の関をすぎて出羽の国へ越えようとすると、関所の番人に怪しまれて、ようやく関を越えることができた。さらに山を登っていくうちに日が暮れて、国境の役人の家を見かけて泊めてもらった。

この家は堺田《さかいだ》にある旧有路家《ありじけ》住宅・封人《ほうじん》の家で、一般公開されている。

堺田は馬の産地であり、大切な馬は母屋のなかで飼われていた。芭蕉は奥の座敷に泊まったが、入り口の脇にいた馬が小便をする音が家中に響いてきた。

おまけに蚤がいるわ虱はいるわで、さんざんなめにあった。馬の排泄《はいせつ》音が枕もとでしたのでは眠りにつけなかっただろう。尿と書いてバリと読ませる。ここに尿の句をもってきたのは、「尿前の関」という地名からの連想で、芭蕉のつくり話。

読者が思わず笑ってしまい、「いやはや、大変なめにあったんだなあ」と同情するシーンは紀行や歌仙に欠かせない。

有路家は江戸時代初期の建築で、国境を守る役人をしていた庄屋である。寄せ棟造り広間型民家で、役場と自宅と宿を兼ねており、入ってすぐの土間に馬小屋がある。芭蕉の句から連想されるような貧家ではない。『おくのほそ道』の旅で、芭蕉が泊まった宿がそのままの形で残っているのはここだけであり、史跡「封人の家」として、観光スポットとなっている。家の前は観光バスが止まり、土産物屋や食堂が並んでいる。

71　涼《すず》しさを我宿《わがやど》にしてねまる也《なり》

『おくのほそ道』尾花沢

暑い夏の旅中なのに、尾花沢《おばなざわ》（山形県）の清風《せいふう》宅では涼味をわが宿のものとし、心地よくくつろぎ座しております。清風への挨拶吟。

馬が尿をする宿に泊まった芭蕉が山刀伐《なたぎり》峠をこえてようやく尾花沢に着いたのは五月十七日である。尾花沢では旧知の友であった鈴木清風《せいふう》邸へ泊まった。清風は紅花を売買する富商である。談林派系俳人で、『おくれ双六《すごろく》』『一つ橋』などの編著がある。清風は談林派大淀三千風の句風になじんでいた。

この三年前に尾花沢にきた三千風は清風宅にひと月余泊っている。清風は紅花の不買同盟に抗して紅花を燃やすという広告ビラをまいて、燃やしてしまった（じつは木屑であった）。みるみる紅花の値が暴騰して、倉庫にしまっておいた紅花を少しずつ取り出して売り、三万両の巨利を占め「尾花沢の紅花大尽」ともてはやされた。江戸吉原で散財し、大門を三日間閉じて全遊女に休暇を与え、吉原の三浦屋高尾太夫との交情でも知られている。

芭蕉が『ほそ道』の旅で長期滞在した地は栃木県黒羽についで尾花沢で、清風宅と養泉《ようせん》寺とあわせて十泊である。よほど居心地がよかったのだろう。「座敷の涼しさが心地よくて、自分の家にいるような気分で、くつろいでいます」という挨拶《あいさつ》句を詠んだ。「ねまる」とは尾花沢地方の方言で、「膝《ひざ》を崩してくつろぐ」という意味である。

出羽の国の尾花沢は幕府の直轄地だから、ひさしぶりに安心して眠ることができた。清風は船を持ち、紅花を京や江戸に売って儲けた多角経営の豪商で、当然ながら幕府諜報の一員であった。江戸商いで儲けた地方の商人が幕府隠密をかねるのは、しごく当然の任務といってよい。『ほそ道』には「かれは富めるものなれども志《こころざし》いやしからず」とある。清風は三千風の弟子で、のち蕉門に入った。三千風は『行脚文集』七巻に、「尾花沢には古い友がいてそれが鈴木清風という俳仙である」と書いている。

尾花沢は幕府の直轄地で、寒河江《さがえ》の代官所の支配下にあった。江戸を出発してからほぼ二カ月が経っていた。ここにきて緊張から解放された。鈴木清風は芭蕉より七歳下の三十九歳。島田屋の三代目で大名貸しをして巨額の財を得た。

清風宅と、清風が檀方の養泉寺（上野寛永寺の末寺）にかわるがわる泊った。高台の養泉寺が気にいって、この句を得た。

清風は心を許した同志であった。芭蕉は「涼しい」ものが好きで、涼しい風、涼しい顔、涼しい味、涼しい人など。涼しいたたずまいが好みだった。

尾花沢の紅花は、染料として加工され、最上川を下って酒田港から船積みされて、江戸、京、大坂に運ばれた。芭蕉が訪れたときは紅花の盛りで、清風宅の周辺には一面に紅色の花が咲いていた。

這出《はひいで》よかひやが下《した》のひきの聲《こゑ》

眠っていると、蟇蛙《ひきがえる》が鳴いている。蚕《かいこ》の飼屋《かいや》の床下から聞こえる。ふと「古池や……」の蛙を思い出したか。『蛙合《かわずあわせ》』から三年たった。こちらの蛙は飼屋床下のガマガエルで冬眠からさめた。養蚕小屋の床下で鳴いているガマは生命力が強い。そんな、わびしいところで鳴いていないで、こちらへ出ておいでよ。

まゆはきを俤《おもかげ》にして紅粉《べに》の花《はな》

畑一面に咲く紅花《べにばな》を詠んだ。紅花の色・形・名から化粧を連想し眉掃《まゆはき》を思い浮かべさせる。「眉掃」は、女性が白粉《おしろい》をつけたあとで眉を払うのに用いる刷毛《はけ》である。紅《べに》の花から、女性が化粧をする色っぽい姿を連想した。尾花沢を去るときの挨拶句で、清風の友情と紅花への愛惜の念がこめられている。

曾良も尾花沢の古代の風景をたたえて

蚕《こ》飼《かい》する人は古代のすがた哉

と、この地のおだやかな風情を詠んだ。

清風邸は山刀伐峠より町へ入り、バスの終点・尾花沢待合所から歩いて十分ほどのところにあり、いまも御子孫が住んでいる。清風邸の奥に人麻呂大明神《ひとまろだいみようじん》という小さな祠《ほこら》があり、清風邸のすぐ隣が芭蕉・清風歴史資料館になっている。

清風は、江戸の名伎《めいぎ》・高尾太夫から人麻呂像を贈られた。その像が人麻呂大明神に祀《まつ》られている。その近くにある養泉寺の井戸の水を飲むと俳句が上達するといわれています。

72　閑《しづか》さや岩にしみ入《いる》蟬《せみ》の聲

『おくのほそ道』立石寺

「古池や……」についで広く知られている句である。山形県の立石寺《りつしやくじ》は山岳仏教の古刹《こさつ》で、山寺と呼ばれ、根本中堂には「不滅の法燈《ほうとう》」が開山以来千百余年をすぎた現在も、ともされている。

句意は読んでの通りで、山上の「奥の院」に至る道を登っていくと、そこかしこから蟬の鳴き声がして岩にしみいっていく。山寺の参道には、火山灰をふくむ軽石の岩があって、小さな穴があいている。蟬の声は多孔質の岩に吸いこまれていく。

五月二十七日、芭蕉は羽州街道からひき返すように南下して通称山寺こと立石寺へ向かった。このころの山寺は寺領千四百二十石、僧坊百余の大寺であった。『ほそ道』には、殊《こと》に清閑《せいかん》の地で、一見すべきと人にすすめられて、尾花沢よりとって返し、その間七里ばかり。日が暮れぬうちにふもとの僧坊の宿をかりて山上の堂にのぼった。「岩に巖《いはほ》を重ねて松柏年旧《しようはくとしふり》（松やひのきが繁り）、土石老《どせきおい》て苔滑《こけなめらか》に、岩上《がんじやう》の院《ゐん》々扉《とびら》を閉《とぢ》て、物の音きこえず。岸をめぐり岩を這《はひ》て仏閣を拝し、佳景寂寞《かけいじやくまく》として心すみ行《ゆく》のみおぼゆ」

と漢文調で書き、

閑《しづか》さや岩にしみ入《いる》蟬《せみ》の聲

の句を示した。

初案は「山寺や石にしみつく蟬の聲」（書留）で、それが「淋しさの岩にしみ込《こむ》蟬の聲」（泊船集）となり、「さびしさや岩にしみ込《こむ》蟬のこゑ」をへてこの句になった。伊賀上野時代に寵愛された主君の蟬吟《せんぎん》を思い出すと涙がとまらない。初五に「淋しさの」「さびしさや」が浮かんだが、そういった主観をおさえて「閑さや」とした。もとより蟬吟を追悼するために来たのである。

山頂の奥の院に行くには登山口から千余段の石段を登る。二百五十段ほど登ったところに蟬塚があり、碑の裏を読みながら休み休み行くと仁王門に出て、そのさきに開山堂がある。三歩進んでは樹々《きぎ》を見上げ、五歩進んでは奇岩を観察し、山の匂いを嗅《か》ぐ。山を登りつつ気がつくのは「立石寺」の文体が岩であり、すなわち芭蕉の文体を登るということだった。中国の漢詩には寺と石、岩と蟬の組み合わせがあり、芭蕉は中国天台寺を幻視していた。『細道』は句のみならず、鍛えぬかれた地の文に紀行のエッセンスがつまり、さまざまな思いを削りに削って、骨太い文体が成立した。

句の主役は蟬である。

芭蕉は蟬の声のなかに、もうひとりの声を聞いている。それは主君藤堂良忠《よしただ》である。良忠は蟬吟《せんぎん》と号し、芭蕉は近習役《きんじゅ》として仕えていた。二歳上の蟬吟は貞門の北村季吟《きぎん》門下で芭蕉に句を教えてくれた恩人である。初恋の人である。若き日の芭蕉は蟬吟の指導のもとで俳諧に熱中したが、蟬吟は二十五歳の若さで病没した。蟬吟が没したとき芭蕉は二十三歳、それからさらに二十三年が経ち、四十六歳となった。

蟬の声を聞きながら、一段登るごとに亡き蟬吟への声が胸にひびいてきた。芭蕉は旅さきで句を詠みながらも、追悼の思いを重ねている。その二重の仕掛けを読みとくのは『ほそ道』の旅を追体験したときに気がついた。仙台・松島を経て平泉まで北上し、尾花沢から大きく南下して立石寺へ詣でたのは、蟬吟を追悼するためであった。蟬の声を聞いて、はっと気がつくことなのだ。

奥の院まで千段余の石段を登りつつ「マテョ、蟬吟は千吟《せんぎん》」に通じると考えた。「千の句を詠む」という意志であるか。現場を歩くといろいろ妄想する。山頂まで三十分はかかる。石段の途中には、蟬塚や句碑が多いから、休み休み登るのがよいだろう。立石寺のふもとには芭蕉記念館と食事処《どころ》が並んでいる。

73 五月雨《さみだれ》をあつめて早し最上川《もがみがは》

『おくのほそ道』最上川

旅する者は水路が重要で、深川芭蕉庵は水路沿いにあった。当時の最上川のイメージはいまの新幹線でしょうね。最上川は明治時代まで東北の主要水路だった。日本三大急流のひとつで、全長二二九キロ、山形県のみを流れる。芭蕉は新庄から八キロほどのところにある本合海《もとあいかい》から乗船した。

この句は大石田の船問屋高野一栄《いちえい》宅に三泊したときに巻いた歌仙の発句で、初案は「五月雨をあつめて涼し最上川」であった。芭蕉は「涼し」を使うのが好きで、主人の一栄は脇に「岸にほたるをつなぐ舟杭《ふなくい》」とつけた。

大石田は元禄時代には三百隻の船で賑《にぎ》わった河岸で、幕府の舟役所があった。この一帯には芭蕉に俳諧の新風を乞《こ》おうとする富商が多く、心地よいもてなしを受け、芭蕉は「このたびの風流ここにいたれり」と満足している。

舟運で栄えたため旧家が多く、斎藤茂吉は太平洋戦争後の二年間をこの地ですごしている。

芭蕉が「涼し」を「早し」に改めたのは、実際に最上川を下ってみると、「涼し」というような風流ではなく、五月雨で水量がふえてかなりの急流だった。

尾花沢では「涼しさを我宿《わがやど》にしてねまる也《なり》」と詠み、このあとの羽黒山でも「涼しさ」を使っているため、「涼しさ」が重なるので、改稿のときに変えた。

この句の見どころは、芭蕉の視線の低さにあり、句は舟とともに川の水面すれすれを移動していく。座った目線である。立って歩くときの目線、馬上からの目線、山の上からの目線で違ってくる。「あつめて早し」の目線は、舟に乗って、最上川の激流を体感しなければ詠むことはできない。

いまは観光の舟下りで、冬は雪見船まで運航している。下流の古口から草薙温泉までの一〇キロ。川沿いの山を見物しながら一時間ほどで、船頭がうたう最上川舟歌をききながら、のんびりと下っていく。

74 涼しさやほの三《み》か月の羽黒山

『おくのほそ道』羽黒山

羽黒山、月山、湯殿山の出羽三山は山岳信仰の霊場として古くより名高く、『おくのほそ道』の旅の目的のひとつはこの出羽三山へお参りすることであった。なかでも羽黒山は参拝客が多く、その門前町が手向《とうげ》である。

芭蕉が訪れたころは三百軒の宿坊があり、現在は古き宿が営業している。宿坊街のつきあたりが随神門《ずいしんもん》で、そこをくぐると祓川《はらいがわ》を渡り、杉並木の一の坂、二の坂、三の坂が約二キロつづいていく。石段が二千三百四十六段あり、とくに三の坂が急であるけれど、この道は草木ひとつひとつに神が宿っている。

五十分ほどかけて羽黒山頂上に達すると三神合祭殿《がっさいでん》、蜂子《はちこ》神社、斎館《さいかん》、護摩《ごま》壇《だん》がある。一の坂にある五重塔（国宝）は塔じたいが巨大な樹木と化して地面へ根をおろして地下の生命とつながる。随神門から山頂までの道は、「この世のものとは思えない」天然ムクの霊気で浄化される。

芭蕉が歩いたときには、ほのかに三日月が輝いていた。「ほの三か月」とは「ほの見える」と「三か月」をかけている。「ほのみ」と「みか月」がかかり、「ほの三か月」というフレーズに微光がある。「ほの」と投げこんだため、山の姿も三日月も生きてくる。魔術がさしこむ。羽黒山にかかる三日月は、夕闇に溶けて、山肌ににじみ、山中の神々が寄りそってくる。微光が宗教的な匂《にお》いを含み、背骨ごとぐらぐらと感応してしまう。この章は漢文体の地の文の格調が高く、「ほの……」とつけたところが俳諧の妙である。

羽黒山ではいまなお、白衣をつけた人々が、お祓《はら》いをうけて木綿《ゆう》をしめて参拝しているのに出会う。

『ほそ道』には「六月三日、羽黒山に登る」と短く書かれており、芭蕉のただならぬ決意がこめられている。

この地は山自体が御神体であり、草も木も川も光も風も、山にあるいっさいの自然が神である。神域には限りなく死に近い薄暮の無常がある。芭蕉と曾良は、頭を丸めて僧形であるけれども、仏教の冥界を信じてはいない。信じるのは天地自然の神のみである。曾良の『旅日記』が、湯殿山の項から急に詳しく、生き生きとした記述になるのはそのためである。曾良がどれほど興奮して感動にうち震えていたかが『旅日記』でわかる。

私は生田坊《いくたぼう》に泊った。生田坊には小さいながら温泉がある。生田坊の近くに桜林坊《おうりんぼう》、大《だい》進坊《しんぼう》という茅葺き屋根の古い宿坊が並び、大進坊の庭には芭蕉の三山句碑が建っている。

宿坊の入口から異界のエロティックな誘惑があった。

宿坊の広間で夕食をとっていると、白装束の一団が祈禱をはじめた。広間の一角に祭壇があり、そのすぐうしろで、白装束の一団がトランス状態で祈禱していた。合唱の声は呪文のようであり、官能のむせび泣きでもあり、霊界から湧いてくる呻き声の群れでもあった。汁椀を持つ手が震え、味噌汁の表面がさざ波をうった。

翌朝は早々と宿坊を出ると、どこの宿坊でも祈禱が始まっていた。手向の朝は早く、手《てっ》甲脚絆《こうきゃはん》に宝冠《ほうかん》という白一色の参拝装束を身につけた集団が羽黒山に向かっていく。地下足袋をはいているため、足音がしない。最後部にいる人が腰につけた鈴が、ときおりチリーンと鳴るばかりであった。

随神門をくぐって石段を下りたところに祓川《はらいがわ》があり、出羽三山に参詣する人は、まずこの川で身を清める。山道には樹齢二百年、三百年の老杉が繁り、老杉のあいだを風が吹きぬけ、それが首筋にあたってヒンヤリと冷たい。吹いてくる風もまた神なのである。

出羽三山信仰は擬死体験である。参詣者は、「死にに行く」のである。羽黒山は現在《いま》であるとともに、死の入口であり、つぎに月山で死ぬ。月山は死後の世界である。死んでから湯殿山に登って、そこで新しい命をいただいて甦る。山岳信仰でいう「命の永遠化」である。芭蕉は行者の法式を守る作法を心得ていた。湯殿の御神体は天地の生命のもとで新しくよみがえる。出羽三山詣りは、『ほそ道』の旅のもうひとつのクライマックスであった。『ほそ道』の記述で三山巡礼の記載がもっとも長いのはそのためである。

祓川から一〇〇メートルも進むと、天然記念物の翁杉に出会う。杉の下に野草が白い花を咲かせていた。極楽へ向かう小道はこんな感じで、いま、他界へむかう身《むくろ》なのかもしれない、と考えた。翁杉は樹齢一千年という大木で、三百年前に訪れた芭蕉もまた、この老杉に立ち会っている。樹々の暗闇と、そこへ差し込む一条の光、風に揺れる木の葉、土の匂い、軋むひざかしら、命あるものは必ず滅びる。流れゆく川は変化して、また新しい姿になる。芭蕉に不易流行《ふえきりゅうこう》の理念が、ふつふつと湧いてきた。変化は即ち不易なのであり、句は一刻たりとも同じ境地に停滞しない。芭蕉は、目に触れる現象の奥にある根源的な命をさぐりあてようとした。

翁杉の奥に国宝の五重塔がある。

地から生えてきたような生命力があり、塔が呼吸をしている。京都や奈良の豪華な五重塔とは違い、柿葺《こけらぶ》き、三間五層。質素である。文中元年（一三七二）の再建と伝えられ、蛙股の装飾もなく、ただ生地だけでそこに生きている素木《しらき》の塔である。宝冠をつけた修験の一団が、五重塔の前で呆然《ぼうぜん》として立ちつくしていた。簡素であるがゆえに太古の骨格があり、見る者は目玉ごと浄化される。

苔むした石段が谷川の流れのようにカーブしながら山頂へ向っていく。石畳のあいだにも苔が生え、老杉の根にも苔がむしている。杉並木の石段は約二キロ、二三四六段ある。この坂の上に茶店があり、名物力餅を食べて一休みした。ゆっくり歩いて一時間ほどで羽黒山合祭殿につく。

三神合祭殿は巨大な茅葺き屋根をのせ、現在の建物は文政元年（一八一八）の再建である。一棟のなかに拝殿と本殿が造られ、冬は雪で参拝できない月山と湯殿山も祀っている。講中の婦人は身もだえて白衣を汗で濡らしている。羽黒山、月山、湯殿山は、古代は「恋の山」であり、湯殿山御神体である自然岩が女体の象徴であった。

合祭殿の隣りにある出羽三山歴史博物館に入ると百九十面の銅鏡が展示されていた。いずれも合祭殿前の鏡池に沈んでいたものだという。

その横に南北朝時代製作の大刀銘月山があった。月山が刀剣の製作所であったことは、『ほそ道』に「此国《このくに》の鍛冶《かじ》、霊水《れいすい》を撰《えら》びて、爰《ここ》に潔斎《けつさい》して剣を打《うち》、終《つひに》「月山」と銘を切《きり》て世に賞せらる」との記述がある。

銘月山の太刀は、白銀の微光を含んだ刃先がなお森の暗がりを宿し、殺気は内向しつつ、雲間の月光がほのかにみえるようであった。刀身はゆるやかな弧を描き、山の稜線《りようせん》に似て、刃先から月光が漏れてくる。

　ほのかな三日月に照らされた羽黒山（ほの三か月の羽黒山）が目前で揺れる。「ほの三か月」とは「ほのかな三日月の光」でありつつ、「惚れちゃったのよ、ほの三日月さまに」という恋の暗示が感じられる。夜の羽黒山が横たわり、天上に細い三日月が輝き、死の世界からかいま見える黄金の微光につつまれる恍惚……。

75 雲の峰幾つ崩《くづれ》て月の山

『おくのほそ道』出羽三山

これもまた実際に山を歩かないとわかりにくい句である。研究室で資料に埋もれているよりも、まず月山へ行って、現場で体験する。夜の山道を歩くと、目前に雲の峰が現われては消え、突然崩れて、その奥に月光に照らされる月山が見えた、という「動く句」である。一歩進むたびに句が目線とともに上下に揺れる。「崩て」という語感がもつ艶《つや》っぽさを見つけた芭蕉は「しめた」と思ったはずである。出羽三山を歩く恍惚《こうこつ》のなかで生死の端《は》境《ざかい》を幻視し、崩れる月光をつかんで、句とした。

芭蕉は羽黒山麓から歩きはじめて八里（約三二キロメートル）を登って月山の頂上に着き、泊り小屋で一泊した。山々は濃紺に沈み、眼下の雲は白くにじんでいる。ちぎってばらまいたような雲であった。雲の下には庄内の沃野《よくや》が広がっていく。その沃野の一点から吹きだす雲の峰があり、やがて雲は流れ、霞となって消えていく。とみるや天上から太陽の光線が差しこんで幾条もの光の束となった。芭蕉が言う「雲の峰」が眼前で崩れては湧き、湧いてまた崩れていくのであった。

句がスライドしていく。動いている。山道を歩くうちに、目前に雲の峰が現れては消え、行けども行けども雲ばかりとなった。「崩て」という語感が、やっとのことで月山に会えたクライマックスを感動的に示す。生と死のはざかいを見て、峰の奥に、しかと月山をつかんで法悦の句を得た。

月山は『ほそ道』の前半で日光を参拝したことへの対応で、日光では「日の光」をたたえ、平泉で五月雨の光堂を拝し、月山で「月光」の擬死を体験した。曾良の『旅日記』によると、芭蕉は弥陀ヶ原で昼食をとり、一気に月山に登った。「難所成《なんしよなり》」とある。月山は標高一九八四メートルで、芭蕉が生涯登った山のなかで一番高い。命がけであったろう。

出羽三山はいずれも歌枕ではない。

歌枕ではない山に芭蕉は命がけで登った。

山頂には石で築いた御室《おむろ》のなかに月山神社が祀られている。芭蕉は笹を敷いただけの角兵衛小屋で一夜を明かしたのち、湯殿山へ向かった。この地には能因法師も西行も来ていない。芭蕉はひたすら登りつづけ、神の胎内に入っていった。そこには、山岳信仰だけではすまない芭蕉のがむしゃらな「未知への誘惑」がある。

死後の世界に足を踏み入れる獣にも似た嗅覚が芭蕉をつき動かしていった。

私は、手向のバス停羽黒センターより庄内交通のバスで月山八合目の弥陀《みだ》ヶ原《はら》まで行くことにした。バスは杉林を登り、月山三丁目を過ぎるとブナ林になる。六合目から山道は細くなり右へ左へよじれて、終点の八合目まで一時間二十分かかった。笹や山蕗《やまぶき》が雨に濡れて黒く光っている。やがて雨はあがり、眼下に雲海が見えた。

湯殿山ホテルの旧館に神殿が設けられ、温泉が出る。湯殿山の御神体岩から湧出する温泉と同じ鉄分を含んだ茶褐色の湯である。

翌朝、湯殿山詣《もうで》のバスが六時四十五分にホテルから出た。大型バスは補助席まで満員であった。およそ十分で温泉神社に着いた。参詣所でお祓いを受け、お守りと人形の形代《かたしろ》をいただいた。紙の形代は水に濡らして岩に張りつける。こうすることで、身の汚れを俗界においていくのである。

石敷きの小道を裸足になって歩くと、湯の花に覆われた巨大な茶褐色の岩があり、温泉が湧き出ていた。古来より当山での体験は口外禁止であり、『ほそ道』にも「此山中《このさんちゆう》の微《み》細《さい》・行者《ぎやうじや》の法式《はふしき》として他言《たごん》する事を禁ず」とある。芭蕉は、

語られぬ湯殿《ゆどの》にぬらす袂《たもと》かな

の句を詠んだ。

湯殿山の神秘は人に語ることが禁じられており、その感動を胸に秘めて涙を濡らす、と

いうのである。「濡らす」は、御神体の岩が湯で濡れていることからの連想で、再生する肉体の性的歓喜陶酔がこめられている。あとは湯殿へ行けばわかります。

曾良の句として、

湯殿山銭ふむ道の泪かな

が示される。

流出する湯の近くにはいまなお一円玉・百円玉の賽銭が金網のうえにばらまかれていた。賽銭を踏みながらの自己再生に涙するというのだから、曾良の作とした。

御神体岩に湧く湯は熱く、足裏に触れると、ぬらぬらとして、なまめかしさがあった。湯をなめてみると塩分が強く舌がしびれていった。

76 暑き日を海にいれたり最上川

『おくのほそ道』酒田

芭蕉は鶴岡から川船に乗って、酒田へ向かった。酒田に出て、生まれてはじめての日本海を見たのであった。山野彷徨の果てに見る日本海は芭蕉にどのような感興を与えたのだろうか。酒田は戦国時代から発展した港町で、廻船問屋《かいせん》が百軒以上あり、豪商がひしめいていた。

「五月雨《さみだれ》をあつめて早し最上川」が最上川上流で詠まれたのに対し、この句は河口の吟である。酒田港は河口から見て海の方向へ日が沈む地勢になっている。夕日が西の沖に落ちていく様子が、「暑き日を海に入れていくようだ」という感慨である。酒田港は、河口の西方へ日が落ちる地勢になっている。

酒田は東北の海辺の町であるにもかかわらず、夏はやたらと暑い。夕暮れどきは、太陽が海に落ち、わずか八分の一ぐらいが水面に残って、余韻を残す。

上流で最上川の「涼しい句」を詠んだので、河口「暑き日」を観察して、最上川の二面性を示した。上流では川面すれすれの視線であったのに、ここでは風景を俯瞰《ふかん》し、芭蕉の目玉は上空に浮いている。そのときどきによって目線が自在に変化する。

あつみ山や吹浦《ふくうら》かけて夕すゞみ

最上川河口の袖《そで》の浦に漕ぎ出しての夕涼み。吹浦という地名にかけての吟。

酒田には酒田三十六人衆とよばれる自治組織があり「西の堺、東の酒田」とよばれるほど栄えて、俳諧が盛んであった。酒田には実質九日間滞在して、廻船問屋らに招かれて句会をした。

この句を詠んだのは寺島彦助の家で、酒田港浦役人をしていた人だ。酒田市役所の近くに寺島邸跡の標識が立っている。酒田には伊東玄順という医者がいて、俳号を不玉という。不玉のもとへは大淀三千風が訪れていた。不玉は清風とも親しく、玄順は幕府役人である。仙台を経てから、芭蕉が歩くさきざきは、ほとんどすべてを三千風が訪れている。『土芥寇讎記《どかいこうしゆうき》』に「智ありといへども愚に等し」と書かれた藩主酒井忠真の評価はこのメンバーからの報告であろう。酒井忠真は幕府の監視をくらますために、あえて「愚かな藩主」のふりをしていたのだろうか。

77　象潟《きさかた》や雨に西施《せいし》がねぶの花

『おくのほそ道』象潟

この句に誘われて象潟まで行く人が多くなった。象潟は南北三・三キロ、東西二・二キロにわたる入江で、芭蕉が旅したころは九十九島、八十八潟があったが、その後百十五年めの文化元年（一八〇四）の大地震で隆起して、入江は陸地になってしまった。いまは小島の周辺がタンボとなっている。

芭蕉が象潟へ行ったときは雨が降っていた。雨に濡《ぬ》れてさく合歓《ねむ》の花は、悲運の美女西施（西湖を美人西施にたとえた）が、物うげに目を閉じている姿を思わせる。西施が「眠る」と「ねぶ」が掛け言葉になっている。

地の文に「松嶋は笑ふが如く、象潟はうらむがごとし」と出てくる。

「象潟の雨」「西施が眠っている姿」「雨に濡れている合歓の花」の三つが一句の中に、しっとりと混じり、寂しさに悲しみを加えた象潟の情景が示される。

合歓の木は水辺に多く、夏の夕方からはかなげに寂しく、淡いピンク色の花を咲かす。

それは敵王に送られた悲運の美女西施をイメージさせる。芭蕉はこういうタイプの女が好きだったんですね。

この句の見どころは「象潟や」で切って大きな風景を出し、そこにうるおいを感じさせる「合歓の花」をそえて、美女の西施を連想させる。広角レンズの目から一点にズームして紗《しゃ》をかける映画的手法は、芭蕉の得意とするところである。

『ほそ道』の紀行は歌仙を巻く形式で構成され、歌仙の芯《しん》は月、花、恋である。月は月山《がっさん》、花は象潟で「ねぶの花」、このあと出雲崎で「恋」を見ることになる。それも荒海の佐渡の空でくりひろげられる恋である。

象潟では、曾良が「象潟や料理何くふ神祭」と楽しそうな句を詠み、「みのの国の商人、低耳《ていじ》」なる人物が訪ねてきて「蜑《あま》の家《や》や戸板を敷《しき》て夕涼《すずみ》」と、風流な句を詠んだ。『ほそ道』の旅で芭蕉と曾良以外《そら》で登場するのはこの一句のみだ。低耳は岐阜長良の商人宮部弥三郎、芭蕉が鵜飼見物をしたころからの知人である。芭蕉は弥三郎の紹介状で大山や温海《あつみ》の宿に泊った。このあとの北陸路の宿泊地を紹介した人だから、その労をねぎらって一句だけ登場させた。句が稚拙なぶん、人柄がよかったのだろう。

低耳は芭蕉が酒田から象潟へ来るとききつけて、江戸から遥か離れた遠い地に路銀を届け、日本海沿いの宿を紹介するためにかけつけたのであった。芭蕉の動きをつかんでいる大垣連衆《れんじゅ》のネットワークであろう。

象潟は『おくのほそ道』最北の地で、JR羽越線の象潟《きさかた》駅には「合歓の花」の絵がかけられ、駅前には句碑がある。駅で自転車を貸してくれるから、一時間くらいかけて町を回るのをおすすめする。

芭蕉は、さらに北上して秋田、津軽へ行きたかったことは江戸の杉風《さんぷう》に出した手紙でわかる。ここまで来たのだから、とことん行けるところまで行きたい。それを曾良がとめたのは、象潟以北は幕府調査官としての曾良には、さして意味がない地であったためだろう。曾良は、日光以外にも各地の動向をさぐる職務があった。ひとつは社寺であり、もうひとつは港である。北前船の航路にある日本海の港の様子は、重要な機密事項である。さしずめ、酒田、瀬波《せなみ》、新潟、出雲崎《いずもざき》、直江津《なおえつ》、金沢、敦賀《つるが》は調査する港であった。『ほそ道』の旅は、風雅を求める芭蕉と調査官である曾良とのおりあいのうえに成立していた。

象潟の湖水は、一面のタンボとなり、タンボのなかに島が浮かんでいる。田植えのころはタンボに水がたまり、昔の潟のようになる。『ほそ道』の前半のハイライトは松島で、後半は象潟。「松島は笑っているようだが、象潟は泣いているようだ」という対比。芭蕉は『ほそ道』の旅で書きつけた句帳を五年間持ち歩いて再構成した。感興が増すほど、地の文に漢詩文を多用する。

西施は越王が呉に敗れたとき差し出された美女だが、病気がちでいる姿がいっそう美しく、呉王は西施を溺愛して国を傾けた。合歓の花は艶のある花で、夜に咲き翌日はしおれて落ちる。夜咲く花（女）に象潟の雨が降りつける俳諧エレジーといったところ。「松島で曾良の句として示した「松島や鶴に身をかれほとゝぎす」の鶴を、ここで「汐越や鶴はぎぬれて海涼し」（餌をあさる鶴の脛に波がひたひたとおしよせる）と対比させた。

第7章

幻視する内面の宇宙

——荒海や佐渡によこたふ天河（芭蕉）

78　荒海や佐渡によこたふ天河《あまのがは》

『おくのほそ道』出雲崎

なんと大きい句だろうか。十七音のなかに、天と海と島が入っている。芭蕉の句のなかでも、きわだって勇壮で、奥ゆきがある。『ほそ道』の出雲崎《いずもざき》での吟であるが、もうひとつの旅中の俳文「銀河の序」にも出てくる。

……出雲崎に泊まる。佐渡島までは海上十八里。青々とした波をへだてて、東西三十五里にわたって島が横たわっている。金が採れる宝島であるのに、大罪朝敵で多くの罪人（順徳天皇、日蓮上人、日野資朝、文覚上人など）が配流され、おそろしい気がして、しばらく物思いにふけっていると、日が沈んだ。月はほの暗く、銀河が中空に浮かび、星がきらきらと輝き、沖より波の音が聞こえてきて、胸がしめつけられ、悲しみがこみあげて、ああ、どうにも眠れない。

しかし、『旅日記』によると、この日は雨で佐渡は見えなかった。晴れていても、荒海のときは出雲崎からは佐渡は見えない。芭蕉が幻視した風景である。

『ほそ道』の句は俳諧の歌仙を巻く配列になっており、ここは「恋の句」の出番となっている。七夕の夜に、牽牛星《けんぎゅうせい》と織女星《しょくじょせい》が会う物語が句の背景にある。『ほそ道』には酒田より市振《いちぶり》の関まで九日間とあるが、実際には十六日かかった。曾良の『旅日記』によっても、天候が悪くて気分がすぐれなかったことがわかる。

芭蕉がこの間の紀行をはしょったのは、『ほそ道』の旅の前半が象潟で終ったためである。念願の出羽三山参りをはたした芭蕉には、あとはひたすら大垣をめざして帰るという気楽さがあった。にもかかわらず、天からの啓示のように、この句が一直線にひらめいてしまった。句が荒海の波しぶきをあげながら芭蕉の目前に飛びおりてきたのであった。目を閉じれば紺青の海の彼方に墨絵のように細くなだらかな佐渡島が浮かんでいる。佐渡は流刑の島でありつつ黄金が掘り出され、人間の喜怒哀楽が渦まく島である。ぶ厚い雲間からさし込む夕日に照らされた島影は、虚か実か、消えいりそうな妖しさがあり、波に反射し、揺れ動いている。観念のなかで俳諧劇場がくりひろげられる。

出雲崎は良寛の生誕地でもあり、海にむかってやせぎすの良寛坐像が置かれている。この句は雨の出雲崎で着想され、直江津の句会で披講された。じっさいには佐渡島の上に天の川を見てはいない。

「荒海や……」は、芭蕉の内面の宇宙に描かれた風景なのであり、この句の前に、

文月《ふみづき》や六日《むいか》も常の夜には似ず

がある。「七月六日はいつもの夜とは違ってはなやいでいるよ」と詠み、それにつづく七月七日の七夕の登場。天の川の両岸にある牽牛星と織女星が年に一度会うのである。「荒海や……」は実景とみせかけた虚像であるだけでなくここでようやく「恋」の句の出番となった。ふと蟬吟《せんぎん》との逢瀬《おうせ》を思い出したか。

『ほそ道』の紀行が歌仙形式であることは、ここまで一句一句を懐にしまうように旅してきた身には、実感としてわかる。歌仙の芯は、月、花、恋で、月を眺め胸がざわめき、花を見て心がはなやぎ、恋に身をこがしてさすらうことが風雅の極である。歌仙を巻くのは坐興であり、密室で幻視する月、花、恋である。それを『ほそ道』に巧みにはめこむ構成の妙。月は月山で見た。花は象潟で「ねぶの花」を見た。とくれば越後で恋を詠まなければ完結しない。

79　一家《ひとつや》に遊女もねたり萩と月

『おくのほそ道』市振

芭蕉が市振《いちぶり》の宿に泊まると、隣の部屋に二人連れの遊女がいた。伊勢参りをするため、新潟からきた遊女であった。翌朝、遊女から「見え隠れしながら後をついて行きたい」と涙を流して頼まれた。しかし、「われらは風まかせの旅である」と断り、「神様のご加護で無事に行けるだろう」とはげました。

同じ旅の宿に遊女と泊まりあわせると、庭さきに萩が咲き、月光がさしていたよ。

ここで読者は、「やや！　遊女が出てきた」とガゼン目をみはることになる。『ほそ道』には、いくつもの仕掛けがあり、前半の日光に対して後半の月光（月山）、松島に対して象潟、という陰陽の対比がある。『ほそ道』の前半に「かさねという名の少女」が出てくる。那須の黒羽で「かさね」という少女に会った。聞きなれない名であるが、撫子《なでしこ》の花弁をかさねといった。那須では撫子、市振では萩の花。

萩の花を遊女にみたて、月光を世捨て人である自分に見たて、芭蕉が遊女たちと泊まりあわせているが「萩と月」なのだ。寂しい町であっても、色っぽいつやが漂い、これもフィクションである。この句を「曾良に書きとどめさせた」と『ほそ道』にあるが、曾良

「俳諧書留」には出てこない。いま『ほそ道』を旅する人は、芭蕉が描いた虚の時空へ入りこむ。虚と実の空漠に連れ出される。

芭蕉は求道的でありつつも世俗にたけ、江戸では色町（衆道専用の堺町）の句を詠んでいる。俗世間の風俗をとりこんで『ほそ道』を歌仙に仕立てる。

市振へ至るには親不知《おやしらず》という断崖《だんがい》の崖《がけ》下を通ってきた。難所をへて、ようやく市振の宿場に着いたほっとした気分がある。

ＪＲ北陸線の市振で下車して、長円寺へ行くと、丸みを帯びたこの句碑が建っている。

芭蕉は生まれてはじめて日本海を見た。山野《さんや》彷徨《ほうこう》の果てに見る日本海は悲しいほど神秘的で無常を秘め、旅を終えてから目を閉じれば、瞼《まぶた》の内側になお真珠色のさざ波がうちよせてくるのであった。『ほそ道』の地の文は『象潟』以降は漢文調がやわらかくほぐれて物語り調になってくる。旅を終えてから書斎で再構成する場もまた戦場である。

80　わせの香《か》や分《わけ》入《いる》右《みぎ》は有《あり》磯《そ》海《うみ》

『おくのほそ道』有磯海

富山県高岡《たかおか》から広い早稲田《わせ》の平香がする岸に分け入り、倶利伽羅《くりから》峠をめざした。峠から右手を見ると、はるか彼方《かなた》に有磯海《ありそうみ》が望見された。

高岡から倶利伽羅峠へむかう海岸を雨晴《あめはらし》海岸という。海峡ごしに雪の立山が連なって見える。雲に海の色が反射し、青い影となっている。この海が有磯海だ。

佐渡の荒海とはちがって、おだやかな海である。その有磯海へむかう高揚感があふれている。日本海は芭蕉の目前で、その様相をさまざまに変化させて、それにつられて芭蕉の心も揺れ動く。

曾良《そら》は「翁《おきな》、気色《けしき》勝らず　暑さ極めて甚《はなは》だし」（『旅日記』）と書いている。あんまり暑いので芭蕉さんの体調はすぐれない。この日の行程は九里半（三八キロ）であった。金沢はもう目の前である。ここまできたら、さきを急ごうと腹をきめて、旧北国街道を南下して倶利伽羅峠を越えた。

標高二七七メートルの倶利伽羅峠は源平合戦の古戦場で、木曾《きそ》義仲《よしなか》が平家の大軍を破ったところである。芭蕉は義仲が好きで墓は故郷の伊賀上野でなく大津の義仲寺《ぎちゆうじ》にある。

わせ（早稲）の香りがたちこめる中を、穂をかきわけていくと、そこにめでたい有磯海がある。

「わせの香」で五穀豊穣《ごこくほうじょう》をたたえ、有磯海をほめる最大級の賛辞だ。芭蕉は「大国に入るときは、まず品位ある句を詠むのが、心得である」（『三冊子《さんぞうし》』）と語っている。有磯海は「荒磯《あらいそ》」と「洲浜《すはま》」を配した定番の画題である。

「荒磯」と「洲浜」は中国伝来の名景で、古くは正倉院の「鏡」の模様にある。『古今和歌集仮名序』でもおなじみの名景。やまと絵や宗達の屏風絵にも見られ、作庭のデザインとなった。とくに屏風絵の有磯海は座敷全体に波がうねり、ダイナミックだ。有磯海は屏風絵の風景として、多くの人が知っていた。

左手に「洲浜」、その右手に「荒磯」を配するのが基本構図で芭蕉は「これぞ有磯海の屏風絵だ」と見たてた。

「わせの香や……」の句碑は、富山県に十基もあって、句の人気のほどがわかるが、放生津八幡宮（射水《いみず》市八幡町）にある句碑は天保十四年（一八四三）に建立された。大伴家持が豊前《ぶぜん》の宇佐《うさ》八幡宮《はちまんぐう》から分霊したのが放生津八幡宮で、宮司は大伴姓である。

81 塚《つか》も動け我《わが》泣《なく》聲《こゑ》は秋の風

『おくのほそ道』金沢

金沢入りした芭蕉のもとへは前田家の息のかかった俳諧師が集まってきた。さっそく竹《ちく》雀《じゃく》（旅館・宮竹屋）と一笑《いっしょう》（茶屋）へ連絡すると、一笑は七ヵ月前三十六歳で没していた。じつのところ、芭蕉は事前に一笑が没したことを知らされていた。金沢に寄ったのは一笑の追善が第一の目的だった。芭蕉を迎えて、一笑の追善会が墓のある願念寺で催された。江戸時代の連衆は追悼して大声をあげて泣く。塚も鳴動して、私の慟哭の声は秋風となって吹きめぐる……。

秋《あき》すゞし手《て》毎《ごと》にむけや瓜《うり》茄子《なすび》

犀川のほとり一泉庵《いっせんてい》での吟。秋の涼気を覚える新鮮な瓜や茄子《なす》を馳走《ちそう》された。さあ、皮を剝《む》いていただこう。秋とはいえ残暑がつづく日、いただいた茄子を「手ごとにむこう」という即興吟で、「手毎にむく」は「手向ける」（没した一笑へのたむけ）の気持がある。

あか〱《あか》と日《ひ》は難面《つれなく》もあきの風《かぜ》

『おくのほそ道』金沢

「あかあかと」は真赤な夕陽、「難《つれな》くも」は「つれない顔をして」いること。秋になったのに日は赤々と照りつける。ここにも一笑への追悼がある。

忍者寺で知られる妙立寺《みょうりゅうじ》の裏が願念寺で、門前に芭蕉「塚も動け……」の句碑がある。願念寺は小さいながらも、鐘楼があり、真宗独特の大屋根を持つ本堂といい、コンパクトに一山を構えている。境内には一笑塚があり、一笑辞世の「心から雪うつくしや西の雲」の句が彫られている。

芭蕉が金沢へ着いたのは七月十五日で、二十四日まで九日間滞在した。前田家当主綱紀（綱利）は家康の玄孫で、徳川家とは血縁関係にあるが、それでも調査はしなければならない。犀川と浅野川にはさまれた金沢は網の目のように水路が流れ、その数は五十五本、長さをあわせると一五〇キロになる。

芭蕉は犀川上流から金沢城に通じる全長一一キロの辰巳《たつみ》用水《ようすい》を見たかった。逆サイフォンの原理を応用して、兼六園から暗渠《あんきょ》で金谷《かなや》御殿（現尾山神社）庭園の池へひいた水道技術がぬきんでている。芭蕉も神田上水工事の水道橋でこの技術を使っていた。辰巳用水の工事にかかわった板屋《いたや》兵四郎《へいしろう》は、完成後は毒殺されてしまった。それほど技術の漏洩をおそれていた。

前田藩にはもとより謀叛《むほん》の気はなく、芭蕉をひたすら手ぬかりのないように扱った。『土芥寇讎記《どかいこうしゅうき》』では「綱紀、文武両道トモニ志《こころざ》シ学ビ、礼義ヲ正シ、奢《おご》ラズ貪《むさぼ》ラズ、智慮《ちりょ》深ク、民ヲ憐《あはれ》ミ、士ヲ愛スル」名君と絶賛している。曾良は体調が悪いので高徹（医者）に薬を貰って養生した。

金沢を出るときは牧童《ぼくどう》（刀の研ぎ師）、小春《しょうしゅん》（薬種問屋）、乙州《おとくに》（大津の荷問屋。智月《ちげつ》尼の養子で、芭蕉没後『笈《おい》の小文《こぶみ》』を刊行した）が見送りにきた。

大津から弟子の乙州が金沢まで出向いたことは、これまた芭蕉ネットワークである。どこまでもしつこく芭蕉につきまとったのは立花北枝《ほくし》（刀の研ぎ師、牧童の弟）で山中《やまなか》温泉から福井の天龍寺までついてきて俳諧の技法やあり方をたずねて、それを『山中問答』という聞き書き本にまとめた。監視役であったはずの北枝は、芭蕉に心酔して、以後は加賀蕉門の重鎮となった。

82 むざんやな甲《かぶと》の下《した》のきり〴〵す《ぎり》

『おくのほそ道』小松

石川県小松《こまつ》の多太《ただ》神社にある斎藤別当実盛《べっとうさねもり》の兜《かぶと》の下で、蟋蟀《こおろぎ》が秋の哀れを誘うように鳴く。神社境内でみつけたきりぎりすを謡曲「実盛」の悲劇に重ねた。

小松の多太神社は格式の高い神社で、曾良が持参した『神名帳抄録』に記載されており、最初から旅の予定に入っていた。多太神社にある斎藤実盛の兜は、芭蕉がこの句で追悼、詠嘆したことで一躍有名になった（いまは行方不明）。

斎藤実盛は木曾義仲《よしなか》軍と闘って討たれた老武将である。義仲は幼いころ上野《こうずけ》国で実盛に命を救ってもらった恩があった。討ちとられた実盛の髪は白髪を黒く染めており、義仲はそれを見て号泣したという。その故事が謡曲「実盛」となり、それを念頭において、芭蕉は「むざんやな……」の句を詠んだ。

多太神社は荘厳《そうごん》な石の鳥居の横に「式内社」の石碑が建つ。鳥居の左下に、黒石で作った兜のレリーフが奉納品として飾られている。境内には竹垣に囲まれて「むざんやな……」の句碑があるが、摩耗《まもう》してほとんど読むことができない。境内はしんと静まりかえり、謡曲「実盛」の故事を記した史跡保存会の看板がある。

『ほそ道』は謡曲の名場面をあてはめる幻視の旅でもあり、思いつくままに数えてみると、①「殺生石《せっしょうせき》」では、玄翁《げんのう》という僧が那須野が原で「石の魂」を見つけ、石の悪霊を成仏させる。②「遊行柳」は遊行上人《ゆぎょうしょうにん》（一遍《いっぺん》上人の教えを受け継ぐ僧）が奥州下向のおり、西行《さいぎょう》ゆかりの柳をさがしにいく。しかしその場所がわからず迷っていると柳の精霊（化物）があらわれて、歌が詠まれた場所を教えてくれる。案内された遊行上人が柳の霊に念仏をかけて柳の精は成仏して消えていく。謡曲「遊行柳」。③安積《あさか》山の黒塚の岩屋は謡曲「黒塚」。ここにいる女は人を食おうとする鬼女だが、山伏の祐慶《ゆうけい》の調伏《ちょうぶく》によって姿を消す。④「佐藤庄司が旧跡」の「堕涙《だるい》の石碑も遠きにあらず」は謡曲「鵜飼《うかい》」。⑤平泉の「栄耀一睡《えいよういっすい》の中《うち》にして」は謡曲「邯鄲《かんたん》」で、人生の栄耀栄華が一睡のうたかたと知る、枕の夢。⑥小松の「実盛《さねもり》の甲《かぶと》」は謡曲「実盛」。実盛の首実検をして「涙をはら〳〵と流して、あな無残やな。斎藤別当にて候ひけるぞや」とある。

古典文学や中国故事をジグソーパズルのように組みあわせた。「おくのほそ道と謡曲」という薪能公演をそれぞれの地で興行すれば、芭蕉が幻視した物語が見えてくるだろう。

と思案しているとき、近くの航空自衛隊基地から爆撃機がビーンと鋭い音をたてて上空を斜に飛び、青空にジェット機雲が白線を描いた。

小松は加賀藩三代藩主前田利常《としつね》の隠居城があった城下町で、海沿いには安宅《あたか》の関跡がある。弁慶と義経《よしつね》の歌舞伎《かぶき》十八番「勧進帳」の舞台である。小松に着いた芭蕉は、

しほらしき名や小松吹萩《ふくはぎ》すゝき

と、小松の地名をほめている。芭蕉が歩く小道に萩の花が咲いていた。それが小松という地名と二重になって、すずやかな風が吹いてくる。

小松で芭蕉は句会を催している。句会が開かれた山王（日吉神社）の境内に「しほらしき……」の句碑がある。『旅日記』にある立松寺とはいまの建聖寺《けんしょうじ》である。建聖寺には、芭蕉に同行した北枝《ほくし》作の芭蕉坐像《ざぞう》がある。建聖寺のことはほとんどの本に紹介されていない。境内に入ると、小さなアンズの木の下に、「しほらしき……」の句碑があった。寺に頼み、黒光りする芭蕉坐像を見せていただいた。高さ一五センチほどの小さな坐像で、顎《あご》をひいて胸を張り腕を組んで端座している。なで肩で耳が大きく、像の裏に北枝の銘がある。微笑しながら、額に三本の皺《しわ》がある芭蕉像であった。『ほそ道』を旅すると、芭蕉ゆかりの地で銅像や彫像を目にする。この小さな木彫坐像は、漂泊する芭蕉の、かたくなな意志が結晶になっている。

加賀市大聖寺《だいしょうじ》神明町の全昌寺《ぜんしょうじ》にも、もうひとつの芭蕉坐像がある。こちらも一五センチほどの木造坐像で厨子《ずし》に端座してガラスケースに納められている。褐色の木像で、ふっくらとした芭蕉が法界定印を結んで坐し、表情がおだやかである。像の裏には「杉風薫沐拝《さんぷうくんもくして》作之《これをつくる》」とある。杉風が自ら作ったのではなく、職人に作らせた坐像とも思われる。

全昌寺は、山中温泉で芭蕉と別れた曾良がひと足さきに立ち寄った寺である。この寺で曾良は「終宵《よもすがら》秋風聞《きく》やうらの山」という句を芭蕉に書き残した。ひとり先立って「私はひとり秋風の淋《さび》しい音を聞いていています」という述懐である。

そのあとに訪れた芭蕉は、「庭掃《にははき》て出《いで》ばや寺《てら》にちる柳《やなぎ》」の句を書いて若い僧に与えた。帰るとき、若い僧が「句を短冊に書いてください」と追ってきて、書き与えた。

全昌寺は『ほそ道』では山中温泉のつぎに立ち寄ったところである。旅の順番が前後してしまったがそれは『ほそ道』をあとで書きなおしたからだ。この日、那谷寺《なたでら》をまわって山中温泉についたときは、日が暮れかけていた。

83　石《いし》山《やま》の石《いし》より白《しろ》し秋《あき》の風《かぜ》

『おくのほそ道』那谷寺

那谷寺《なたでら》は養老元年（七一七）に開基《かいき》された真言宗の古刹《こさつ》で、神仏混淆《しんぶつこんこう》の寺である。古くはイワヤ（岩屋）寺《でら》と呼ばれた。白山信仰の拠点となった。

南北朝時代に足利尊氏《あしかがたかうじ》軍の城塞《じようさい》となり、新田義貞《にったよしさだ》軍が攻めこみ、寺の堂宇《どうう》はことごとく焼失した。多くの兵士が没した寺である。それを加賀藩三代藩主前田利常が再興した。小松に隠居した利常は、寛永年間に岩窟内本殿《がんくつないほんでん》、拝殿《はいでん》、唐門《からもん》、三重塔《さんじゆうのとう》、護摩堂《ごまどう》、鐘楼《しようろう》、書院などを造った。山門を入ってすぐ左手にある金堂華王殿《こんどうけおうでん》は平成二年に再建された鎌倉時代建築様式の塔頭《たつちゆう》である。ここに祀《まつ》られている十一面千手観音《じゆういちめんせんじゆかんのん》像が艶《つや》っぽい。

重要文化財がたち並ぶ境内のなかにあっては新らしい仏像だが、典雅なる品格、慈愛あふれるまなざし、白山の神秘、優美なる肩、光かがやく光背《こうはい》。

参道を進むと、左手に白い岩肌があらわれる。これを奇岩遊仙境《きがんゆうせんきよう》という。

そそりたつ岩はヒマラヤの岩窟《がんくつ》に似て、人間の顔にも見え、仙人が棲《す》む岩山にも見える。ここには生と死の宇宙がある。海底噴火した岩山が、水の浸食によって、このような奇岩となった。岩壁沿いに細い石段がつながり、朱塗りの鳥居がある。

芭蕉が訪れた元禄二年（一六八九）は、利常によって復興されてから五十年近くの年月がたっていた。芭蕉は那谷寺という名称に興味を持ち、「花山法皇《かざんほうおう》が、西国《さいごく》三十三カ所の巡礼を終えたのち、那智山《なちさん》（第一番）の那と谷汲山《たにぐみさん》（第三十三番）の谷の二字を取って命名した」と『ほそ道』に書いている。「奇石がさまざまの形となり、松を植え、萱《かや》ぶきの小堂が岩の上に造られている」と絶賛した。花山法皇（九六八〜一〇〇八）は十七歳で即位したが、二年後に出家して『拾遺和歌集《しゅういわかしゅう》』を選した歌人である。

この地で、石山の石より白いのは白山で、白山から吹いてくる風が白い。秋の色は白（白秋）であり、白と死のイメージが重なる。

自然描写の句であるが、芭蕉は句の裏に死者への哀悼を重ねる。立石寺《りっしゃくじ》で得た「閑《しづか》さや岩にしみ入蟬《いるせみ》の聲」は、亡き師「蟬吟《せんぎん》」への追悼である。高館《たかだち》で得た「夏草や兵《つはもの》どもが夢の跡」は死んだ兵士への追悼、金沢で詠んだ「塚もうごけ我泣《わがなく》聲は秋の風」は俳人一笑《いっしょう》への追悼、小松で詠んだ「むざんやな甲《かぶと》の下のきり〴〵す」は討死にした実盛《さねもり》への追悼である。

「いしやまのいしよりしろし」を声に出して三回読んでみた。すると「し」（死）の音が四回も出てくる。「し・し・し・し」のリフレーン。芭蕉は死を意識している。『奥のほそ道』は死者を鎮魂する旅でもあった。

花山法皇は那谷寺を、死後の観音浄土、補陀落山《ふだらくさん》の庭園に見たてていた。奇岩を登ると岩壁の中腹に大悲閣拝殿《だいひかくはいでん》が建っている。床を岩屋の高さまで持ちあげてあり、側面から縁に上がり、正面に廻《まわ》る。大悲閣本殿《だいひかくほんでん》は岩屋洞窟内にあって、母の胎内をあらわし、この窟《くつ》に入ることによって一度死に、白山の命をいただいてよみがえる。岩屋洞窟は白山の方角に向かっている。山岳仏教は死と再生の信仰で、芭蕉は出羽三山《でわさんざん》でそれを体験した。

本殿を出て池沿いに進むと三重塔があり、一階に胎蔵界大日如来《たいぞうかいだいにちにょらい》が安置されている。さらに先には村の鎮守であった若宮白山《わかみやはくさん》神社がある。那谷寺の本尊は奇岩遊仙境と白山比咩《しらやまひめの》神《かみ》と十一面千手観音の三つである。「し、し、し、し」がひそむ天界である。

84 山中《やまなか》や菊《きく》はたおらぬ湯《ゆ》の匂《にほひ》

『おくのほそ道』山中

「菊はたおらぬ」の謎とき。

芭蕉が逗留《とうりゅう》した和泉屋前に共同浴場「菊の湯」がある。山中温泉の総湯で、緑瓦《かわら》の天平《てんぴょう》造りだ。玄関前の植込みには松と石灯籠《いしどうろう》があり、日が暮れると軒下の提灯《ちょうちん》に灯がついた。入浴料を払って入ると広い脱衣場があり、浴室はもうもうたる湯気につつまれている。浴槽の中央に大理石の柱があり、そこから四方へ湯が出ている。無色透明のカルシウム・ナトリウム泉でかなり熱い。しかし入って一分もすると熱さになれる。浴槽は深さ一メートルもある。これが天下にきこえた山中の名湯だ。芭蕉はこの山中温泉に八泊した。

山中の湯は、湯上りがすっきりする。いつまでも軀《からだ》がほんのりとあたたかく、湯を出て和泉屋跡に立つと、「俳文・温泉頌《しょう》」の石碑があった。芭蕉が泊った和泉屋主人久米之助《くめのすけ》は、十四歳の少年で、水もしたたる美少年であった。乞《こ》われるまま「桃妖《とうよう》」の俳号をつけてやった。桃青から「桃」の字を与えるのは、よほどのことで、それほど久米之助がかわいかったのであろう。その思いが、この句に秘められている。

桃妖の墓は医王寺山中の墓地にあるが和泉屋は没落していまはない。「旅人を迎えに出ればほたるかな」のいかにも宿の主人らしい句を残している。

芭蕉は山中温泉で大垣藩士の如行《じょこう》へ手紙（元禄二年七月二十九日付）を出した。「奥州の旅を終えていまは山中の湯にいる。これから敦賀のあたりをへて、十五日の名月を琵琶湖か美濃のあたりで見る。その前後に大垣に着く。嗒山《とうさん》（大垣町人）や此筋子《しきんし》（大垣藩士荊口《けいこう》の息子。荊口は一家そろって蕉門）らによろしくお伝え下さい」

如行は近藤源太夫、大垣町人で、大垣滞在中の芭蕉に入門した。手紙を受けとった如行は芭蕉が大垣にくるのを待っていたが、芭蕉はなかなかやってこない。

山中温泉で曾良はひと足さきに発った。

体調を崩したためという。

「山中や菊はたおらぬ湯の匂《におひ》」は難解な句である。「山中や」はわかるが「菊はたおらぬ湯の匂」がわからない。

山中温泉は無色透明のサラリとした湯で匂いはない。それがなぜ「湯の匂」なのか。さらに「菊はたおらぬ」とはどういう意味なのか。それを解く鍵は芭蕉の俳文『温泉ノ頌《しょう》』にある。泊った宿「泉屋《いずみや》」主人の久米之助《くめのすけ》（桃妖《とうよう》）に書き与えた一文で、山中温泉の効能を絶賛している。

――皮膚や筋肉がつややかになり、湯が骨にまでしみて心がゆったりとして、顔色が生き生きとなる。菊慈童《きくじどう》が菊の露を飲んで長命を得たという故事があるが、菊を折らなくても、湯につかるだけで延命長寿の効能がある。

初案で中七《なかしち》を「菊は手折じ」としたのを『ほそ道』では「菊はたおらぬ」と改稿した。改稿した句のほうが上品であるとはいえ、そのぶん意味がわかりづらくなった。蓑笠庵梨一《さりゅうあんりいち》著『奥細道菅菰抄《おくのほそみちすがごもしょう》』の解釈も、いまひとつ解りにくく、そもそも菊慈童とはなに者であるか。

観世流《かんぜりゅう》の謡曲「菊慈童」では、中国魏《ぎ》の文帝の臣下が不老長寿の水を求めて深山へ入り、美少年の仙人に会う。仙人が語ることには、私は七百年前の周の王に仕える慈童だったが、主の枕をまたいだ罪により、山に追いやられた。そのとき王に枕と二句の偈《げ》を与えられた。慈童が山奥に咲く菊に王の偈を置き、菊の露を飲むと、それが不老長寿の仙酒となって七百年の長寿を得た。

王は慈童を寵愛するあまり、山奥に捨てるふりをして、慈童に不老不死の水を与えた。

泉屋の主人は、このとき十四歳の美少年であった。「桃青《とうせい》」から桃の字をとって「桃妖」の号を与え、

桃の木の其葉《そのは》散《ち》らすな秋の風

の吟を贈った。桃妖と別れるときは「湯の名残今宵《なごりこよい》は肌の寒からむ」（山中温泉で、今宵は別れの湯につかったが、肌が寒くてしかたがないよ）と色っぽい餞別句《せんべつく》。稚児若衆の桃妖に、別れた万菊丸（杜国）のイメージを重ねたが、「菊は手折らぬ」とは「手をつけません」という意味である。「菊」は衆道を暗示する。

謡曲「菊慈童」により、この句の奥にある芭蕉の恋情がわかってくる。芭蕉連句の特色は前句をひきずる「心付《こころづけ》」を避け、匂《にお》いでつなげる。前句の余情や気配を匂いで受け、これを「匂付《においづけ》」という。「湯の匂」はこの技法で「湯の色気」といったところだろう。芭蕉の俳諧にはさまざまな「匂い」がある。

芭蕉は薬師堂（医王寺）に参詣した。医王寺は天平年間（七二九～四九）に行基《ぎょうき》が開創した真言宗の古刹で、本尊の薬師如来は温泉の守護仏である。

大聖寺《だいしょうじ》川沿いにある渓谷鶴仙渓《かくせんけい》の遊歩道を歩くと、こぢんまりとした芭蕉堂があり、堂内に芭蕉像が祀《まつ》られている。堂の横には桃妖の句碑「紙鳶切《いかきれ》て白根《しらね》が岳《たけ》を行衛《ゆくゑ》哉《かな》」がある。紙鳶の糸が切れて白根が岳を飛んでどこへ行ったのか、という詠嘆で「白根」と「知らね」がかけてある。芭蕉晩年の『猿蓑《さるみの》』に掲載された桃妖少年時代の傑作。桃妖は七十六歳まで生きて、山中蕉門の重鎮となった。

ここまで『ほそ道』の旅をしてきて、芭蕉はつねにだれか従者を連れていた。いまふうに言えばマネージャーがついている。屈強の男子が芭蕉を守っている。

山中温泉で曾良が先に出発してしまったため、金沢からついてきた北枝《ほくし》がさらに松岡町天龍寺まで送ることになった。松岡町から福井までの一八キロの道のみが、芭蕉が一人で歩いた道である。福井まで行けば、もと福井藩武士の等栽（洞哉《とうさい》）が待っている。

北枝は松岡の天龍寺まで芭蕉についてきたが、そこで金沢へ帰した。そのとき、別れの吟として、

物書《かい》て扇引《ひき》さく余波《なごり》かな

もう不用となった夏の扇の表と裏をひきはがしてしまおう。芭蕉は「もの書て扇へぎ分《わく》別哉《わかれ》」（初案）と詠み、北枝は「笑ふて霧にきほい出《いで》ばや」とつけた。『卯辰集』にはその扇面が残っていると書かれている。

天龍寺には、その扇をさく別れのシーンを再現して石像にした「余波の碑」が建っている。福井には洞哉という旧友の隠遁者が待っていた。十年前に芭蕉をたずねてきた。「老

いぼれているだろうな」と思ってたずねると、粗末な家に夕顔が咲いていて、門を叩くとわびし気な女房が出てきた。このシーンは『源氏物語』の福井編といったところで、二泊してしまった。前もって会う約束をしていた。じっさい赤貧洗うがごとき生活で客に出す枕もないので、丸太を拾ってきた。こんなことをされると芭蕉はかえって大喜びだ。洞哉はうきうきして敦賀まで道案内をして、八月十四日に敦賀に到着、舟で敦賀半島の色ヶ浜へ向かった。

舟は前もって曾良が手配していた。曾良なくして『ほそ道』の旅はできなかった。曾良はウルトラ・マネージャーである。

山中温泉でひと足さきに発った曾良は大垣で出向える手筈をととのえた。八月九日に敦賀に着き、翌日出雲屋という者に金子一両を預け、芭蕉へ手渡すよう頼み、さらに次の日には天屋《てんや》五郎右衛門を訪ねて芭蕉への手紙を預けた。まるで親が子の面倒を見るように、さきまわりをしている。

85　浪《なみ》の間《ま》や小《こ》貝《がひ》にまじる萩《はぎ》の塵《ちり》

『おくのほそ道』色ヶ浜

色ヶ浜は海水が澄んだひなびた漁村で、『ほそ道』に登場する増穂《ますほ》の小貝《こがい》が砂浜で拾える。薄紅色をした小貝で、海辺に咲いていた萩の花がまじっている。『ほそ道』には「ますおの小貝を拾おうと色の浜（種《いろ》の浜）に舟を走らせる。海を渡って七里……。浜辺の寺で茶を飲み、酒をあたためて飲むと、夕暮れの寂しさに心打たれた」として、

寂しさや須磨《すま》にかちたる濱の秋

（この寂しさは『源氏物語』に書かれた須磨の浜辺のように秋の浜の情趣がある）

と、この「浪の間や……」の二句を得た。色ヶ浜にある「海士《あま》の小家《こいへ》」も、曾良が前もってやってきて、芭蕉一行をもてなすように手配していた。

私は五十余年前、加藤楸邨《しゅうそん》夫妻と色ヶ浜へ行き、増穂の小貝を拾った。そのころの私はかけだしの雑誌編集屋で、『おくのほそ道』特集の取材だった。芭蕉が「小萩ちれます

ほの小貝小盃《こさかづき》」と詠《よ》んだ薄桃色の小貝を捜しに行った。萩の花と大きさも色もそっくりで長さ一センチほどである。増穂の小貝は芭蕉も拾って持ち帰り、弟子への土産とした。そんな美しい小貝がそのころは拾えたのである。

色ヶ浜にある本隆寺は、芭蕉が「侘《わび》しき法花寺《ほっけじ》」と書いた寺で、芭蕉来遊のときに等栽が書いた書幅があった。

その書幅の巻末に「小萩ちれ……」の句が記されている。

等栽の文と芭蕉の句は本隆寺での即席のもので、これほどの名文を即席ですらすらと書く等栽という俳人には、並々ならぬ力がある。『ほそ道』で会った地方俳人のなかでも格別の才覚があり、であるからこそ、芭蕉はかなり突込んだ描写ができたのであろう。

色ヶ浜に来る前に、芭蕉は敦賀の宿（出雲屋、曾良が金一両を届けている）に泊って気比神宮を拝した。

気比神宮は北陸道の総鎮守である。

敦賀は京と北陸を結ぶ軍事の要衝であった。南北朝時代・北朝軍に敗れた南朝軍の新田《にった》義貞《よしさだ》は巨大な鐘を海底へ沈めた。

のち、鐘を引き揚げようとしたが、龍頭《りゅうず》が泥にうまって引きあげられなかった。その話を出雲屋主人から聞いた芭蕉は、

月《つき》いづく鐘《かね》は沈《しづ》める海《うみ》のそこ

（海に沈んだという梵鐘《ぼんしょう》はいまだ引き揚げられず、寂しい雨夜である）

と詠み、その真蹟短冊が残っている。

『ほそ道』には記載されなかった。気比神宮は第二世遊行《ゆぎょう》が自ら草を刈り、泥沼をかき出し、砂を敷きつめた神宮である。遊行（一遍上人）の柳の名所は前半に詠んだ（田一枚植《うえ》て立去《たちさる》柳かな）で、後半の旅では遊行ゆかりの神宮に拝して、

月清し遊行のもてる砂の上

（遊行二世が持ち運ばれた砂の上に月光がさしているよ）

と呈した。「中秋《ちゅうしゅう》の名月」なのに雨が降ってきた。雨が降ろうが、見えない「名月」を見てしまうのが芭蕉の目玉である。

名月《めいげつ》や北国《ほっこく》日和《びより》定《さだめ》なき

（中秋の名月の夜だというのに、雨となり、北国の天候は、変わりやすいなあ。）

雨が降ったりやんだり。敦賀に戻ると、大垣から路通が迎えにきた。

路通（露通）は芭蕉より五歳下で、八十九年の生涯を行乞《ぎょうこつ》で過ごした。路通の境涯は一切が秘められたままで氏素性もわからない。十年余り乞食生活をしていた。『更科紀行』の旅から帰った芭蕉を待ち受けて、九月十日の素堂亭の「菊の宴」に加わって力量が認められたが、その後なにかと師の志にそむくことが多く、蕉門の不評を招いた。路通の一生は波瀾万丈で、哀れを感じさせる句も多い。「いね〳〵と人に云われつ年の暮」（行ってしまえと人に嫌われる年の暮れだよ）の句が知られている。

86 蛤《はまぐり》のふたみにわかれ行《ゆく》秋《あき》ぞ

『おくのほそ道』大垣

『ほそ道』むすびの句。江戸を出発するとき、「行春《ゆくはる》や鳥啼魚《とりなきうを》の目は泪《なみだ》」と詠んで、ようやく大垣に到着したのは八月二十一日ごろであった。旅の最初が「行春や……」だから終わりは「行秋ぞ」と対応させている。全行程二四〇〇キロ、百五十日間の旅であった。

蛤を鍋の湯に入れて炊くと、固くとじた蛤の殻がゆるやかにふわりと開く。そんな感じで、蛤がふたつに別れゆくように、われわれ（芭蕉と曾良）も二見《ふたみ》ヶ《が》浦《うら》のほうへ別れていく秋だなあ。

伊勢名産の蛤を、二見ヶ浦の枕ことばとして使い、蛤が貝とカラとふたつに別れるところから「別れ」につなげている。ふたみは、「二見」と「ふた身」であり、さらに蛤の貝とかけている仕掛けの多い句だ。

『おくのほそ道』の稿が完成するのは、この旅が終わってから五年後（元禄七年）で、その定稿は能書家素龍《そりゆう》が清書し、芭蕉は『おくのほそ道』の書名だけ自署した。素龍本は故郷の伊賀上野にいる兄（松尾半左衛門）への手土産であった。同年、芭蕉没後、遺言によって去来に譲られた。蛤は兄の大好物であり、最初に『おくのほそ道』を読んだ半左衛門は、ここでふっと笑みを浮かべただろう。芭蕉はそういった配慮も忘れない。句と俳文を駆使した東北漫遊俳句旅のスタイルになっている。出板されたのは芭蕉没後八年（元禄十五年〔一七〇二〕）であった。隠密をかねた紀行だから、用心ぶかく刊行された。

芭蕉が大垣《おおがき》に到着すると、ひと足さきに帰っていた曾良《そら》が伊勢から駆けつけ、大垣在住の友人・谷木因《たにぼくいん》（廻船問屋《かいせん》）らが出迎えた。

大垣は戸田《とだ》氏十万石の城下町である。関ヶ原《せきがはら》の合戦では大垣城は西軍の拠点となり、石田光成《いしだみつなり》はこの城で雌雄を決するつもりだったというほど、難攻不落の名城だった。関ケ原の戦功で大名となった徳川譜代の戸田家が寛永《かんえい》十二年（一六三五）に入り、以後二百三十年以上、安定した治世を続けた。

大垣の町を水門《すいもん》川が流れている。城の北と西の外濠《ぼり》も兼ねていたが、船町港を経て南に流れ揖斐《いび》川につながり、美濃《みの》の産物を伊勢湾に運んだ。

大垣に着いた芭蕉を迎えたのは、木因をはじめ、大垣で最初に門人となった近藤如行《こんどうじょこう》。大垣藩士で江戸勤番中に芭蕉、曾良と親交のあった前川《ぜんせん》、大垣藩士で三人の子とともに芭蕉の弟子となった荊口《けいこう》その息子たち、尾張《おわり》の越人《えつじん》、左柳《さりゅう》・残香《ざんこう》・斜嶺《しゃれい》・怒風《どふう》といった大垣の俳人たちであった。

如行宅にわらじを脱いだ芭蕉は、旅の疲れを癒《いや》しつつ、如水《じょすい》、左柳、斜嶺宅や美濃赤坂《あかさか》の木因の弟子木巴《もくは》宅を訪れ、歌仙を巻いた。敦賀と大垣は細長い日本列島の胴（ウエスト）をきゅっと絞った地点である。ウエストの臍《へそ》が関ヶ原で、情報が集まる。如水（戸田利胤《としたね》。家老次席）の下屋敷にも招かれた。『ほそ道』最終章に、「曾良も伊勢より来て、越人も馬をとばして如行の家に集まった。親しい人が日夜やってきて、蘇生のものにあうがごとく……」

とある。一度死んだ人間が生き返る、とは出発した草加《そうか》の「もし生《いき》て帰らばと定《さだめ》なき頼《たのみ》の末をかけ」に対応する。芭蕉は「死ぬ覚悟」で旅に出た。それは山岳仏教の「死んで命を入れかえる」ことでもあった。「命がけの隠密紀行」を「風雅な旅」に転化するために、『おくのほそ道』を書く準備に入った。隠密の情報に関する部分をはずして、歌仙の形をとる「みちのく俳諧紀行」である。

大垣を流れる水門川沿いの高橋のふもとに「おくのほそ道むすびの地」の碑がある。芭蕉を迎えた木因と芭蕉の句碑があった。水門川にかかる住吉橋《すみよしばし》の赤い欄干に柳の葉がしなだれかかり、落葉を焼く煙が薄墨色になって流れてきた。水門川の流れは思いのほか早く、つながれた和舟が川面に黒影を作っている。紅葉した桜の葉が夕暮れをつつみ、大きな錦《にしき》鯉《ごい》が泳いでいった。桜の細い枝は水面すれすれまで覆い、紅葉を散らしていく。

芭蕉は、九月六日、大垣の弟子たちに見送られ、曾良や木因、路通とともに水門川を南下して、揖斐川に入り、伊勢長島の大智院《だいちいん》に泊った。曾良が持病の治療をしていた寺である。ここに三日間泊ったのは『ほそ道』の旅の疲れが残っていたためであろう。

この年（元禄二年）、二十年に一度の伊勢の遷宮があり、内宮《ないくう》が九月十日、外宮《げくう》が九月十三日に遷宮執行された。長島を出発したのが九月九日で、芭蕉一行は内宮の遷宮式に間にあわなかった。『ほそ道』の旅の緊張から解放されて気がゆるんだのだろうか。僧形をしている芭蕉は『野ざらし』の旅では内宮も外宮も神域に入ることを許されなかったが『笈の小文』の旅では外宮だけは参拝できた。

曾良の『旅日記』には九月十二日に「嶋崎《しまざき》味右衛門西河原ノ宿へ移ル」とある。嶋崎味右衛門は又玄《ゆうげん》という御師《おし》（伊勢神宮案内人）で、かつて芭蕉の連句の会に連衆として参加した俳人であった。芭蕉は又玄の案内で遷宮後の伊勢神宮を拝してから、故郷の伊賀上野へ帰省した。伊賀上野の弟子の芭蕉に対する歓迎は大変なもので、亡き主人蟬吟《せんぎん》の嗣子探丸子《たんがんし》からは下屋敷を宿舎として提供したいという申し出があったが、それは辞退した。

伊賀蕉門には半残《はんざん》（藤堂玄蕃《げんば》家の臣。山岸氏）や土芳《どほう》（藩士、服部氏。蓑虫庵《みのむしあん》を作り、芭蕉の「蓑虫の音《ね》を聞《きき》に来よ草の庵」の一幅を本尊とする。『三冊子《さんぞうし》』著者）がいたが、あらたに百歳《ひやくさい》（蟬吟の甥）、風麦《ふうばく》（小川氏）、風睡《ふうすい》（浅井氏）などの藩士が入門してきた。

第8章

こころざしは高くやさしい言葉で

——初しぐれ猿も小蓑をほしげ也（芭蕉）

87　初しぐれ猿も小《こ》蓑《みの》をほしげ也《なり》

『猿蓑』（一・冬）

『おくのほそ道』の旅を終えた四十六歳の芭蕉は、大垣に二週間あまり逗留《とうりゅう》したあと、親しい人たちに見送られ、舟で水門川を伊勢へむかっていった。おりしも伊勢神宮は遷宮式の年であった。

伊勢から伊賀上野へむかう山中で、雨が降り出した。時雨にぬれながら歩いていくと一匹の猿に出会った。冬が近づいて肌寒い山中で、猿が木の上で小さくなってふるえている。芭蕉は蓑をつけているが、猿はなにもつけていなかった。雨にぬれそぼる猿を見て、「おまえも蓑がほしいんだろう」と思いやった句である。わびしげな猿の姿は、そのまま、芭蕉じしんの姿でもあり、猿に語りかける「軽み」がある。『ほそ道』の旅のあと、いつまでもしみじみとしていないでつぎのステップを踏みはじめた。

晩年の芭蕉の自信作で、俳諧集『猿蓑』巻頭の一句となった。

山中での寂しさが、猿のあわれさを強調している。さらに、「ほしげ也」という観察に、猿とじゃれあう感情移入がこめられている。

『猿蓑』は蕉門がもっとも熟した時代（元禄四年七月三日刊・半紙本二冊・井筒屋板）に刊行された俳諧集で、発句四十（去来・凡兆共編・芭蕉監修）と三十六歌仙四編からなる。芭蕉七部集の第五集となる。

この「初しぐれ」の句を巻頭にして、じつに百十八人の句が収録されており、序文を芭蕉門下の高弟、其角《きかく》が書いている。

「わが翁が旅をつづけ、伊賀越えする山中で、猿に小蓑を着せてやり、俳諧の神の心を授けたところ、猿はたちまち断腸の思いの叫び声をあげた。まことにおそるべき幻術である」

いかにも其角らしい大げさなほめ言葉に、芭蕉への信仰がめばえている。「初しぐれ」の句を巻頭におき、編者凡兆（金沢生まれの医師）の四十一句、芭蕉は四十句、去来（西の俳諧奉行）、其角は二十五句、尚白《しょうはく》（近江蕉門の古老）十四句、曾良は十二句、嵐蘭（深川の浪人）十句といったところ。

『ほそ道』の旅を終えた芭蕉は、「軽み」へと一歩足を踏み出した。こころざしは高く持ちながら、やさしい言葉で心情を伝えようとする意志である。『ほそ道』の旅で得た句もいくつか出てくるが『ほそ道』は芭蕉没後の刊行だから、まだだれにも知られていない。以下『猿蓑』に出てくる芭蕉の句をあげる。初しぐれを巻頭にしたため「冬・夏・秋・春」の順になる。

こがらしや頬腫《ほばれ》痛《いた》む人《ひと》の顔《かほ》　　『猿蓑』（一・冬）

木枯らしが吹きすさぶこの寒空に、流行性耳下腺炎《じかせんえん》（お多福風邪《たふくかぜ》）で腫《は》れた両頬をかばいながら道を急ぐ人の顔は、とても痛々しい。木枯が腺にあたるといっそう寒い。ふくれっつらで歩いていく。

から鮭《ざけ》も空也《くうや》の痩《やせ》も寒《かん》の内《うち》　　『猿蓑』（一・冬）

から鮭は鮭を開いて干しただけのもので、いかにも寒中の食物だ。寒夜に鉦《かね》と瓢《ひさご》を敲《たた》き歩く在俗僧（空也・鉢敲《はちたた》き）が痩《や》せて、白干し鮭のようになるのも寒中だ。

芭蕉は空也が好きだ。空也は平安中期の僧で念仏を唱えながら遍歴して京都東山に六波羅蜜寺を建立した。寺にある空也像（重文）は口から仏を吐き出す姿が知られている。十一月十三日の空也忌から暮れまでの四十八日間の鉢叩《はちたた》きまつり。僧形だが僧ではない。和讃を唱えて、鉦を叩いて歩き廻る。「から鮭も空也の痩《やせ》も寒の内」と「ものもの」のテニオハがきいている。「から」「空《くう》」「寒《かん》」のK音もカーンと響きわたる。芭蕉の技がさえている。

人《ひと》に家《いへ》をかはせて我《われ》は年忘《としわすれ》　『猿蓑』（一・冬）

滞在先の乙州《おとくに》が立派な新宅を建て、自分も一緒に移り住んで、年を送ることとなった。人様に家を買わせて新年を迎えるわけである。

「乙州《おとくに》が新宅にて」の前書がある。乙州は大津の伝馬役佐左衛門の息子で智月（女流俳人）の弟。芭蕉が幻住庵時代に指導を受けた。芭蕉の秘密紀行『笈《おい》の小文《こぶみ》』の遺稿を預かり、芭蕉没後に刊行した。乙州が家に招いてくれて正月を迎えた。それを「人に家をかはせて」とシャレて言った吟。乙州への愉快な挨拶句。ひょうひょうとした芭蕉さん。

88 病鳫《びょうがん》の夜さむに落《おち》て旅《たび》ね哉《かな》

『猿蓑』(三・秋) 堅田

琵琶湖の西岸を走るJR湖西線の堅田《かたた》は景勝の地で、芭蕉の弟子・千那《せんな》が住んでいた。千那は堅田にある本福寺《ほんぷくじ》の住職をしていた。

元禄三年(一六九〇)、芭蕉は千那和尚に招かれて堅田へ行き、本福寺に逗留《とうりゅう》中に風邪をひいてしまい、そのときに得た句。風邪をひいて床につきながらも頭上を鳴き渡る雁に思いをよせた。これは琵琶湖の森の寺に「落ちた雁」の音。旅さきの本福寺で風邪をひいて寝ていると、病気の雁が空から落ちる音がした。〽静かな湖畔の寺の宿から……。雁の群れから一羽離れて、病雁がストーンと落ちて、床に臥《ふ》している芭蕉の耳に届いた。

近江八景のひとつに「堅田の落雁《らくがん》」があり、その名勝をふまえている。風邪をひいて蒲団に臥していても、わずかに聞こえる「病雁の落ちる音」を聞きのがさない。いや、そのような音はしないのに幻聴したのだろう。

堅田は、一番弟子其角の父が生まれた地でもあり、其角は何度も訪れている。浮御堂のすぐ近くに其角邸跡の碑が建っている。其角はこの地で「帆かけ舟あれや堅田の冬けしき」(其角にしてはわかりやすい吟)と詠んでいる。其角は地元の曲水(膳所《ぜぜ》藩の重臣)や彦根藩士の許六との親交があった。

堅田の水路には木造小舟が浮かび、川からはヨシが生える風雅な地。浮世絵のような風景で、ぼんやりと見ているうちに、待てよ、この景観を、どこかで見たことがあるぞ、と気がついた。それは深川芭蕉庵であった。水路があり、舟が行き来し、水の奥には山があり、空高く飛ぶ鳥、流れる雲、そして行きかう人々。大津は膳所藩六万石の城下町であり、東海道の要衝にあって隆盛を極めていた。近江商人の旦那衆も多く、人間の生活と旅する者の交流があり、ゆったりとした自然にめぐまれている。

病雁の句は芭蕉の自信作で、弟子たちのあいだでも、たちまち評判になった。

病雁は芭蕉の造語で、ビョウガンと読む。これはヤムカリ（病《ヤ》ム雁《カリ》）とも読めるが、音で、ビョウガンと読んだほうが、心にひんやりとしみいってくる澄明さがある。一羽の病む雁が、群れから落伍《らくご》して堅田の浜に旅寝しているという情景が小さな物語となっている。

のち『猿蓑《さるみの》』編集で句を選ぶとき、この句をとるか、「海士《あま》の屋《や》は小海老《こえび》にまじるいとど哉」（小えびにこおろぎがまじっている漁師の家があるなあ）をとるかで、選者の去来《きょらい》と凡《ぼん》兆《ちょう》が言い争い、結局は両句がとられた。「病雁」の句を推したのは去来であった。

その話をあとで聞いた芭蕉は、「病雁」の句が「海士の屋は……」の句と同列に論じられるのはかなわない、と苦笑した（と、去来が『去来抄』で自慢している）。

89 うぐひすの笠おとしたる椿《つばき》哉《かな》

『猿蓑』(四・春) 伊賀上野

なにやら、小学生の句のような卒直な息がある。芭蕉は、地面に落ちている椿の花萼を見て、「これは、うぐいすが頭につけていた笠だ」と思った。故郷の伊賀上野の百歳(藤堂家藩士、蟬吟《せんぎん》の甥)邸でひらかれた歌仙の発句。この句会には乍木《さぼく》(原田氏)、槐市《かいし》(藤堂家藩士)が参加した。自分の生まれた地では芭蕉は子どもの目ではしゃいでみせた。

歌仙を巻くときの発句は軽やかに、のどかにわかりやすいほうが、あとにつづく人が詠みやすい。

句会がはじまる前に、席の近くにうぐいすがやってきて、椿の木を飛び廻《まわ》るはずみに、椿の花萼がぽとりと落ちた。一瞬の小さな事件を芭蕉は見のがさない。もともと地面に落ちていた椿の花萼上に、うぐいすが飛んできた、と考えてもよいが、「うぐいすが椿の花を落とした」と見るほうが、句に動きがある。落ちた椿の花は、じつはうぐいすがかぶっていた笠なんですよ、とユーモラスに発句を差しだした。

芭蕉が仕切る句会だから、伊賀連衆は緊張して、固くなっている。その緊張をほぐす吟で、一座はゆるやかな気分になって、肩の重さがとれた。脇句は乍木が「古井の蛙《かはづ》草に入る声」と付けた。やや、芭蕉さんだから蛙も登場してオール・スター。

ま、気楽にいきましょうやと、俳席が一気になごやかになった様子が見える。芭蕉はこういう「軽み」のある句によって座をまとめていく才がある。自信があるから、こんな句が詠めるのだ。

『古今和歌集』（神遊歌）に「青柳を片糸によりて鶯のぬふてふ笠は梅の花笠」があり、和歌の世界では、梅の花をうぐいすの笠とし、「梅の花笠」といっていた。梅にうぐいすは、セットとなっていた。その定法を意図的にやぶって、椿の花をもってきたところが、俳諧の技法である。ちょっとふざけたんですね。古典定法にとらわれず、思うままを詠めばいい。

90 行《ゆく》春《はる》を近江の人とおしみける

『猿蓑』（四・春）近江

元禄三年（一六九〇）の正月を、芭蕉は伊賀上野で過ごし、京都や大津一帯を回っていた。その前年（四十七歳）は琵琶湖近くの幻住庵《げんじゅうあん》に住み、大津や膳所《ぜぜ》のあいだを転々としていた。

近江は、晩年の芭蕉にとって、しごく居心地のよい地であった。これは大津にある義仲寺内の無名庵で得た句である。芭蕉の墓は伊賀上野ではなく大津の義仲寺にある。

句意は読んでの通り。琵琶湖のほとりに立って、舟をうかべて湖畔の暮春を近江の人たちと惜しみあっているよ。

芭蕉は、わかりやすい言葉で、近江の春をたたえた。

この句に関して、近江俳人の尚白《しょうはく》（医を業とする大津の医師）という古老がけちをつけた。その話が、『去来抄《きょらいしょう》』（元禄十五～宝永元年）に出てくる。尚白は儒学にも深く、はじめは貞門にいたが、貞享二年「野ざらし」旅中の芭蕉を迎えて入門した。近江蕉門の古老であった。

尚白は、「この句は近江を丹波としてもさしつかえなく、行く春は、行く歳《とし》としてもいい。句が不安定である」と評した。

芭蕉は去来に「おまえはどう考えるか」と聞いた。去来は「尚白の意見は見当違いです。近江の国は湖水が一面にうち霞んで春を惜しむのにうってつけのところです。決して丹波にはなりません。行く春を行く歳とするのはもってのほかです」と答えた。芭蕉は「その通り。古人も都に劣らぬほど、近江の春を惜しんでいるよ」とうなずいた。

この話は去来が芭蕉にほめられた自慢話である。「近江の春」は古歌に詠まれた名勝で、「都の春」と対応している。この句を得た一年前に『ほそ道』の旅に出発して「行春《ゆくはる》や鳥《とり》啼魚《なきうを》の目は泪《なみだ》」と詠んだ。命がけの旅に出るときに、江戸の「行春《ゆくはる》」に別れをつげ、その一年後に、ぜいたくな「近江の春」をおしんだ。去来がいうように、ここは「近江の春」でなければならない。

芭蕉は具体的地名を出してリアルな肌感覚を重視した。「行く歳を丹波の人と惜しみける」では句にならない。芭蕉は「都の春」に対抗して「近江の春」を打ち出している。和歌の世界では断然「都の春」であるが、俳諧では、別の見どころを見つけようとする。「近江の春」は芭蕉が見つけた優雅なる故郷であった。

91　先《まづ》たのむ椎《しひ》の木《き》も有《あり》夏木立《なつこだち》　『幻住庵記』

たのむぜ椎の木よ、まずは木陰を作ってくれ。

幻住庵の前に立つ椎の木に「ひとまず木陰を作ってくれよ」とよびかけた。万感の思いをこめて山の庵に籠りながら、椎の木に気安く声をかける「軽み」の新境地。椎の木の横は古色蒼然とした近津尾《ちかつお》神社で、無人の社ながら格式ある神殿がある。椎の句碑の上に幻住庵の茅葺きの門があり、その奥に庵がある。庭には梅や桜や楓が繁るから四季おりおりの変化が楽しめる。

頓《やが》て死《し》ぬけしきは見《み》えず蟬《せみ》の聲《こゑ》　『幻住庵記』

はかなく死ぬと決まっているのに、やかましいほどに鳴いている蟬よ。

俳文（元禄四年刊）『幻住庵記』（二）の最後に並ぶ二句。

幻住庵はJR石山駅の南側、国分山の山腹にあり。東側を瀬田川が流れていく。瀬田川沿いの石山一帯は、近江八景の瀬田夕照「石山秋月」として知られる風光明媚な地だ。紫式部が『源氏物語』の想をねった石山寺がすぐ近くにある。

芭蕉は、元禄三年の正月を膳所《ぜぜ》の草庵で過ごし、四月六日より幻住庵に入り七月二十三日まで滞在した。『幻住庵記』は、

「石山の奥、岩間《いわま》のうしろに山有《あり》、国分山と云《いふ》。そのかみ国分寺《こくぶんじ》の名を伝《つた》ふなるべし。麓《ふもと》に細き流を渡りて、翠微《すいび》に登る事三曲《さんきよく》二百歩にして、八幡宮たゝせたまふ。……」

と始まり、この庵は藩の勇士曲水《きよくすい》の伯父が住み捨てた庵で、藁葺《わらぶ》き屋根には穴があき、壁土ははがれ落ちていた。いかにも芭蕉好みに古びている庵であった。

蟬の句は幻住庵に訪れた加賀の秋之坊（隠僧）と詠んだ句。盛んに鳴いている蟬には「死ぬ気配」がない。蟬の句は『ほそ道』の旅で立石寺を訪れたときの「閑《しづか》さや岩にしみ入《いる》蟬の声」に通じる。『幻住庵記』や『猿蓑』には『ほそ道』で詠んだ名吟がいくつか入っているが、蟬の声を聞くたびに無常迅速の念が走った。

幻住庵で芭蕉は過ぎ去った半生を回想している。……あるときは仕官して功名を立てようとし、また、仏門に入ろうとして果たせず、無能無才のまま俳諧の一筋につながった。この世はいずれも幻、仮りの姿である、という感慨であった。幻住庵へは京都より凡兆

（金沢出身の医師で芭蕉より四歳上の古老）が訪問してきた。『幻住庵記』の記載では一人暮らしのように見えるが、じっさいには酒堂《しゃどう》（近江膳所の人で初号は珍夕《ちんゆう》・珍碩《ちんせき》、医を業とす）が身の廻りの世話をやいていたのだろう。

堅田駅から琵琶湖に出ると湖にせり出した浮御堂がある。湖上の安全を願って千体の阿弥陀仏がおさめられている。近江八景、堅田落雁として知られ、湖上にたたずむ姿は中国名所に似た典雅なる気品がある。このあたりは大津に滞在した芭蕉の散歩道であった。

酒堂は芭蕉に接してめきめきと腕をあげ、元禄五年には江戸の芭蕉庵で越年し『深川集』を編んだ。しかし大坂に移って之道《しどう》（薬種屋）の怒りを買った。之道は「浪花俳諧長者」として大坂蕉門の中心的存在だった。芭蕉は酒堂と之道の仲裁をしようとしてはたせず、大坂で客死することになる。酒堂は蕉門連衆にうとまれ、芭蕉葬儀も欠席した。

92　うき我《われ》をさびしがらせよかんこ鳥《どり》

『猿蓑』（二・夏）

郭公《かつこう》よ、ものうい私を、寂しい鳴き声でもっと淋しくしておくれ。

芭蕉が京・落柿舎《らくししや》で書いた（『嵯峨日記』に「ある寺（大智院）で詠んだ」として出てくる）。「私を嬉しがらせよ」という頼みならばできるが「さびしがらせよ」はそうそうできることではない。「芭蕉のわがまま」で、軽口半分の冗談でもある。落柿舎で「悶々として詠んだ」とすれば物語が生まれる。閑古鳥はカッコウのことでクックーッと鳴き、春を告げる。人里離れた山の中にある庵で、自然のなかの深い寂しさを感じている。さびしさとは閑寂な「寂しさ」といったところ。

落柿舎は常寂光寺《じようじやつこうじ》がある小倉山の麓《ふもと》にあり、落柿舎の前は畑で、向って左手は嵯峨天皇皇女有智子《うちこ》内親王の墓所である。枯枝のさきに小粒でマンマルの山柿が実っている。原種の柿である。

庭に二つの庵があり、庵の障子に薄い光があたって、わずかに柿色ににじんでいる。落柿舎は、去来《きよらい》の別邸で、家にいるときは、土壁に笠《かさ》と蓑《みの》を懸けて在宅を知らせた。いまもその笠と蓑が懸けられている。庭の柿があまりにうまそうなので、通りがかった商人が買い入れたいと申し入れ、代金を置いていった。ところが、その夜、嵐となって柿の実がすべて落ちてしまったという。そこから落柿舎の名がついた。そのことを詠んだ去来の「柿主やこずゑはちかきあらし山」の句碑が庭の奥にある。

芭蕉が最初に落柿舎を訪れたのは、『ほそ道』の旅を終えた元禄《げんろく》二年の暮れで、鉦《しょう》をたたきながら唱声をあげて歩く鉢叩《はちたた》きの音を聞いた。元禄四年には四月十八日から五月四日まで滞在し、没する元禄七年五月にも滞在した。落柿舎は芭蕉の京都宅のようなものであった。

落柿舎主人去来は、芭蕉が四十三歳（貞《じょう》享《きょう》三年）のときの弟子で七歳下であった。長崎の儒医の息子として生まれ、父に連れられて京都に移住し、武芸百般の達人となった。まずは其《き》角《かく》に親しみ、その縁で蕉門に入った。

京都の去来も、彦根の許六《きょりく》も屈強な武士である。大津の曲水《きょくすい》もしかりであり、芭蕉は無頼の武闘派を好む。それは芭蕉の軀《からだ》にも似た血が流れていたためで、ただの枯れた俳人ではない。未知の国を旅しようという冒険心は屈強な肉体とふてぶてしい好奇心から生まれる。

『猿蓑』編集はまず落柿舎ですすめられ、その後凡兆宅で行われた。京都滞在中、芭蕉は凡兆の家にも泊って世話になっている。

元禄三年に杜国が没し、翌四年に芭蕉はそれを知らされた。杜国こと万菊丸とは「笈《おい》の小文《こぶみ》」の「禁断の旅」をした仲であった。「乾坤無住《けんこんむじゅう》同行二人」と旅笠の裏に書き、吉野で花を遊び、須磨、明石まで供をした。

元禄四年、落柿舎で『嵯峨日記』を書き、この一句を詠み、『猿蓑』に掲載した。

……夢に杜国が出て、涕泣して目が覚めた。わが夢は聖人君子の夢にあらず、終日、妄《もう》想散乱《そうさんらん》の気、夜陰《やいん》の夢又しかり。……夜は床を同じう起き臥し、行脚の労をもとにたすけて、百日が程影の如くにともなふ。ある時は戯れ、ある時は悲しび、其《その》志我が心裏に染《し》みて忘るること無ければなるべし。覚えてまた袂をしぼる。

「うき我をさびしがらせよ」は芭蕉がしばしば使うフレーズで、『ほそ道』の旅を終えた直後に桑名の長島にある大智院という寺で「憂き我を淋しがらせよ秋の寺」と詠んだ。曾良は長島藩に仕えていた武士で、大智院住職は伯父にあたる。

93 鶯《うぐひす》や餅《もち》に糞《ふん》する縁《えん》の先

杉風宛書簡《さんぷうあて》

元禄五年（一六九二）の句。江戸の弟子杉風宛の手紙にこの句が出てくる。芭蕉は「これぞ日々の工夫からできた句である」と自慢している。京の弟子去来《きょらい》への手紙でもこの句を示して、下五の「縁の先」を「笹伝《ささづた》ひ」とするほうがよいだろうか、と問うた。元禄五年『葛《くず》の松原《まつばら》』に出てくる。和久という僧が死んだとき、「この僧がこの句をどう評するだろうか」と言って悲しんだ。自分の句にケチをつけそうな友人を偲んでいる。

句意は読んでの通り。うららかな春のひざしがさすなか、縁側に干してある餅に、うぐいすが飛んできて糞を落としていったよ。

晩年の芭蕉がたどりついた「軽み」が出ている柔らかい句で、餅に糞するところに俳味がある。和歌にはない糞を詠みながら、のどかで優雅な趣がある。うぐいすの糞は化粧品の原料として使われていたから、糞でも別格といってよい。

ぽかぽかと日当たりがいい家の縁側のさき、が思いうかぶ。町から離れた田舎の家の縁側でしょうね。そこへ餅がいくつか干してあった。伊賀上野時代の芭蕉は『貝おほい』で『公糞《くにくそ》』『土糞《つちくそ》』という俳号を使っている。

うぐいすは、人に馴《な》れていて、縁側の上まで飛んでくる。縁側に干してある餅は薄く切って乾燥したものだろうか、丸餅なんだろうか。そのへんは芭蕉に訊《き》いてみなければわからないが、芭蕉は「どちらでもお好きなように」というだろう。鑑賞する人が「あれやこれや」と連想することも俳句の愉《たの》しみである。

芭蕉のねらいは、細かい道具立てにあるのではなく、春のうららかな庭さきの風情である。「軽み」の極意は、心や視点を高い地点に置きつつも、だれもがわかりやすく、軽く詠むところにある。

この句を発句として、弟子の支考《しこう》が脇をつけた両吟歌仙が残されている。支考の脇は、「日も真直《まつすぐ》に昼のあたゝか」。支考は、元禄三年（二十六歳）芭蕉の弟子となり全国を廻って蕉風を広げた。芭蕉没後は、『笈日記』で芭蕉の病死までを記録した。『葛の松原』ほか多くの俳論書を執筆し、美濃派を興した。

94 年《とし》〳〵《どし》や猿《さる》に着《き》せたる猿《さる》の面《めん》

『蕉獅子集』

正月に猿回しがきて猿に猿の面で踊らせる。

元禄四年の芭蕉歳旦吟《さいたんぎん》（新年の句）。正月に猿回しがくるが、猿の顔は変りばえがなく、猿が猿の面をつけている。人間がやることは猿と同じで、似たような面をつけ、踊っている、という自戒。「猿に着せる猿の面」という着想を軽く詠んだが、許六《きょりく》（彦根藩士）が「師（芭蕉）はこれを失敗句だ（仕損じの句也）」と言ったと書いている。「歳旦の吟としてふさわしくない」と反省している。許六が「名人でも仕損じがあるのですか」と訊くと芭蕉は「いつも仕損じの句ばかりだ」と答えた。これを聞いた許六は「大悟す」ことになった。

去来が「この句の季はあるのですか」と質問すると「としどしは季ではない。表には見えない季があり、句意によって季が定まるのだ」と答えた。この論は現代俳人（たとえば金子兜太《とうた》氏）が、無季句を詠むときの根底にある。芭蕉の高弟ふたりが失敗句として難じたのは、「軽み」が強すぎるからだ。『ほそ道』の旅で芭蕉が見つけた「不易流行《ふえきりゅうこう》」「永遠性（＝不易）と流行をあわせて詠む」という論は、弟子たちにうまく伝わらなかった。わかるようでわからぬところがあり、芭蕉は「仕損じ」として、それ以上は語らなかった。ここに出てくる猿の面は、とりはずしができるお面ではなく、「肉化した仮面」である。仮面の仮面であり、俳諧師として、「聖と俗」「日常と虚構」を生きた芭蕉ならではの独白。芭蕉は中年の生まれ。

元禄六年三月下旬に、伊賀上野から連れてきた甥の桃印《とういん》が江戸の芭蕉庵で没した。享年三十三。

七月に入ると暑さのため衰弱が著しく、盆過ぎから約一カ月、門戸を閉ざして人と会わず『閉関之説《へいかんのせつ》』を書いた。「人がやってくれば言わなくてもよいことまでしゃべってしまう。こちらから出かけていって家業を邪魔をするのもよくない。友なきを友とし、貧しきを富として、自らをいましめる」と心情を記した。

じつはこのとき（芭蕉五十歳）『おくのほそ道』の最終稿を書いていた。問題ある個人名や地名は一部変更し、歌仙の形式でまとめた句文融合の紀行文である。

元禄七年（一六九四）五月、清書した素龍本の題簽《だいせん》に自筆で「おくのほそ道」と書いて、これを持った芭蕉は伊賀上野に戻った。伊賀上野蕉門の中心人物であった土芳《どほう》編『三冊子《さんぞうし》』に『道の記』（『おくのほそ道』）の予告めいた会話が出てくる。『道の記』という旅行記を書いたよ、と師がいうので「ちょっと見せて下さい」と頼むと、芭蕉は「たいしたものではない。私が死んでから読めば、それなりに興味ぶかいであろうよ」と軽くいなした。生前に板本にしなかったのは、曾良との同行を隠す配慮があったためだが、変名で登場する人物へも気を遣っていた。

芭蕉は「『ほそ道』が没後に刊行されれば評判をよぶだろう」という確信があった。といっても『ほそ道』清書本が仕上った元禄七年に没するとは思ってもいなかった。芭蕉はつぎの旅として去来の故郷である長崎をめざしていた。

95 菊の香《か》や奈良には古き仏達《ほとけたち》

『笈日記』

元禄七年（一六九四）九月九日、奈良での重陽《ちょうよう》の節句の吟。芭蕉は九月八日に故郷の伊賀上野を出発して大坂へむかった。

「菊の香」と「古き仏」の風味がひとつに合体して響きあい、古都の情景が心にしみこんでくる。高雅なる菊の香と、古都の古い仏像をとりあわせ、ゆかしい匂《にお》いが漂っている。「奈良には」とさりげなく地名を入れて、ひとつの寺院ではなく、奈良全体をつつみこんで詠んだ。菊、奈良、仏の三点セットを詠むのはじつは難しい。十七音で「秋」と「古都」と「仏たち」を詠んだ。

この日は、「菊の香や奈良は幾代《いくよ》の男ぶり」とも詠んで、この句は江戸の弟子杉風《さんぷう》への手紙に書きつけた。菊の香を嗅《か》ぐと、「昔の男たちのみやびな男ぶり」を思いおこすという感慨で杉風の男っぷりのよさに重ねた。それでも「奈良には古き仏達」といい放ったほうが、菊の香がストレートに出る。見たままの景観であるところがこの句の強さである。

奈良の桜を歌った和歌に「古《いにしへ》の奈良の都の八重桜今日《けふ》九重《ここのへ》に匂ひぬるかな」があり、芭蕉にはそれが頭にあった。八重桜は春に咲くので、春の風景であるが、ここにある菊は眼前のものである。

同じく九月九日、大坂へ帰る途中吟に

菊の香にくらがり登る節句かな

がある。生駒山脈を越える暗《くらがり》峠での吟で、山路の菊の香りに包まれて暗がりを登っていく。ドキュメント映像でしかも進行形。

その日のうちに大坂に到着して

菊に出て奈良と難波《なには》の宵月夜《よひづきよ》

と、宵月夜まで取りあわせて、一日に菊を四句詠んでいる。重陽の節句だから、菊の香に念力を入れた力技。最初に得た「菊の香や奈良には古き仏達」が、断然ぬきんでている。すべて鮮やかなシーンだが、もう一句。

びいと啼《な》く尻《しり》聲《ごゑ》悲し夜の鹿　　杉風宛書簡

杉風への手紙で「まだ句体が定まらない」として示した。尻声は、鹿が冷くのびる声で泣くのだが、別の板本には「ひい」とある。さて「びい」か「ひい」か、どちらがいいか、実筆直蹟は「びい」である。芭蕉自身、耳を澄まして、膝をついて夜に鳴く鹿の声を聴いている。闇夜の暗がりにひそむ忍者のようだ。痛いような聴覚。「菊の香」と「古き仏」、鹿の鳴く声、この一連の吟は、うっすらと「死」を予感している。芭蕉の背後に「死」がひたひたとしのびよる。

96 此《この》道《みち》や行《ゆく》人なしに秋の暮《くれ》

曲翠《きよくすい》宛書簡

元禄七年（一六九四）九月二十五日、曲翠あての手紙に出てくる。曲翠は、近江膳所藩の重臣で、通称外記、晩年の芭蕉を物心両面から支えていたスポンサーである。大坂に滞在中の芭蕉は、弟子の勢力争いがほとほといやになり、手紙のなかで「つまらぬ旅寝をして、悔やむことばかりだ。持病を悪化させて、熱がさがらない」とつらい気持ちを訴えた。

その手紙の終わりに、この句を示した。日の暮れかけた道を歩いていくと、その道を帰っていく人々の声が聞こえてくる、といった情景である。ぼそぼそと話す人声が、秋の寂しさをいっそうかきたてる。「所思《しよし》」（思うところ）と前書きされて、大坂清水の茶店での吟という。行く人のない道に、秋が暮れていく。衰弱した芭蕉の孤絶感がひしひしと感じられる。

句は、実景でありつつもどうしようもない慚悸の念である。「所思」と前書きしたことでわかる。

之道《しどう》がふてくされてひらきなおるのは、芭蕉が洒堂《しやどう》宅に泊まっているためである。之道と洒堂の喧嘩を仲裁しにきたのだから、自分の家にも泊って貰いたい。洒堂は元禄五年江戸に下って芭蕉庵で越年した弟子である。芭蕉から見れば子のようなもので、まがりなりにも医を業《なりわい》としている。洒堂宅で寝おきをともにして「打込之会《うちこみのかい》」の席に来るのでは、仲裁ではなく、芭蕉と洒堂が組んで之道を説得しているとしか思えない。

芭蕉はしかたなく洒堂の家を出て、之道の家へ移った。そして九月二十九日の夜、泄痢《せつり》のために倒れた。芭蕉の手紙は、去来《きょらい》へ向けては長崎（去来の故郷）に行くと書き、老兄へ向けては帰郷すると書くし、書く相手によって内容が違ってくる。衰弱していることを自覚しつつも迷走していた。

この句を発句として、泥足《でいそく》こと和田氏、別号を酔翁亭《すいおうてい》という長崎通事と歌仙を巻いた。病いをおして参加したのは、このあと長崎へ行きたいという思いがあったからだ。

この発句のほか、芭蕉は

人声や此道かへる秋のくれ

の句を作っていあわせた連衆に、どちらをとるか判を求めた。芭蕉は発句の条件として①出せと頼まれたらすぐに出す。まごまごしてはいけない。②結論を詠んではいけない。③風景を描写しつくしてはいけない、と説く。

あくまで、あとにつづく人々がイメージをふくらませる発火点が発句なのである。

「此道《このみち》や行《ゆく》人なしに秋の暮《くれ》」は芭蕉の鬱々《うつうつ》とした絶望の吐露であって、あとがつづかない。半歌仙（十八句）には、芭蕉、泥足《でいそく》、支考《しこう》はじめ之道《しどう》、洒堂《しゃどう》ら十名が参加したが。「自分が進んできた俳道を行こうとする人は、だれもいない」と、うちしおれて、芭蕉は、この後一ヵ月もたたずに病死する。

体調が悪いのに無理をして句会に出席し、やるせなく、せつなく、淋《さみ》しい芭蕉がいる。その気持ちを思いやる弟子はいない。

芭蕉は、信頼できる友であった曲翠へ、せつせつと手紙を書いて、つらい心情を吐露した。芭蕉が隠棲した幻住庵は曲翠が伯父幻住老人の家を修復して招き入れた。死を予感しつつ手紙を書きつづった。

97　升《ます》買《かう》て分《ふん》別《べつ》かはる月《つき》見《み》かな

『笈日記』

弟子の争いをおさめる発句。

元禄七年九月十三日、芭蕉は大坂住吉《すみよし》神社「宝の市」へ行き、この句を得た。宝の市の日は新米をそなえる祭儀がある。境内で升を売り、その升を使うと富を得るというので「宝の市」という。

この市へ行ったとき、芭蕉は体調をこわしていた。月見の会に参加するつもりでいたのに、「升を買うと世帯じみて分別くさくなり帰ってしまった」という弁明である。境内の畦止《けいし》亭《てい》での月見の宴に参加できなかったことをわびる挨拶《あいさつ》の発句。翌九月十四日の歌仙の会には、係争中の洒堂《しゃどう》・之道《しどう》ほか五名が参加していた。なごやかにいきたいが俳諧を詠む連衆が感情的になるからとおさめるのは難かしい。

このとき、芭蕉は、なかばあきれて、どうともなれ、という気でいたかに見える。住吉大社は芭蕉が最後に参詣《さんけい》した神社である。

住吉大社は摂津国一の宮で船の守り神である。絵馬にも船を描いたものが多く、赤い欄干の太鼓橋を渡ると国宝の本殿四棟がある。住吉造と呼ばれる独特の形である。巫女《みこ》さんがつけている挿頭《かざし》は松に白鷺、月に御神鏡とめでたく、きらびやかだ。芭蕉が訪れた宝の市は、いまも十月に神事が催されている。

升を買うと商売繁昌する。『笈日記』には「今宵は十三夜の月見であったが、昼から雨が降ったので、縁起物の升を買っただけで帰ってしまった。（じつは体調が悪い）升を買ったために、俗化して風流心がなくなってしまった」とある。

この発句につづいて、畦止（席亭）は「秋のあらしの魚荷つれだつ」と脇をつけた。空を仰ぐと十三夜の月が出ている、となごやかに転じた。

しかし句会は荒れて、之道が「蓋とれば椀のうどんの冷迫り」（畦止亭で出されうどんの蓋をとればすっかり冷えていた）とけちをつけ（第九番）洒堂は「照りつけて草もしおるる牛の糞《ふん》」（暑くるしくて牛の糞がころがって草がしおれたまま）と下品な句（第十一番）を出し、歌仙はぶっこわされてしまった。

芭蕉は座を仕切れなくなった。

98　秋の夜を打崩《うちくづ》したる咄《はなし》かな

『笈日記』大坂

芭蕉が大坂へ行ったのは弟子のケンカ仲裁であった。大坂の弟子に之道《しどう》（薬種屋）がいて、句はさしてうまくないが、大坂を仕切るボスである。そこへ新風で生意気な洒堂《しゃどう》が進出した。

洒堂《しゃどう》は近江膳所《ぜぜ》で医を業とした浜田珍碩で、元禄二年入門。幻住庵で芭蕉の身のまわりの世話をして力をつけ、芭蕉は「才覚鋭い人」（『洒落堂記』）と高く評価した。江戸に下って越年し芭蕉について『深川集』を編んだ。洒落堂を略して洒堂だが、勝手に大坂に進出して弟子を増やしていった。新塾の人気先生が旧塾の生徒をとろうとして争いになった。芭蕉庵へ居候《いそうろう》したほどだから芭蕉の秘蔵っ子であったが、才にまかせて身勝手な行動をとった。

大坂の古株である之道としては、新規参入の洒堂が気にくわない。生徒のとりあいである。之道は、芭蕉に頼んで「洒堂をどうにかしてもらいたい」としつこく迫った。

気が進まぬものの、弟子の抗争を仲裁するのは宗匠の仕事だから、しぶしぶと出かけていった。

これは、元禄七年九月二十一日に、同じく大坂の商人塩江長兵衛こと車庸《しやよう》亭での半歌仙の発句である。「秋夜」と前書きがある。之道は金づるの弟子車庸を、洒堂にとられた。雨が降る静かな夜であった。秋の夜がしーんとふけて、芭蕉の一座が句会をしている。そのうちに話の興がのって、ひとしきり笑い声がおこる。その様子を「秋の夜を打崩した」というのである。うまい句だが、ひやりとする。静かな句会の席がわっと盛りあがり、また静かになる秋の夜の情景が目に見える。

芭蕉の発句につづいて車庸《しやよう》が「月待つほどは蒲団身にまく」（寒くなってくるので蒲団をまきつけるよ）という脇をつけた。すかさず洒堂が「西の山二はな三はな鴈鳴て」（西の山の端には二組三組と雁が渡っていく）とつけて十八吟（半歌仙）。奈良から大坂へ駆けつけた芭蕉はとりあえず洒堂の家に泊った。芭蕉は大坂へ着いたころから寒気・熱・頭痛に襲われた。しかし車庸亭での歌仙に之道はやってこない。

このころより、芭蕉は旧友や弟子たちに連日のように手紙を出した。九月二十三日は兄半左衛門宛書簡を書いた。大坂に着後発病の様子を書き、「長逗留無益」と嘆じた。

99　秋深き隣は何をする人ぞ

『笈日記』

芭蕉が没する十五日前の吟で、熱にうなされ、胃病に苦しむなかで詠まれた。実質的な辞世の句である。

病で臥《ふ》していた芭蕉は九月二十九日の芝柏亭《しはくてい》での句会に招かれていた。その句会の発句としてこれを作ったが、病気のため、出席できなかった。

旅さきの大坂で病に倒れて、ひとり寝ている。

このとき芭蕉は薬種屋の之道《しどう》亭にいた。之道は道修町《どしょうまち》の手狭な家に住んでいた。ここは町なかであって、家々はたてこんでいる。

はて、隣はなにをする人なのだろうか。

秋が深まって、隣家がひっそりとしている様子が気になった。「軽み」が漂いつつも、薄く研ぎすましたした洞察があり、隣家の閑寂を探っている。思いは寂しい晩秋のなかを漂流するが、隣家も寂しい崖っぷちにいるのだろう。それにしても、いったい、どんな人が住んでいるのだろうか。

これは現代の都市生活者にも言えることで、都市の高層マンション暮らしの人は、隣家が気になるが、詳しくはわからない。

隣人が何者であるか、という薄気味の悪い思いと、断絶の不安もまじる。わずかに人の気配はするものの、それ以上はわからない不安がある。

隣がひっそりとしている、という問いかけで、このあとの句がつづくように配慮している。

病床の芭蕉は、隣家の人が気になって、瞬時にして句となした。一昨日も昨日も、隣家はしーんと静まりかえっている。はたして、どんな人なんでしょうかね。俳諧の頂点にたどりついた芭蕉の呼びかけである。

寂しさやあわれさはさして強調されず、どんな人なのかなあ、と空想する風雅な気分もやわらかく出ている。自分の身に死が迫っていることを芭蕉はうっすらと予感している。とすると、「隣」とは死後の世界とも考えられる。「死んでしまったら、そこはどんなところなのだろうか」、と考えていた。

この発句を芝柏亭《しはく》に送り届けた九月二十八日の夜に、畦止亭《けいし》で、即興の句会が開かれた。

この即興句会は、秋の名残を惜しみつつ七種《ななくさ》の恋を発句とした。それが泥足《でいそく》編『其便《そのたより》』に出てくる。

参加者は芭蕉をはじめ洒堂《しゃどう》（「鹿に寄せて婿《むこ》を憶《おも》ふ句」）、支考《しこう》（「薄《すすき》に寄《よ》せて老女《らうぢょ》を恋ふ句」）、惟然《いぜん》（「稲妻に寄せて人を妬む句」）、畦止《けいし》（「深窓の荻《をぎ》の句」）、泥足《でいそく》（「紅葉《もみぢ》に寄せて遊女を恨《うら》む句」）、之道《しどう》（「砧《きぬた》を聴《き》きて別離《べつり》を悲しむ句」）の七名であった。芭蕉は、「月下《げつか》に児《ちご》を送る」と題して、

月澄《すむ》や狐《きつね》こはがる児《ちご》の供《とも》

と詠んだ。

「児」は美少年の稚児である。月が澄んだ夜に、美少年の稚児を家へ送っていく。野道を行くと、どこかから狐の啼き声がして、稚児がこわがって抱きついてくる、という色事を詠んでいる。題詠であって、「七種の恋を詠みわける」という趣向から、衆道の句を詠んだ。芝柏《しはく》亭で「秋深き隣は……」の発句を示しつつも、宴席でいきなり衆道の句を詠む芭蕉のふてぶてしさ。

芭蕉は、熱を出し死界へ一歩足を踏み入れている身で、死を予感している。腹痛と熱にうなされるなかで美少年への思いがつのった。これしきの衆道の句はお手のもの、というところだろう。月下を美少年が行く、その美少年が狐をこわがるという図が芭蕉の好みなのであろう。題詠を出されてすぐ詠むところが力わざである。

100　旅に病《やん》で夢は枯野《かれの》をかけ廻《めぐ》る

『病中吟』大坂

十月五日、芭蕉は道修町の之道《しどう》宅から、久太郎町御堂筋《みどうすじ》前の花屋仁右衛門《はなやにえもん》方の貸座敷《かしざしき》へ移った。之道の家は狭すぎて、重病患者を看護するには不向きであった。花屋仁右衛門は御堂にお参りする人に花や樒《しきみ》（樹皮を線香とする）を売る商売をしている大店《おおだな》である。芭蕉は駕籠《かご》に乗せられ、次郎兵衛《じろべえ》と之道が付き添って、道修町から御堂筋へ運ばれた。床からおきあがって庭を見ていたが、顔は枯木のようにやせおとろえていた。

去来《きょらい》は芭蕉危篤《きとく》の報を聞くと、取るものも取りあえず伏見《ふしみ》に出て、荷物船に乗ってかけつけた。荷物の間に身をひそめて寝て、「舟にねて荷物の間や冬ごもり」の句を得た。蕉門にあっては、いついかなる場所でも即興で句を吟ずる。その場の風光や心情や体験を、すかさず句に転じる文科系体力が不可欠である。

夜になると乙州《おとくに》（大津蕉門で智月《ちげつ》尼の弟）、木節《ぼくせつ》、丈草《じょうそう》（尾張犬山藩士を辞して近江に出た俳人）、李由《りゆう》（近江、光明遍照寺住職）らが連れ立って到着した。木節は大きな薬箱を抱え、すぐさま脈をとり、薬を調剤して芭蕉にすすめた。支考《しこう》は、これよりの采配を去来にまかせることにした。去来は、「芭蕉翁のそばを一刻たりとて離れない」と言った。

大坂蕉門の車庸《しやよう》（塩江長兵衛）、畦止《けいし》、舎羅《しやら》（之道の弟子）、何中《かちゆう》らが見舞いに来たが、芭蕉は「自分の病気が不浄なので、離れの病室には入らぬようにしてもらいたい」と申し出て、去来が、その旨を書き記して貼紙とした。

木節が来たことが、酒堂《しやどう》の自尊心を傷つけた。医師としての酒堂を、芭蕉はすでにあてにしていない。

十月八日、芭蕉の病気平癒祈願の句（弟子十人の十句）を住吉大明神に奉納した日、木節は、「芭蕉の治療を他の医者に頼んではどうか」と去来に申し入れた。

ならば「酒堂に見とらせてやろう」という配慮が、同じく近江蕉門の木節にあった。それに対し芭蕉は「如何《いか》なる仙法《せんぱふ》ありとても、天業将た如何にせん。唯《ただ》木節が神法《しんぱふ》に安《やす》んじて、他に求《もと》むる心《こころ》なし」と答えた。

芭蕉は酒堂を切り捨てた。敏感なる酒堂もそれに気がついて、夜伽《よとぎ》に来ようとしない。芭蕉の不浄を始末するのは、之道の弟子である呑舟《どんしゆう》と舎羅《しやら》があたっている。本来なら酒堂がすすんでするべきことで、酒堂が来れば芭蕉は受け入れたであろう。

この夜、木節の薬が効いて、芭蕉は厠《かわや》へ行く回数が減り、よく眠ることができた。それでも前夜までの疲労が重なり、夢うつつのなかで、深夜（九日午前二時ごろ）目がさめて、かたわらに寝ている呑舟《どんしゆう》をおこして、墨をすらせた。

「呑舟を召されて、硯《すずり》の音のから〳〵と聞えければ、いかなる消息にやとおもふに、

病中吟

旅に病《やん》で夢は枯野《かれの》をかけ廻《めぐ》る　翁」

と書かせた。

支考《しこう》に、「夢は枯野をかけ廻る」ではなくて、「なほかけ廻《めぐ》る夢心」はどうかと聞いた。「なほかけ廻る夢心」では季がないので、その場合の上五句を尋ねてみようと支考は思うのだが、この期《ご》に及んで、そんなことを言うのはおそれおおい。

芭蕉は生死のはざまにいた。

「いずれでもよいです」と支考が答えると、芭蕉は「こうして死にそうになって発句でもあるまいが、自分は此道《このみち》を心に籠《こめ》て年も五十歳をすぎてしまった。こうやって寝ていても、思いは朝雲暮烟《ぼえん》のあいだをさまよい、目ざめれば山水野鳥の声におどろく。こういうことを仏は妄執《もうしゅう》といっていましめられた。かくなるうえは俳諧をわすれて死にたい」と言った。

さらに芭蕉は、「これは辞世の句ではない。ただ病中の吟である。このような句をつくるのは妄執である」とつけ加えた。

十月十日、大坂を旅行中の其角がかけつけて、十二日逝去した。享年五十一。

南御堂（難波別院）に「旅に病んで……」の句碑がある。南御堂は巨大な鉄筋建築の真

宗大谷派寺院である。御堂に椎の巨木が繁る一角があり、そこが辞世句碑の建つ庭である。碑を覆うように芭蕉が植えられ、葉がゆらゆらと波うって、芭蕉の葉とともに騒音を聞いている。

ビルの谷間を芭蕉の夢はかけめぐる。旅に死す、とはこういうことなのだ。芭蕉は伊賀上野から江戸に下り、木曾を廻り、東北をさすらい、大津幻住庵に潜伏して、空漠の地平をさぐってきた。風雅とはなにか、枯淡とはなにか。不易なるもの、流れゆくもののなかに自分を投げいれて吟じてきた。五・七・五、わずか十七音のなかに全生命を投げこみ、そこに一瞬の夢語りを描いてみせた。それは細い針孔に言葉をつきさす魔法の息であり、旅することによって遭遇した景色を言語化してきたのであった。最後にたどりついたのは、虚飾もなく技巧もなく、ただ、「夢は枯野をかけ廻る」というまっすぐな独白である。

御堂筋は一方通行道路で六車線ある。北九宝寺町三番地と表示のある信号を渡って高速道路方向へ進むと、銀杏の樹の下に「北附近芭蕉翁終焉ノ地ト伝」の石碑があり「伝」以下は地中に埋もれていた。天から降ってきて突きささったような碑であった。

あとがき――「軽み」俳句をめざして

芭蕉の弟子は百人、三百人、二千人ともいわれ、どこまでを直弟子とするかは意見がわかれるが、其角《きかく》がダントツであろう。元禄時代に入ると、芭蕉より人気があった。芭蕉は、旧来の歌学の伝統をうちやぶろうとして「ついに西行をこえることはできなかった」という思いがある。一番弟子の其角は「俳諧の定家」という評判があった。其角三十四歳の句、

夕立や田を見めぐりの神ならば

が江戸で評判になった。これは雨乞いの句で「牛島三囲《みめぐり》の神前にて雨乞ひするものにかはりて」と前書がある。其角がこの句を奉じると翌日に雨が降った。其角の句が神に届いた。上五「夕立」のゆ、中七「田をめぐり」のた、下五「神ならば」のかをつなげると「ゆたか」となり、豊作のまじない、となった。

元禄二年、『ほそ道』の旅を終えると、芭蕉はしばらく江戸へ行かなくなった。だって

旅に出る前芭蕉庵を売って旅費にしたので、住居がないんだから。伊賀上野に帰郷し、去来が提供する京都の落柿舎《らくししゃ》で鉢叩《はちたた》き音を聞き、近江膳所《ぜぜ》で越年した。翌元禄三年春から、石山寺（「源氏物語」ゆかりの寺）の上にある国分《こくぶ》山の幻住庵《げんじゅうあん》に入った。

幻住庵は膳所藩重臣曲水の伯父、幻住老人（八年前に没）が住んでいた庵である。その枯淡の庵は平成三年に復元された。石段を上ると芭蕉が使った「とくとくの清水」があり、手ですくって飲むとジーンと喉にしみた。椎《しい》の古木があり、「先《まづ》たのむ椎の木も有夏木立」の句碑。『幻住庵記』に出てくる句で、椎に「ひとまず木陰《こかげ》を作ってくれよ」とよびかけた。晩年の「軽み」の吟である。

曲水は晩年の芭蕉のスポンサーだったが、芭蕉没後の享保二年、家老曽我権太夫の奸をにくんで殺し、自刃してはてた。息子の内記も江戸で自刃した。

幻住庵で「笈の小文」に同行した杜国《とこく》の夢を見て「初しぐれ猿も小蓑《こみの》をほしげ也」の句を送った。その手紙を読んだ杜国は翌年（元禄三年）の二月二十一日に没した。

幻住庵には門弟が押しよせてくる。そのひとりが洒堂《しゃどう》であり凡兆《ぼんちょう》であった。

俳諧七部集の最高傑作である『猿蓑』は京の凡兆宅（小川椹木町《さわらぎちょう》上ル）で選考をした。凡兆は加賀金沢の人で、京へ出て医を業《なりわい》としていた。加賀生まれだから最初は加生《かせい》と号し、まず其角に認められて蕉門に入り、元禄四年（一六九一）に凡兆と改めた。

『猿蓑』には凡兆の発句四十一が入集した。これは芭蕉の四十句より多く、去来・其角の二十五句、尚白《しようはく》十四句、史邦《ふみくに》十三句、曾良をおさえて第一位であった。凡兆は『猿蓑』で一躍蕉門の主役におどり出た。

その凡兆は元禄六年（一六九三）後半に入獄した。知人の犯罪に連座したともいう。芭蕉没後の元禄十一年に出獄。獄中吟として「囚《ひとや》にありしとき」と前書して、

かゝる身を虱《しらみ》のせむる五月《さつき》哉《かな》

がある。五月になったというのに獄中の私は虱に食われる日々だ、という自嘲の吟である。蕉門にあっては名古屋の杜国（米屋）につぐ犯罪者である。

『猿蓑』に十三句入集した史邦は尾張犬山城の侍医であったが、芭蕉を長く逗留させて、そのあげくに失職した。芭蕉に傾倒して本業をおろそかにしてクビになったひとりである。芭蕉が重用した逸材に限って犯罪者となる。

獄に繋がれるのは当人の責任であって、芭蕉が悪いわけではないが、もともと危険人物であった者に芭蕉は魅かれる。

あるいは芭蕉という存在が、人を俳諧の魔界へ誘いこむ毒素をもっているのであろうか。俳諧の席にいる芭蕉は、言葉の霊媒師でありつつ自分も迷宮に入り込んでいく。

『猿蓑』選に温厚篤実な人柄の去来と、変化球を投げる凡兆という新参者を組みあわせた

ところに興行主として芭蕉の才があった。

凡兆は芭蕉より四歳上で、景気を得意とする俳人であった。凡兆の句はこれよりさき、元禄二年（一六八九）荷兮《かけい》編『阿羅野』に「かさなるや雪のある山只《ただ》の山」が入集している。「只の山」とは目の前にある普通の山のことで、その奥に雪山が見えるという情景だ。

芭蕉が『ほそ道』の旅から言い出した「不易流行」の「不易」は去来にあり、流行は凡兆にある。

「不易流行」（変わらぬ価値と流れゆくものの融和）は、わかったようでわかりにくい。理念としてわかっていても、それを句にするのは難しい。芭蕉は求道的で、厳密である。俳諧興行が本業で、旅はそれに付随する風狂であった。『鹿島紀行』と『更科紀行』は月見をする目的で出かけた。気にいった句を得れば画賛にして商品とする。画家が「売り絵」の写生旅行に出かけるようなものだ。月見マニアの芭蕉は、毎年、どの地で月見をするかを企画していて、それは趣味と実益をかねた旅となった。

漂泊願望と俳諧興行が結びついたところに芭蕉の面目がある。其角が言うところの俳諧商人であって、其角はぬけぬけとそう言って見せたが、芭蕉はそこまでひらきなおらず、「風雅なる人に出会う喜び」と言った。

芭蕉は講釈好きであった。土芳《どほう》編『三冊子』に出てくる訓戒には芭蕉の本音が見られる。

「そんなに旅するのが楽しいのか」と訊くと「旅をしない人がそう思うのだ」と答えて「へこたれずに歩いた」と自慢している。元禄五年五月に杉風が江戸の新芭蕉庵を建てた。芭蕉は中肉中背で小肥りながら、健脚でがっちりとした骨格の人だ。屈強なる体軀をもてあまして、その反作用として弱々しい虚弱老人に見せかけようとした。

「甘味《あまみ》をぬけ」といった。濃い味をすてて、あっさりと軽い味にしろという。芭蕉のいう「軽み」は「理屈」をこねず、古典に頼らず、肩の力を抜いて句作する域に達した。

「不易流行」は蕉門にはさして広がらなかった。人は悟るために句を吟じるのではない。芭蕉は求道的になるほど破綻しはじめる。芭蕉がほしかったのは、放蕩児と言われた其角の無頼さだった。「軽み」もいまひとつ伝わらなかった。芭蕉没後、蕉門は激しく分裂した。

「軽み」は現代俳句の主流で「思ったまま」をそのまま詠む自在さが身上である。これは「俳句甲子園」ですね。芭蕉の時代に甲子園なんてなかった。「超訳百句」を記念して、

炎天やハイク飛こむ甲子園

と一句捧げることにした。

ちくま新書
1681

超訳 芭蕉百句《ちょうやくばしょうひゃっく》

二〇二二年九月一〇日 第一刷発行

著者 嵐山光三郎（あらしやま・こうざぶろう）

発行者 喜入冬子

発行所 株式会社 筑摩書房
東京都台東区蔵前二-五-三 郵便番号一一一-八七五五
電話番号〇三-五六八七-二六〇一（代表）

装幀者 間村俊一

印刷・製本 株式会社 精興社

ISBN978-4-480-07481-2 C0295

ちくま新書

661
「奥の細道」をよむ
長谷川櫂
流転してやまない人の世の苦しみ。それをどう受け容れるのか。芭蕉は旅にその答えを見出した。芭蕉が得た大いなる境涯とは――。全行程を追体験しながら読み解く。

952
花の歳時記〈カラー新書〉
長谷川櫂
花を詠んだ俳句には古今に名句が数多い。その中から選りすぐりの約三百句に美しいカラー写真と流麗な鑑賞文を付し、作句のポイントを解説。散策にも必携の一冊。

1309
勘定奉行の江戸時代
藤田覚
家格によらず能力と実績でトップに立てた勘定所。財政を支える奉行のアイデアとは。年貢増徴策、新財源探し、禁断の貨幣改鋳、財政積極派と緊縮派の対立……。

1294
大坂　民衆の近世史――老いと病・生業・下層社会
塚田孝
江戸時代に大坂の庶民に与えられた「褒賞」の記録を読みとくと、今は忘れられた市井の人々のドラマが見えてくる。大坂の町と庶民の暮らしがよくわかる一冊。

1244
江戸東京の聖地を歩く
岡本亮輔
歴史と文化が物語を積み重ね、聖地を次々に生み出してきた江戸東京。神社仏閣から慰霊碑、墓、塔、スカイツリーまで、気鋭の宗教学者が聖地を自在に訪ね歩く。

1144
地図から読む江戸時代
上杉和央
空間をどう認識するかは時代によって異なる。その違いを象徴するのが「地図」だ。古地図を読み解き、日本の形を作った時代精神を探る歴史地理学の書。図版資料満載。

1487
四国遍路の世界
愛媛大学四国遍路・世界の巡礼研究センター編
近年ブームとなっている四国遍路。四国八十八ヶ所霊場の成立など歴史や現在の様相、海外の巡礼との比較など、さまざまな視点から読みとく最新研究15講。